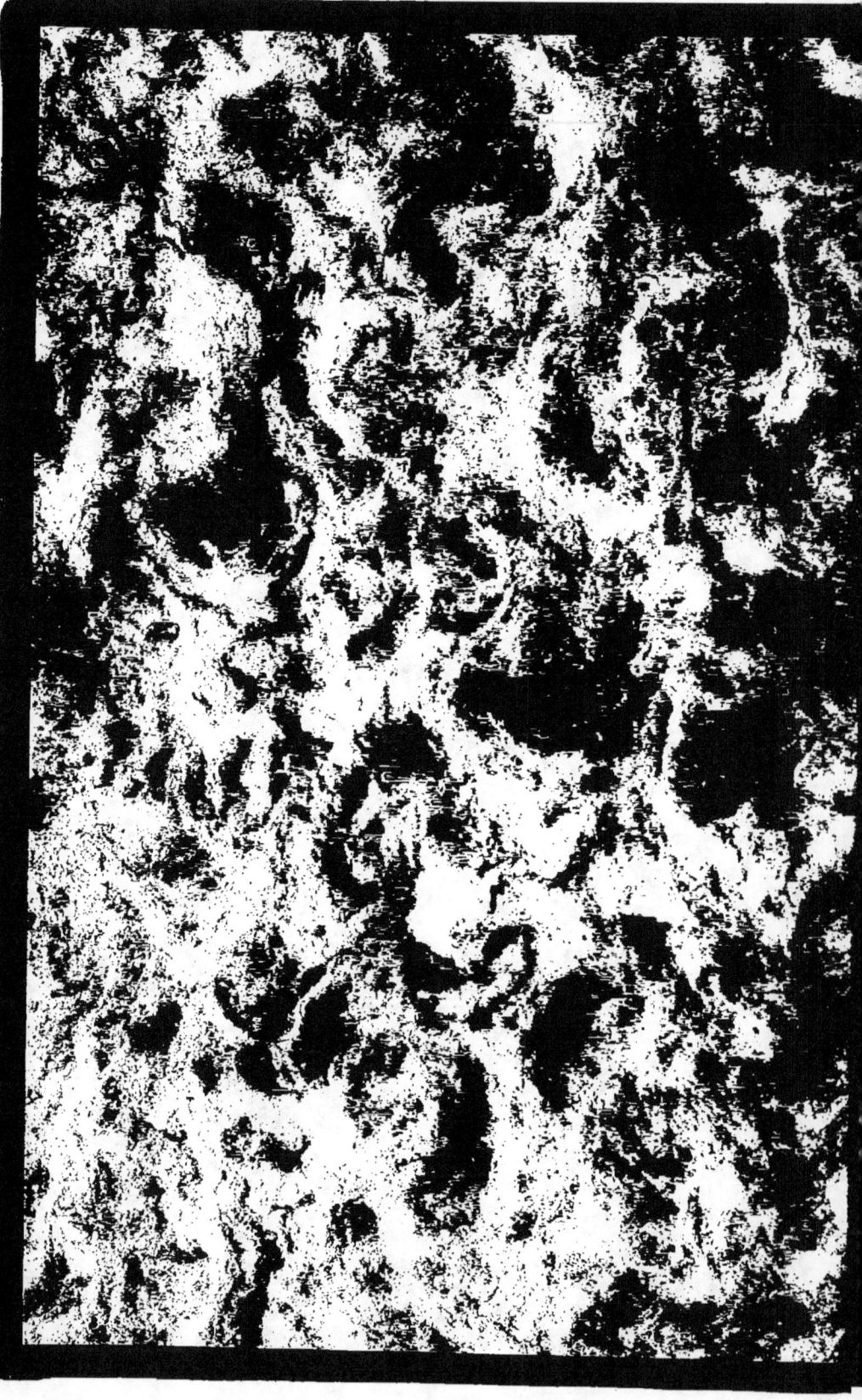

COLLECTION MICHEL LÉVY

LES

CAMPAGNES D'UN ROUÉ

CALMANN LÉVY, ÉDITEUR

OUVRAGES

DE

AMÉDÉE ACHARD

Format grand in-18

Saint-Amand (Cher). — Imp. DESTENAY.

LES CAMPAGNES

D'UN ROUÉ

PAR

AMÉDÉE ACHARD

PARIS

CALMANN LÉVY, ÉDITEUR

ANCIENNE MAISON MICHEL LÉVY FRÈRES

RUE AUBER, 3, ET BOULEVARD DES ITALIENS, 15

A LA LIBRAIRIE NOUVELLE

1877

LES

CAMPAGNES D'UN ROUÉ [1]

I

UN FILS DE FAMILLE

Auguste Bernard avait à cette époque de vingt-cinq
à vingt-six ans. C'était, il faut bien le dire, un esprit
sans portée, dans lequel on voyait réunis, tout à la
fois, une vanité puérile, le goût de paraître et un penchant très-marqué à l'économie, pour ne rien dire de
plus. Ses meilleurs amis ne se rappelaient pas qu'il
leur eût offert à dîner, bien que le geste de mettre la
main à la poche lui fût familier ; il est vrai qu'il n'en
tirait jamais rien. En revanche, pas de course et de
spectacle, point de fête où on ne le vît, faisant le glo-

1 L'épisode qui précède *les Campagnes d'un roué* a pour titre
les Misères d'un millionnaire.

1

rieux. Il avait, à l'année, une loge à l'Opéra, et parlait
volontiers, le soir, dans les coulisses ou dans le monde,
de la vie folle qu'il menait. Cette vie n'avait d'extravagant que l'étiquette. Elle était fort régulière dans sa
sottise, et ne frayait avec la prodigalité gentilhommière
que le fils du millionnaire affichait que par le côté du
sport. Auguste avait une écurie, Auguste avait des
jockeys à sa solde ; c'était la seule chose qui l'induisît
en dépense, mais la seule aussi par laquelle sa plate
vanité eût satisfaction.

A l'époque des courses, lorsque la plaine de Satory
et la pelouse aristocratique de Chantilly reçoivent la
visite de la jeunesse oisive de Paris, mêlée aux chevaux
fameux et aux jockeys illustres, Auguste, avait une
façon de frapper, du talon de ses bottes, l'herbe de la
prairie, d'assurer son lorgnon sous le sourcil gauche,
d'enfoncer ses mains, armées d'une canne légère, dans
les poches d'un paletot venu de Londres, de saisir par
le bridon un cheval de sang et de le conduire sur la
piste, d'entrer dans l'enceinte du pesage, de grimper au
plus haut de la tribune officielle, au moment où le signal du départ était donné, de circuler parmi les voitures rangées le long du champ de courses, de saluer de
la main les personnes équivoques qu'on voyait debout
sur les coussins des calèches découvertes, et de parler
anglais à tout venant qui témoignait d'une joie sans
égale et d'un bonheur parfait. Il parlait anglais dès le
matin, il parlait encore anglais le soir, il parlait anglais
aux gendarmes, il poussait mille acclamations en an-

glais, il riait et soupirait en anglais. Il aurait voulu que
l'univers entier le vît inscrivant ses paris sur un cale-
pin, et tournait la tête avec l'activité d'un oiseau qui
cherche un moucheron, pour découvrir si on le regardait. C'était l'heure triomphante de sa vie, le moment
suprême où, de bonne foi, il se croyait quelque chose.
Dans ces circonstances solennelles, Auguste commençait
volontiers ses discours par cette formule qu'il trouvait
du meilleur goût : « Nous autres gentilshommes !... »

Le reste était à l'avenant...

L'écurie d'Auguste perdait toujours ; mais Auguste
s'obstinait à s'entourer de chevaux qu'il élevait à
grands frais. Le plus clair des bénéfices qu'il tirait de la
part d'intérêts que son père lui avait réservée dans sa
maison de banque, y passait, mais il y trouvait un prétexte de se rendre chaque année à Epsom et à Ascott.
C'était pour lui une félicité à nulle autre pareille que
de parler de ses voyages d'outre-Manche. Il n'allait en
Angleterre que pour en revenir. Mais en cela Auguste
obéissait à une mode plus répandue qu'on ne le croit
généralement. Que de gens qui ne font les choses que
pour en parler ! Combien qui acceptent avec un empressement merveilleux les plus pénibles déplacements, les
plus inutiles corvées, celles qui répondent le moins à
leurs instincts, que pour avoir le droit de les raconter !
Ainsi, dans une mesure, était Auguste. Sur le fin gazon
des terrains de courses d'Angleterre, il pensait aux récits qu'il ferait en France. De retour sur le boulevard,
ou dans le foyer de la danse à l'Opéra, il prenait des at-

titudes pour dire à un attaché d'ambassade ou à quelque danseuse maigre.

— Mon ami, lord C..., me disait l'autre jour à New-Market...

Cela lui remplissait la bouche. Le monde pouvait crouler, Auguste avait accompli son œuvre.

Hors de son écurie, et rentré dans les conditions ordinaires de la vie, Auguste fermait les cordons de sa bourse ; il ne voyageait pas, il ne lisait pas, il n'aimait pas ; il était de la tête aux pieds un pauvre garçon qui aurait été fort en peine de gagner mille écus, bon an mal an, sur le pavé de Paris. Livré à lui-même, une place de commis eût été son bâton de maréchal. Il avait pour tout mérite celui de calculer vite et bien et d'additioner les larges colonnes d'un grand-livre avec une certitude et une rapidité qui défiaient les plus experts ; mais on aurait vainement fouillé dans son cerveau pour y trouver une idée juste ou pratique. De ce côté-là rien, ni invention, ni entendement ; Jacques Bernard avait, à différentes reprises, tenté de lui confier la direction de certaines affaires qu'il avait d'abord lancées et que le nombre et la variété de ses occupations ne lui permettaient pas de suivre personnellement ; Auguste avait fait preuve d'une si radicale incapacité que Jacques dut se résigner à lui confier seulement un travail qui n'avait d'importance qu'à la surface et dont il se réservait encore la surveillance. Auguste était donc dans la maison comme un paon ; il faisait la roue et ne rendait point de services.

On comprendra aisément que le nom qu'il portait et cette réputation justement méritée de richesses qui entourait la maison de Jacques Bernard fissent d'Auguste, jeune et très-répandu dans le monde remuant de Paris, le but et en quelque sorte le point de mire des attaques intéressées d'une foule de personnes dont l'existence aventureuse et les appétits voraces rappellent ces fameux flibustiers qui, jadis, levaient tribut sur les mers. On ne lui épargnait ni les assauts ni les embuscades ; on lui livrait bataille dans son cabinet et à l'Opéra, sur les champs de courses et au bal ; mais on peut dire que les belles personnes, si promptes à tenter la conquête ou le pillage des fils de famille, en avaient été jusqu'alors pour tous les frais de la guerre.

Sur le chapitre des séductions, Auguste était invulnérable, non pas qu'il fût insensible aux grâces des Parisiennes qui entreprenaient une campagne contre la liberté de son cœur, mais il avait fait deux parts de sa vie ; dans l'une, il mettait sa personne ; dans l'autre, son portefeuille ; la capture de l'une n'entraînait pas, tant s'en faut, la capitulation de l'autre. Telle autrefois une garnison, forcée de quitter une citadelle battue en brèche, se retirant bannières hautes dans un donjon dont elle défendait victorieusement les approches.

La défaite des aventurières les plus fameuses n'avait pas découragé leurs rivales ; bien plus même, l'amour-propre venant en aide à leur bonne volonté, un échec bien avéré était le point de départ et la cause déterminante de dix nouvelles tentatives. Quelle femme, en se

mirant dans une glace qui lui renvoie son image savâm-
ment préparée pour la lutte, ne se croit pas appelée à
triompher des résistances les plus obstinées ? Celles-là
même qui n'ont pas encore été vaincues sont les plus
menacées. Elles ont la dangereuse conviction de leur
infaillibilité. Quelle fille d'Ève n'est pas assurée de sa
supériorité sur ses compagnes et ne tente pas avec orgueil d'asseoir son empire sur un cœur libre encore de
toute domination ? Beaucoup de femmes, les Parisiennes
surtout, s'imaginent volontiers que le monde tourne
autour d'elles, et que le soleil attend, pour briller, que
leurs paupières se soient ouvertes.

Auguste profitait sans peur et sans relâche des bénéfices galants que lui offraient ces tendances de l'esprit
féminin. Il n'en avait aucun soupçon, n'ayant jamais
pris la peine de réfléchir ; il lui suffisait d'en savourer
les effets sans remonter aux causes.

Jamais voyageur ne parcourut à moins de frais ce
royaume de Tendre, dont les plus habiles proclamaient
ruineuse la visite. Il en traversait les provinces en monarque, et ne rencontrait pas de frontières qui pussent
le retenir. Oe ne demandait rien à qui pouvait tout donner. Si la conquête de Vénus coûta, dit-on une pomme
au berger de l'Olympe, la conquête des héroïnes les
plus expérimentées et les plus célèbres de Paris ne coûta qu'une promesse, c'est-à-dire moins que rien, au
jeune capitaliste de la rue Taithout. La grande affaire
était de s'emparer de lui, l'exploitation viendrait après.
Quel navigateur demande tout d'abord aux peuplades

chez lesquelles il veut planter son drapeau de lui donner
et les fruits de leurs forêts, et la chair de leurs trou-
peaux, et les richesses qui parent leurs idoles ? il est doux,
il est facile, il attend, et quand il est le maître, il prend
tout. Ainsi voulait-on faire avec Auguste. C'est pourquoi,
Auguste n'avait pas la peine de poursuivre et de chercher. On venait à lui, mais doucement, avec la voix
mielleuse, le sourire tendre, la main caressante ; les
sœurs de Dalila se faisaient pareilles à ces deux belles
chattes qui se couchent toutes soyeuses sur les genoux
de l'ami de la maison, et ne demandent qu'un petit coin
pour dormir ; point de griffes, point de dents aiguës
non plus, mais des reins assouplis, une patte de velours
et des lèvres roses d'où s'échappait un doux murmure.
Auguste ouvrait toute grande sa porte aux chattes blanches de la grande ville, et si, lasses de ne trouver ni lait,
ni crème, elles se retiraient, il les saluait galamment,
sans rien faire pour les retenir, bien sûr que d'autres, ni
moins jeunes ni moins belles, les remplaceraient bientôt.

Mais en revanche, quelle litière royale promise à celle
qui l'emporterait ! quelle toison d'or ! quel nouveau
monde ! Il ne fallait donc pas effaroucher le propriétaire
de tant de belles choses ; et quand une coureuse d'aventures avait échoué dans cette entreprise éblouissante,
une autre se présentait aussitôt, pareille au flot qui suit
le flot dans sa lutte contre le rocher. Sait-on combien
de pilotes ont disparu dans les profondeurs de l'Océan
avant qu'un Christophe Colomb se soit rencontré pour
découvrir l'Amérique ?

Auguste avait, d'ailleurs, un art infini pour attirer, sans perte aucune, les belles curieuses qui louvoyaient à portée de sa main. On entendait, dans les confidences à l'aide desquelles il bravait leur impatience, je ne sais quel bruissement d'or qui faisait palpiter les plus rebelles : un jour il venait de jeter les fondements d'une affaire considérable qui devait donner des résultats extraordinaires dans un délai prochain ; il attendait que cette affaire fût arrivée à maturité pour y intéresser sa *cliente*. Et comme il savait prononcer ce mot magique ! quelles modulations savantes dans ces trois syllabes ! quel désir d'effacer même l'apparence d'un don ! il offrait la fortune sous le manteau de l'association.

Le lendemain, nouvelle histoire : une compagnie allait se former pour l'exploitation d'une mine dont les richesses rappelaient les mines chimériques de Golconde ; quiconque voudrait coopérer à cette œuvre, étudiée par des hommes spéciaux, était assuré de retirer douze capitaux pour un. Auguste réservait des actions au pair pour tous ses *amis*. Un regard éloquent accompagnait ce substantif masculin pluriel. La cliente comprenait à demi-mot, souriait, acceptait, et rentrait chez elle avec la conviction naïve que sa fortune était faite.

Plus tard, les amis et les clientes se partageaient les actions ; plus tard aussi, le vent de la Bourse emportait la fortune ; et Auguste s'endormait comme un sage.

La grande préoccupation d'Auguste était de n'être pas pris pour dupe. Il avait l'idée, assez juste d'ailleurs, que tout homme qui s'approche d'un millionnaire est son ennemi ; à son sens, le fils d'un millionnaire avait droit à cette triste prérogative. Aussitôt qu'on l'abordait, son premier sentiment était donc de se mettre en garde contre un piége. « Je ne veux pas être pris pour dupe, » répétait-il à tout propos. Et cet argument sans réplique lui permettait d'éloigner les importuns et de réaliser de grosses économies dont profitait son budget particulier. S'il n'avait pas eu d'écurie, Auguste aurait fait fortune rien que par l'accumulation des intérêts capitalisés.

II

PROFIL DE FEMME

A l'époque où sa sœur Léonie épousa M. Colombey, Auguste passait chaque jour, ou chaque soir, quelques heures dans le boudoir d'une personne aimable qui demeurait rue Pigalle, au fond d'un pavillon que le caprice d'un architecte avait épargné, et qui dépendait d'un vieil hôtel livré aux démolisseurs. Un petit jardin planté de beaux arbres entourait ce pavillon. Il y avait deux ou trois années déjà que le fils de Jacques avait rencontré Céleste Orpin, que tout le monde, à Paris, connaissait sous le nom de la Madone. Ce sobriquet expressif lui venait d'une pureté de lignes extraordinaire dans laquelle on reconnaissait les types fameux de ces vierges qui ont popularisé l'école italienne. Jamais visage plus idéal ne cacha cœur plus aride, âme plus ravagée. La Madone avait le ciel dans les yeux, la chasteté des lis.

ges sur le front ; dans le cœur, la satiété avec tous ses caprices et ses dégoûts ; dans l'esprit, les appétits les plus vulgaires mêlés au plus incommensurable ennui.

Fille d'un pauvre métayer du Berri, que la Providence avait gratifié de six enfants, Céleste, qui était le cinquième par rang d'âge, entra en condition à Paris, où toute jeune elle avait suivi une personne de Bourges en qualité de femme de chambre. Belle comme le jour, et en butte à mille séductions, il était impossible que Céleste restât longtemps à repriser des chemises et à tenir un balai. Elle quitta bientôt la maison de sa maîtresse pour suivre un étudiant qui l'avait connue autrefois dans le Berri, et tomba dans la grande circulation parisienne. Un peintre, chez lequel elle posa et vécut un temps, lui donna le surnom de la Madone, et bientôt après, à peine âgée de vingt-deux ans, un peu fatiguée, un peu flétrie, mais d'une grâce exquise, la Madone parut en calèche aux Champs-Élysées.

Auguste fit la connaissance de la Madone dans un bal d'artistes. Elle venait d'être abandonnée par un ambassadeur qu'un ordre de sa cour rappelait brusquement. Vingt concurrents se disputaient l'héritage du diplomate. Auguste se mit sur les rangs. La Madone promenait ses diamants dans la foule en attendant de faire un choix. Un mot d'une amie la décida.

— Auguste Bernard te fait donc la cour ? lui demanda cette amie.

— Je crois bien que oui, répondit la Madone avec une indolence qui n'était pas feinte.

— Que le diable t'en préserve ! répliqua l'amie.

La Madone leva ses yeux tendres et doux, auxquels de longs cils noirs et de larges prunelles d'un bleu profond donnaient une expression de candeur céleste.

— Pourquoi cela ? reprit-elle. Auguste n'est vraiment pas mal, et son père a, dit-on, des millions.

— Ah ! Dieu ! s'écria sa compagne, les millions sont aussi purs et aussi vrais que les diamants ! mais tu n'en verras jamais rien. Le fils est dur comme une lime, sec comme un caillou, impénétrable comme de l'argile. J'ai traversé son cabinet et j'en suis sortie les mains nettes, pareille à un aventurier qui reviendrait de la Californie sans une pépite.

— Ah ! murmura la Madone, merci du renseignement, je m'en souviendrai.

Elle s'en souvint pour accueillir Auguste. A son palais blasé, il fallait les épices de l'impossible. Il lui parut digne de sa merveilleuse beauté de réussir où ses rivales avaient échoué. Au bout de six mois, la Madone s'aperçut que l'entreprise ne laissait pas d'être difficile ; elle y persévéra ; au bout d'un an elle n'avait pas encore entamé cette résistance qui tenait à la fois de la terre glaise et du granit, et que le fils de Jacques opposait à toutes les séductions ; vaincue, elle s'entêta dans son projet. Auguste la laissa faire. La Madone avait glané çà et là quelques pauvres actions, et touché par aventure quelques milliers de francs qui l'encourageaient à continuer et qui ne coûtaient rien à Auguste. C'était comme autant de lettres de change tirées sur l'avenir.

— Vous m'avez compris, disait-il alors ; vous savez que ceux qui se fient à moi ne perdent rien.... Votre part est faite.

Si l'on pouvait, à propos de cette pauvre fille du Berri, transformée en courtisane, rappeler un mot célèbre, on dirait que la Madone bâillait sa vie. Jamais femme plus entourée de luxe, perdue dans toutes les recherches de l'existence, roulée dans la dentelle et le satin, et qui faisait litière de toutes les prodigalités, ne s'ennuya avec plus de constance et de continuité. Elle s'ennuyait dès qu'elle avait les yeux ouverts, elle s'ennuyait à table, elle s'ennuyait à la promenade, elle s'ennuyait au bal, elle s'ennuyait sans cesse et partout, et non pas encore d'un ennui violent, âpre, plein de révolte et contre lequel la volonté réagit ; mais d'un ennui monotone, lent, continu, égal, et semblable à ces pluies fines, pénétrantes, opiniâtres, qui remplissent l'atmosphère d'une poussière d'eau et détrempent les âmes comme les murs. Rien ne la pouvait tirer de cet engourdissement, ni les fêtes, elle en avait tant vu ! ni les toilettes les plus éclatantes, elle en avait tant gaspillé ! ni les plaisirs d'aucune sorte, elle en avait tant usé ! ni la solitude, elle s'y retrouvait avec elle-même ! ni l'agitation, elle en était lasse ! ni la lutte, elle n'y apportait ni passion ni désir ! La Madone n'était pas méchante, encore moins envieuse ; elle était comme une terre labourée par un torrent et semée de galets, où rien ne pousse. Elle était aussi incapable d'une mauvaise action que de dévouement. Elle ne tenait à rien, pas plus à ses bijoux qu'à ses amis ; elle donnait les uns comme elle perdait les autres, sans regrets. Son indifférence, qui n'était ni de l'orgueil ni de la philosophie, s'étendait sur toutes choses. Ses camarades disaient d'elle que c'était une bonne fille. Les Berrichons, à qui elle tenait par les liens du sang et qu'elle avait laissés au pays, déclaraient qu'elle avait de l'amitié pour sa famille. Le métayer et les cinq enfants qui maniaient le rabot, l'aiguille ou la charrue à Changy, acceptaient avec mille remercîments tout ce que la Madone leur envoyait. Ils n'avaient point de scrupule sur la provenance. L'argent qui arrivait de Paris était transformé en bétail, en bonne toile, en arpents de terre, en provisions de toute espèce et cela sentait bon. Si, grâce à elle, l'un possédait une boutique et l'autre un troupeau de moutons, on n'avait point de reproches à faire à la brebis échappée du bercail. L'ennui qui dévorait la Madone ne lui permettait pas de penser à rien ; elle donnait aux siens, mais si on ne lui avait rien demandé, il est probable qu'elle n'aurait rien offert.

Quand on la voyait passer au bois de Boulogne, à demi couchée dans une calèche que traînaient deux magnifiques chevaux anglais, ou assise dans une loge d'avant-scène, un soir de première représentation, on ne pouvait pas s'empêcher de penser à ces existences éclatantes et tumultueuses qui ont quelque chose des météores et que tant de compositions menteuses ont poétisées. Les provinciales et les étrangères rêvaient, sur la foi de récits excentriques, de soupers étincelants où

pétille l'esprit égayé par le frissonnement du vin de
Champagne, de fêtes vénitiennes que l'aventure et la
galanterie animent, de folies colorées par l'originalité
de l'imprévu. Quelle surprise et quelle chute si elles
avaient vu la Madone assise sur un tapis, tout au fond
d'une pièce écartée de son pavillon, absorbée pendant
de longues heures par le maniement d'un jeu de cartes
auxquelles elle demandait une réussite! Alors seulement
elle se réveillait! Alors seulement un peu de sang vif
rougissait la pâleur éternelle de ses joues. Sa femme de
chambre l'assistait dans cette importante affaire, et sa
porte avait été bien des fois condamnée pour que la
Madone pût suivre avec plus d'attention les prophéties
du roi de trèfle et les conseils du valet de carreau.

Mais quand venait l'heure du souper, l'heure de la
promenade, l'heure du plaisir, enfin, l'heure chantée
par les rêveurs, quels bâillements et quel insurmontable
ennui! Toujours les mêmes coupés sur la grande avenue
des Champs-Élysées, toujours les mêmes danses sous
les mêmes lustres, toujours les mêmes truffes dévorées
sans appétit dans les mêmes cabinets particuliers, auprès
des mêmes convives et suivies du même lansquenet!
Quelquefois, cependant, le baccarat remplaçait le lansquenet; quelquefois on avait pour voisins des princes
russes succédant à des fils de famille dont Paris savait
moins les noms que les sottises; mais ce qui ne chan-
geait pas, c'était la fatigue quand venait le matin bla-
fard et le même retour dans la même alcôve dont le

maître seul n'était pas toujours le lendemain celui que la veille on avait vu.

La Madone ne savait peut-être pas qu'elle s'ennuyait; mais ce qu'elle savait pertinemment, c'est qu'elle ne s'amusait pas. Cependant, eût-elle eu la possibilité de changer d'existence, elle ne l'aurait pas essayé. Quelles compensations aurait-elle trouvées ailleurs? A défaut de bonheur, chose à laquelle elle avait tout au moins le bons sens de ne pas prétendre, et du plaisir qu'elle ne goûtait plus par satiété, en supposant même qu'elle l'eût jamais connu, elle avait une longue habitude et aussi un besoin effréné de luxe et de gaspillage auquel il lui aurait été impossible de renoncer.

Auguste ne régnait pas tellement en despote dans le pavillon de la rue Pigalle qu'on n'y vît, à intervalles inégaux, des figures nouvelles qu'il avait l'adresse ou la platitude de ne pas remarquer. Jamais fils de famille à court d'argent n'accepta mieux que cet aimable jeune homme, les raisons banales qu'on lui donnait avec un embarras feint ou une hardiesse calculée, pour expliquer la présence d'inconnus dont la Madone murmurait les noms à ses oreilles. La transparence des motifs ne l'effarouchait pas. Ce superbe dédain, qui faisait dire à un grand seigneur d'autrefois qu'il ne trouvait pas mauvais que les hobereaux ramassassent les miettes qui tombaient de sa table, n'entrait pour rien dans la conduite d'Auguste. La prudence y avait plus de part.

Faire le jaloux et trancher du monarque qui veut

être, comme le charbonnier, maître chez lui, c'était accepter une responsabilité dont le fils de Jacques Bernard, passé maître en fait d'addition, ne voulait pas se charger. La Madone, de son côté, s'efforçait de piquer la jalousie d'Auguste et de l'amener à faire acte d'autorité. Le fer engagé, ils combattaient ainsi que deux duellistes.

Un jour que le fils du millionnaire avait fait semblant de ne pas comprendre une insinuation lancée par la Madone qu'un baccarat orageux trouvait au dépourvu :

— Ah ! dit-elle avec colère, on trouverait du jus d'orange dans une pierre-ponce avant d'arracher un billet de banque de votre portefeuille !

Auguste avait une pointe de vin de Champagne dans la tête. Il prit des airs de sultan, et, se renversant dans un fauteuil :

— Ingrate ! répondit-il, affichez-moi, et quand on sera bien convaincu que vous êtes toute à moi, ce sera dans la rue Pigalle une queue dorée de gros banquiers, de petits princes et de pairs d'Angleterre... Tant vaut la cocarde, tant vaut le soldat.

L'expression d'un tel cynisme désarma la Madone ; elle salua et avec un air d'admiration :

— Bonté du ciel ! s'écria-t-elle, faut-il que vous soyez riche !

Auguste éclata de rire ; l'esprit qu'il avait montré le charmait ; mais, à partir de ce moment, la Madone changea de tactique. Quelque chose qui ressemblait à de la haine l'anima contre l'homme qui vivait près

d'elle, faisait la roue et ne laissait jamais entamer son
cœur et sa bourse. Ce sentiment nouveau, qu'elle n'avait
jamais ressenti, mêla un élément plus vif à son existence
qui lui parut un peu moins monotone; il y eut comme
un entr'acte dans son éternel ennui. De plus, ses amies
la plaisantaient. Le fils de Jacques Bernard lui devait
compte de son insensibilité.

Le désintéressement que la Madone avait fait voir
dans les premiers temps de leurs relations, elle s'en
para avec une affectation nouvelle; mais on put remarquer que le pavillon de la rue Pigalle recevait plus fréquemment la visite de personnages brillants qui lais-
saient le long du trottoir des coupés, des landaus, des
américaines, dont les panneaux armoriés ou les chevaux
de sang attiraient les regards. Bientôt Auguste fut en
relations intimes avec les maîtres de ces voitures, tous
chamarrés de rubans et ornés de titres qui faisaient
assister ses oreilles à une lecture du nobiliaire de France
ou de l'almanach de Gotha. Les barons et les chevaliers
tenaient dans cette armée éclatante l'humble emploi de
caporaux. Il y avait des marquis et des comtes; on y
découvrait des ducs, des grands d'Espagne et des
princes du Saint-Empire. Ceux-là arrivaient du fond de
la Russie, et ceux-ci du royaume de Naples. Parmi ces
personnages, on pouvait soupçonner que quelques-uns
n'étaient pas de bon aloi, mais qui songe, à Paris, à
demander leurs parchemins aux étrangers qui traînent
après eux des laquais en livrée? Auguste acceptait les
uns et les autres sans examen. L'accueil qu'il recevait

de cette brillante compagnie aurait fait croire à de plus
habiles qu'on voyait en lui le maître de la maison.
Jamais il n'attendait, on le consultait toujours, et quelles
chaudes poignées de mains ! On espérait bien reconnaître, à Vienne ou à Madrid, si jamais il y passait,
cette aimable et fastueuse hospitalité qu'il offrait à
Paris. En attendant, on ne se faisait aucun scrupule
d'accepter la sienne. Accepter n'est même pas le mot.

Parmi les personnes qu'on voyait le plus fréquemment
chez la Madone, se trouvait un gentleman dont Auguste
avait fait connaissance aux courses d'Epsom. Sir William
Lindseer passait, dans un pays où le moindre cockney
aime les chevaux et peut en parler savamment, pour un
sportman de premier ordre. Personne mieux que lui ne
savait la généalogie des héros qui brillent sur le gazon
des pistes ; on pouvait le consulter à toute heure, jamais
sa mémoire n'était mise en défaut. Un coup d'œil jeté
sur l'escadron des rivaux, au moment du départ, lui faisait reconnaître le favori. Il avait un art singulièrement
heureux de masser ses paris et d'en combiner les chances.
A ces mérites précieux appréciés des jockeys, sir William
en ajoutait de plus réels : un véritable esprit d'à-propos,
de la bravoure, de l'audace et une générosité qui semblait ignorer le prix de l'argent. Ceux qui le voyaient en
passant lui reprochaient un penchant trop marqué à
l'ironie. On aurait pu ajouter qu'il y avait au fond de
son esprit un certain attrait pour le mal qui brillait par
intervalles, comme ces lueurs qui voltigent la nuit sur les
marais et en éclairent la sinistre étendue.

A certaines heures, sir William avait tout à fait les
manières d'un grand seigneur, un mélange éclatant de
hauteur et de politesse, une galanterie exquise avec un
grain d'impertinence qui en relevait le tour. D'autres fois,
il était aisé de croire qu'il ne sortait d'une écurie que
pour entrer dans une taverne. Auprès de certaines personnes médiocrement amies de la régularité, ce contraste
n'était pas une des moindres séductions de l'Anglais.
Son caractère leur faisait l'effet d'un paysage pittoresque
au millieu duquel on découvre sans cesse des aspects
nouveaux. On n'était jamais bien sûr de connaître à fond
sir William ; c'était un piment pour les cœurs blasés.

La Madone avait remarqué sir William. Naturellement
Auguste l'attirait dans le pavillon de la rue Pigalle et l'y
retenait. On ne s'enquiert pas beaucoup, à Paris, de
l'origine des gens avec qui on se rencontre à souper ; ce
serait une bien trop grosse affaire, la vie ayant les allures
d'un bal masqué au travers duquel tourbillonne une
valse. Auguste ne savait donc rien de son ami, sinon
qu'il s'appelait sir William Lindseer ; que sir William
causait avec un baronnet, membre de la Chambre des
communes, la première fois qu'il lui avait été présenté ;
que sir William avait une mère quelque part : qu'il voyageait en France pour son plaisir, et qu'il mangeait lestement des sommes assez rondes. On ajoutait vaguement
qu'il avait une grande fortune. C'était plus qu'il n'en
fallait pour l'accueillir et l'introduire partout. Personne,
d'ailleurs, ne donnait mieux et plus fréquemment à
dîner,

Sir William ne passait pas une semaine sans paraître au moins deux ou trois fois chez la Madone, qu'il régalait des histoires véridiques ou menteuses qui circulent journellement dans Paris. Il en savait toujours de nouvelles. Il était la seule personne pour laquelle la Madone consentît à interrompre les interminables parties de cartes où elle cherchait à endormir son ennui. L'Anglais avait une façon particulière de sonner. Quand on entendait le tintement de la sonnette, la servante qui étalait les figures sur le tapis se levait.

— Bon, disait-elle, voici le valet de cœur ! bonsoir le jeu !

Le valet de cœur entrait en effet, et la Madone bouleversait les cartes en souriant ; l'entretien commençait sur l'heure ; mais on eût été fort en peine d'y découvrir quelque chose qui eût l'apparence de l'amour. Sir William baisait la main de la Madone, parlait, et c'était tout. La Madone, qui ne pensait guère, s'étonnait cependant de ne pas surprendre un petit mot de galanterie, un seul, glissant sa pointe au milieu de la conversation. Jamais pareille aventure ne lui était arrivée. Un jour, presque dépitée, elle lui en témoigna sa surprise.

— Ce n'est pas que je vous en veuille, dit-elle ; mais, enfin, c'est presque une insulte... personne encore n'est entré chez moi sans me faire la cour... Vous seul manquez à cette tradition, qui est presque de la politesse... Est-ce une tactique pour vous faire aimer ? je vous préviens qu'elle est bien usée.

— Usée ou non, elle réussit encore bien souvent ; mais

là n'est pas la question, répondit l'Anglais qui parlait un excellent parisien. J'aurais bien pu penser, comme quelques-uns, que vous avez eu, dit-on, l'indulgence de ne pas désespérer, à tout mettre en œuvre pour vous plaire ; mais je n'ai jamais eu aucune prétention à me faire aimer des vierges de Raphaël : on ne tente pas l'impossible.

— Est-ce une épigramme ?

— Non, c'est un aveu tout simple, la constatation innocente d'un fait dont la vérité éclate à tous les yeux. Vous est-il arrivé une fois d'aimer ?

— Peut-être, mais c'est du plus loin qu'il m'en souvienne.

— Alors, j'ai raison ; ne parlons donc plus d'un verbe que vous avez l'esprit de ne pas conjuguer, et résumons-nous : je viens ici comme on va au spectacle.

— Au spectacle ? répéta la Madone.

— Oui ; c'est plus amusant et ce n'est pas plus cher. Il se joue, dans ce petit pavillon coquet, une comédie à deux personnages qui me paraît la plus divertissante du monde. Vous n'obtenez rien du maître de céans à qui vous donnez tout. Vous pourriez lui fermer la porte, mais votre amour-propre est engagé d'honneur à le ruiner un peu. Malheureusement, vos jolies dents n'ont pas encore fait de brèche à ce portefeuille d'airain. Le jeune homme tient à vous, de son côté, par un sentiment où la vanité a la part que lui laisse l'avarice. Un beau meuble, un cheval de sang, un objet de luxe à mettre sur l'étagère d'un roi et qui ne coûte rien, c'est rare ! S'il

menaçait de rompre, que feriez-vous ? Si vous parliez
de disparaître, que ferait-il ? Le duel est engagé... Je
suis entre vous comme autrefois les juges d'un tournoi
en face de deux paladins... et je me tiens prêt à saluer
le vainqueur. En attendant, battez-vous.

La Madone repoussa les cartes qu'elle mêlait du bout
des doigts et regarda sir William.

— Tiens ! tiens ! fit-elle... vous avez de bons
yeux !

— Voilà une exclamation qui me prouve que je ne
me trompe pas, reprit sir William ; quant à moi qui
examine les coups, je ne parierais ni pour l'un ni pour
l'autre des deux combattants. Il y aura forcément un
vaincu, mais sera-ce lui ? sera-ce vous ? Là est la question, et c'est là justement ce qui pique ma curiosité. Or,
vous comprenez que si je vous faisais la cour, je n'y verrais plus clair ; je m'abstiens donc, avec regret sans
doute, mais avec entêtement,

— Eh bien ! s'écria la Madone piquée, Auguste est
banquier, c'est trop vrai, mais je suis femme ! Nous verrons qui l'emportera, et malheur alors au vaincu !

— Dieu vous bénisse ! répliqua sir William en lui baisant la main.

Un temps se passa pendant lequel Auguste sentit que
son amitié pour sir William prenait de plus fortes
proportions. Il faut dire aussi que l'Anglais l'écoutait
imperturbablement et déclarait avec un grand sérieux
que jamais homme de France ne fut plus versé dans la
science du sport.

— Nous nous valons, lui dit-il un jour d'un air tranquille.

La fatuité de cet éloge porta le fils de Jacques aux
nues, et eut pour première conséquence une série de
paris qu'Auguste perdit tous, sauf un que sir William lui
laissa gagner comme une prime d'encouragement.
Auguste oublia qu'il avait perdu dix avant de gagner
un, et tomba dans le ravissement. Il avait cette fois la
ferme espérance de vaincre son maître. Égal déjà dans
la théorie, pourquoi ne serait-il pas, plus tard, supérieur
dans la pratique? Sir William l'enracina dans cette
pensée par un mot qui sembla lui échapper :

— Sur le champ de courses, je ne crains qu'un
homme, et c'est vous! dit-il un soir où la conversation
galopait sur le terrain favori de ses ébats.

Pompée complimenté par César ne se fût pas montré
plus heureux et plus reconnaissant.

— L'avez-vous entendu? disait le lendemain Auguste
à la Madone, sir William me craint! Parbleu! je lui
prouverai qu'il n'a pas tort!

A cette époque, vers la fin de l'hiver, la Madone resta
subitement enfermée chez elle pendant plusieurs jours
sans recevoir personne. On savait cependant qu'elle
n'était pas malade. Cette espèce de retraite, dont personne ne connaissait la cause, concordait avec la déconfiture d'une affaire que le fils de Jacques Bernard avait
patronnée, et qui, lancée avec grand fracas, avait eu
les plus tristes résultats. Sir William força la porte du
pavillon de la rue Pigalle. Il trouva la fille du métayer

berrichon dans son boudoir, les pieds dans des pan-
touffles, étalant des cartes sur un tapis, et tout de son
long étendue sur une peau d'ours.

— Le valet de cœur!.. je m'en vais! s'écria la femme
de chambre qui brouilla le jeu.

La Madone souleva la tête sur son coude.

— Si j'étais en humeur de me fâcher, dit-elle, quel
bruit ne ferais-je pas?... mais les cartes annonçaient
une visite... je vous pardonne.

Sir Wllliam s'assit à la turque sur la peau d'ours.

— Ainsi, dit-il, vous avez perdu la première manche !

— Qui vous l'a dit? s'écria la Madone qui se redressa.

— Et vous êtes en train de renoncer à la partie?
poursuivit l'Anglais.

— Qu'en savez-vous? répliqua la Madone.

Sir William appuya ses deux coudes sur ses genoux,
la tête dans ses mains, et riant à demi :

— Nos petites dents blanches se sont cassées, en
voulant mordre au portefeuille que vous savez,
reprit-il, et notre ennemi intime en emporte les morceaux.

— Vous êtes insupportable! dit la Madone, qui sauta
sur un canapé, mais je serai franche avec vous. Que
vous a-t-on appris?

Sir William resta assis aux pieds de la Madone.

— On ne m'a rien appris, dit-il, mais je sais tout.

— Phrase surannée... Passons.

2

Sir William pirouetta sur ses talons et appuya
menton sur les genoux de la Madone qui le laissa fai

— Eh bien ! reprit-il, je vais donc être forcé de vo
prouver que les phrases surannées sont les plus vrai
Procédons, s'il vous plaît, par ordre. Vous avez p
goût à la lutte et avez voulu votre part du gâtea
C'était légitime. En conséquence, vous avez naïvemen
comme une bergère des temps antiques, confié vot
argent mignon à un jeune banquier dont le nom ne f
rien à l'affaire. Dieu sait quelle éloquence il a mise
service des confidences à l'aide desquelles il vous a e
bobinée ! Il ne vous a rien conseillé, mais quels hor
zons dorés faisaient entrevoir ses doux propos ! O
nous ne sommes pas hommes à nous compromettr
même quand nous pensons à payer nos dettes... no
avons du sang de millionnaire dans les veines ! La cho
faite, le jeune banquier s'est conduit comme le fameu
loup du vieux conte : il a croqué le petit chaper
rouge et la galette. On devait rendre à notre innocen
dix chiffons de papier pour un ; le vent de la spécula
tion a tout pris. Et l'aimable roué se frotte les main
Oh ! tout est en règle, et tous les tribunaux de com
merce du monde n'y trouveraient pas une virgule
reprendre. Vous avez souscrit, vous avez perdu, vo
avez payé. Tout est bien. Il vous reste à compter v
morts.

— Après? dit la Madone.

— Les grands génies seuls transforment une défai
en victoire ! Un accès de modestie vous a saisie,

intenant une voix timide vous conseille de déserter
champ de bataille. Il vous paraît que M. Auguste
rnard est trop fort. Vous avez agi envers lui comme
trefois, dit-on, Alcmène envers Amphitryon, et il ne
st pas rendu. Cet homme est invincible.

La Madone se pencha en avant pour regarder l'An-
is jusqu'au fond des yeux.

— Quel miracle vous a révélé tout cela? fit-elle.

— Il n'y a point de miracle, il y a un peu d'observa-
n; j'ai étudié, j'ai écouté, j'ai regardé. On ne sait pas
mbien la découverte de la vérité est facile quand on
sans passion. Vous n'êtes pas une énigme pour moi,
us êtes comme la page toute ouverte d'un livre char-
nt. Il n'y a point de flatterie à ajouter que j'aime à
ire. Malheureusement, le duel auquel j'assistais il y
quelque temps a eu son dénoûment logique. Après
-huit mois de luttes, vous êtes vaincue.

— Oui, vaincue, répéta la Madone avec accablement.

Sir William lui prit les deux mains, et, les serrant
ec force :

— Eh bien! non, vous ne l'êtes pas, si vous voulez!
-il.

— Que faut-il faire?

— Laisser votre main comme elle est à présent dans
mienne, vous associer à moi.

La Madone redevint femme et sourit coquettement :

— Eh! reprit-elle, voici maître loup qui montre le
ut de l'oreille!

— Saisissez-le!... il vous aidera à dévorer notre petit

millionnaire... Le loup qu'on vous offre, ma belle, a les dents longues.

Si peu femme qu'on soit, on l'est toujours par certains côtés. Les plus désabusées par les agitations les plus décevantes et les plus corrosives, gardent dans un petit coin du cœur quelque chose de féminin qui les fait encore sourire ou soupirer. C'est l'amour-propre qui s'irrite, ou l'espérance qui s'éveille, ou la coquetterie qui bat de l'aile. On naît femme, on meurt femme.

— Mais si vous ne m'aimez pas, pourquoi cette association? dit la Madone.

— Parce que, si je ne vous aime pas, je hais le fils de Jacques Bernard.

Surprise de l'accent nerveux de sir William, la Madone frissonna. Jamais elle n'avait vu une expression si profonde et si vraie de méchanceté et de résolution froide dans les yeux d'un homme.

— Mon Dieu! que vous a-t-il fait? dit-elle.

— A moi, rien.

— Je ne vous comprends pas.

— Qu'importe que vous me compreniez, si je vous viens en aide! Un ou deux millions sont bons à brouter, ma chère brebis. Sortir d'un pré bien gras sans en avoir tâté l'herbe tendre! Ah! fi! Mais vous seriez déshonorée! Votre réputation, sans tache jusqu'à présent, exige que M. Auguste Bernard soit honnêtement ruiné de fond en comble... Vous serez libre après de le congédier brutalement. Je dirai plus... ce sera votre premier devoir... N'y manquez pas!

— Tranquillisez-vous, dit la Madone.

— C'est donc convenu. Un traité d'alliance est arrêté entre nous, et nous reprenons les armes pour continuer la campagne?

La Madone caressa les touffes de cheveux roulées autour de ses tempes.

— Faut-il signer le traité? reprit-elle d'un air modeste.

Sir William lui baisa lentement les deux mains l'une après l'autre.

— En diplomatie, la signature est une formalité indispensable, dit-il.

Le soir même, un dîner improvisé, dont la Madon faisait les honneurs, réunissait un petit groupe d'intimes dans le pavillon de la rue Pigalle. Auguste et sir William en étaient; jamais on ne fut plus gai autour de la table. On but à la résurrection de la Madone.

Les convives ne manquèrent pas de lui demander les motifs de cette retraite subite qui les avait tous affligés.

La Madone jeta un petit mensonge en avant.

— Le diable m'a tentée sous la figure d'un hospodar, dit-elle, et j'ai failli devenir princesse moldave, mais au moment de partir pour les rives du Danube, le spleen m'a prise, et je suis restée.

— Une trahison! s'écria sir William, et vous l'avouez!.. Dorénavant, on fera bonne garde autour d château, et vous serez notre prisonnière.

2.

— Je plains le capitaine de la garnison, répondit la Madone en regardant Auguste, il sera puni pour tout le monde.

Et, menaçant le fils de Jacques du bout du doigt, elle lui envoya un baiser.

Auguste se renversa sur sa chaise en riant aux éclats; jamais il n'avait été plus heureux.

— Je l'ai ensorcelée! pensait-il.

Vers minuit, et tandis que la Madone était seule dans sa chambre, un de ces hasards miraculeux, que les philosophes de tous pays constatent tour à tour, y fit spontanément apparaître sir William que tout le monde avait vu sortir du pavillon.

La Madone n'en témoigna ni surprise ni indignation. Elle avait les nerfs à l'épreuve des saisissements.

— Çà, dit-elle en jetant quelques gouttes de rhum dans une tasse de thé, me ferez-vous l'honneur de m'apprendre quel besoin vous avez de causer avec moi. à cette heure? Vous parait-il en outre bien nécessaire de pousser l'entretien jusqu'au jour, à cette seule fin de mener à bien l'entreprise dont notre cher Auguste est l'objectif, pour parler le langage d'un officier d'artillerie qu'autrefois j'ai connu à Bourges?

— Eh! ma colombe, répondit l'Anglais, lorsqu'un auteur dramatique veut régaler le public d'une comédie nouvelle, ne faut-il pas qu'il ait ses entrées sur le théâtre?

— C'est la coutume, en effet. A votre sens, il faut donc que je m'y soumette?

— Où rencontrerai-je Auguste, si ce n'est chez vous ? Où sera-t-il plus libre, plus en dehors, plus livré à lui-même qu'ici ? Où notre intimité deviendra-t-elle plus étroite et plus cimentée par des rapports journaliers ? Cette maison est un terrain neutre où l'on désarme : il s'habituera à me voir. Un jour viendra où je serai son ombre, et où il ne pourra pas se mouvoir sans m'avoir à son côté.

— Et alors ?

— Oh ! alors comme alors... A chaque jour suffit son œuvre. Mais j'imagine qu'en ce temps-là vous n'aurez pas lieu de vous affliger beaucoup de m'avoir rencontré.

— Je l'espère, dit la Madone qui nattait ses cheveux.

En ce moment, les yeux de la Madone tombèrent sur un écrin de velours qu'on voyait sur un coin de la cheminée.

— Qu'est-ce que cela ? dit-elle.

Sir William, qui s'était approché de la Madone, prit entre ses doigts le poignet délicat et blanc de la courtisane.

— J'ai trouvé tantôt chez un joaillier cette bagatelle, reprit-il ; permettez-moi de l'essayer à votre bras.

Il ouvrit l'écrin, en tira un bracelet qui resplendissait des mille feux du diamant et du rubis, et le passa autour du poignet de la Madone.

— Dieu ! que c'est beau ! dit-elle en levant son bras à la hauteur d'une lampe.

L'éclair de la convoitise avait brillé dans ses yeux.

Jamais joyau plus éclatant n'avait étincelé au bras d'une rivale.

— Quand un ministre plénipotentiaire signe un traité d'alliance, ajouta sir William, il est d'usage qu'on reconnaisse ses bons services par un souvenir. Si vous daignez accepter celui-ci, j'aurai l'espoir que vous permettrez plus tard à sir William de réparer les sottises d'Auguste.

La Madone tressaillit.

— J'aurais donc joué à qui perd gagne sans le savoir ?

— J'en ai la douce conviction, répondit sir William.

— Ah ! reprit la Madone, qui regardait l'effet du bracelet dans une glace, voilà donc enfin un grand seigneur, le premier.

— Eh ! non, ma chère, les grands seigneurs sont morts avec les fermiers généraux qui se ruinaient dans les boudoirs... Nos banquiers se ruinent à la Bourse... Je suis tout simplement un politique. J'ai besoin de renseignements, je donne des arrhes... Que de choses que seule vous pouvez savoir et que tout bas vous me soufflerez à l'oreille ! Un homme n'a pas de secret pour l'oreiller sur lequel sa tête repose. Je demande que l'oreiller écoute et retienne ; l'indiscrétion sera le premier de ses devoirs... Le bracelet que vous admirez, et qui semble vous remercier de lui accorder l'hospitalité, a des cousins qu'on appelle des colliers et des cousines qu'on appelle des broches... Toute la famille attend une occasion de se réunir à l'émigrant ; vous la lui fourni-

rez ; et chaque fois que, grâce à votre dévouement,
notre ennemi perdra une des plumes qui le font semblable à un paon, vous aurez le droit de vous en parer,
et je vous y aiderai.

— Je vois bien ce que je gagnerai à cette collabora-
tion ; mais vous ?

— Et comptez-vous pour rien le plaisir du spectacle ?
C'est de l'art pour l'art.

La conversation engagée, sir William fit comprendre
à la Madone que l'impassible Auguste, cuirassé dans sa
méfiance et son égoïsme, avait encore des côtés par
lesquels il était vulnérable. On a dit que l'homme tombe
du côté où il penche ; or, Auguste penchait du côté de
la vanité. C'était donc une sottise à caresser ; il fallait
s'employer à lui ménager la pente. Si le pied ne lui
avait jamais glissé sur le terrain scabreux de la galanterie, le terrain des courses lui présenterait des pièges
qu'il n'éviterait pas. On gagnerait avec le sportman ce
qu'on avait perdu avec l'amoureux. Le bilan serait
encore au profit de la Madone.

Quant à sir William, il se livrait tout entier à son
alliée.

— Faites de moi un patito, si bon vous semble,
aucune situation ne m'offusque. Si Auguste vous inter-
roge, en hésitant laissez-vous arracher cet aveu que j'ai
mis à vos pieds ma fortune, que je me meurs d'amour
pour vous... et que certainement j'expirerai l'an prochain. Mon attitude, mon assiduité confirmeront vos
paroles... Un homme, quel qu'il soit, un homme du

caractère de notre ennemi surtout, est sensible à ces sortes de succès, et d'autant plus sensible, qu'il ne les mérite pas. Je ne serai pour lui qu'un vaincu... Or, on ne se méfie pas de ces petites gens.

— C'est plaisir de causer avec vous, dit la Madone ; je me croyais instruite, et je m'aperçois que je n'étais qu'une écolière.

— Le professeur est à vos pieds, marchez dessus, répondit l'Anglais.

C'était bien ce que se proposait la Madone. Elle comprenait vaguement que quelque chose qu'elle ne savait pas guidait sir William. De son côté, ce que sir William ne disait pas, c'est qu'il voulait, à l'aide de cette intimité habilement cultivée, pénétrer dans la maison de Jacques Bernard, et qu'il visait moins au fils qu'au père.

Le lendemain matin, comme il passait devant l'hôtel du banquier, rue Taitbout, il regarda la porte à demi ouverte et les fenêtres encore fermées. Clovis s'agitait dans la cour, sir William s'arrêta.

— J'ai prêté le serment d'Annibal, dit-il ; je crois que je le tiendrai.

III

ORESTE ET PYLADE

Depuis que la Madone avait échangé des confidences
avec sir William, elle éprouvait quelque chose de singulier qui ne laissait pas de l'étonner. Il y avait des
heures où elle ne s'ennuyait pas. Il lui arrivait parfois
de rester plusieurs jours sans battre un jeu de cartes.
Certes, ce n'était pas encore qu'elle trouvât la vie pleine
de délices et fertile en amusements, mais elle y découvrait du moins quelque chose qui ressemblait à de l'intérêt. Ses jours n'étaient plus vides; une idée, une
espérance, un désir en coupaient la longue et désolante
monotonie. Elle savait presque à présent pourquoi elle
soupait, pourquoi elle jouait, pourquoi elle s'habillait
et se déshabillait, pourquoi elle ouvrait ou fermait sa
porte. Si elle n'aimait pas, elle haïssait à demi. C'était
déjà un progrès.

— Vous êtes un sorcier, dit-elle à sir William un jour
qu'elle était restée six heures de suite sans bâiller.

La Madone raconta ce phénomène à ses plus vieilles
connaissances; toutes crièrent à l'exagération.

Aussitôt que sir William eut pris en main le gouvernement du pavillon de la rue Pigalle, il mit une activité
extrême à relier ensemble les éléments qui pouvaient
donner à l'intérieur de la Madone plus de vie et plus
d'agrément. Auguste en éprouva les effets sans en
deviner la cause. Il commençait à ne se plaire que là
où étaient sir William et la fille du métayer berrichon.
On lui fournissait si fréquemment l'occasion de briller
à si peu de frais! on relevait par tant d'applaudissements ses moindres mots! sir William était amoureux
de si bonne foi de la Madone, et la Madone le lui rendait
si peu!

Les deux jeunes gens avaient eu une explication sur
ce sujet délicat, explication provoquée par sir William,
qui s'était servi, à ce propos, de la locution si chère au
fils de Jacques Bernard. C'était une nuit, après une
partie de baccarat.

— Nous autres gentilshommes, lui avait dit sir William, nous ne devons ni feindre ni mentir... J'adore la
Madone... Après avoir tout fait pour déraciner cet
amour inutile, je dois vous avertir que je n'épargnerai
rien pour triompher.

— Essayez, répondit Auguste, qui alluma un cigare
au cigare de sir William.

— Ainsi, la Madone vous a fait des confidences?

reprit l'Anglais en affectant une grande surprise.

— Je l'avoue.

— Çà, vous avez donc un charme, un amulette, un *grigri*, comme disent les nègres?

Auguste sourit d'un air fat.

— On a ce qu'on peut, murmura-t il.

— Alors, je n'ai plus qu'à battre en retraite.

— Non pas! non pas! restez et combattez... Ce serait vous dérober, et des gentilshommes comme nous ne quittent jamais le terrain.

Cette réplique, empruntée au langage du sport, parut vaincre les scrupules de sir William.

— Allons! dit-il modestement, je me ferai battre!

Pour cimenter entre eux cette alliance offensive, sir William inaugura chez lui des dîners fins pour lesquels il prit un jour. Le choix des convives et l'ordonnance du menu montraient qu'il était véritablement l'un des maîtres de la science. Un Parisien rompu aux délicatesses de la vie civilisée avouait qu'on ne riait et qu'on ne mangeait que chez cet Anglais. Sir William avait un appartement rue de La Rochefoucauld, où l'on retrouvait fondus et galamment embellis par leur association le confortable britannique et l'élégance française. Peu de pièces, mais commodes et habilement distribuées, dans les cheminées un feu clair pour les yeux, et une chaleur égale partout pour le corps, des meubles qui invitaient au repos, un grand jardin sous les fenêtres, des portes qui tournaient sans bruit, entre les divers salons, des glaces sans tain qui ne brisaient pas le regard, des

3

tentures sur tous les murs, des jardinières dans tous les coins. La Madone avait consenti à faire les honneurs de ces réunions, où l'on n'était pas admis facilement.

La première fois qu'elle parut à table, sir William porta un toast à sa beauté.

— J'ai fait comme l'homme du proverbe, dit-il hardiment : j'avais si grand'peur d'être brûlé, que j'ai mis le feu à la maison.

Auguste rit beaucoup. Sir William démasqué accepta bravement la grêle de plaisanteries qui l'assaillit. Les traits les plus lourds, ce fut Auguste qui les jeta.

Mais, si la Madone était chez sir William comme chez elle, Auguste ne remarquait pas que chez la Madone sir William était comme chez lui. C'était sir William qui avait l'initiative des fêtes et des soupers, sir William qui menait le jeu, sir William qui lançait les invitations. A petits pas, et tout doucement, sir William le supplantait en toutes choses ; et quand Auguste le bombardait de railleries plus pesantes que le plomb, et qu'il trouvait les plus délicates du monde, si l'on riait aux éclats, Auguste, heureux, ne se doutait pas de qui et de quoi l'on riait. La franc-maçonnerie du monde protégeait sir William.

La comédie qui se jouait dans le pavillon de la rue Pigalle, entre ces trois personnages, avait presque une centaine de spectateurs plus ou moins intéressés. L'Anglais, qui avait un temps vécu à Paris, après avoir beaucoup voyagé, ne s'était pas fait faute de présenter

à la Madone un grand nombre d'étrangers qui contri-
buaient au mouvement et à la gaieté de la maison.

Auguste retrouvait dans cette cohue aux noms sonores quelques-uns des hôtes assidus des champs de courses de la Marche et de Chantilly. Ces vieilles connaissances, parmi lesquelles il pouvait faire étalage de sa
science hippique, le portèrent complaisamment sur le terrain favori de ses conversations. Il s'y laissa glisser doucement et s'habitua à ne se plaire que dans les salons
de la Madone. Là seulement il était à l'aise, là seulement
on le comprenait.

Le nombre est grand dans tout le monde de ces com-
plices que la vanité, l'amour, l'intérêt, mille sentiments
les plus minces, le hasard même ou l'indifférence, prê-
tent aux plus mauvais desseins. On entre sans le vouloir dans des ruses savamment ourdies, et quand on en
découvre les fils, on y persiste par indolence ; au besoin
même on accepte un rôle dans des trahisons et des per-
fidies que la lâcheté des mœurs tolère. On n'y voit point
de mal, on en plaisante, on en rit, et, le cas échéant,
on traite lestement la victime qu'on aide à faire tomber
dans le piége. Auguste avait un fonds de sottises, solide
et large, qui ne lui permettait pas de voir sur quelle
dangereuse pente la vanité bête qui le tenait en laisse
pouvait le conduire. Quand on l'écoutait, il croyait que
la force de ses arguments commandait l'attention ; si un
adversaire se rendait, après une discussion durant laquelle il avait pesamment parcouru le terrain glissant
de l'économie politique, il faisait les honneurs de cette

victoire à son mérite. On le prenait pour arbitre chaque
fois que l'entretien effleurait les matières qu'il avait la
prétention de connaître, et l'arrêt rendu, on s'inclinait.
Trois lords, un prince polonais, un secrétaire de l'ambassade turque avaient voulu rendre visite à son écurie
et le complimenter sur le choix des animaux qui la
composaient. On avait seulement paru surpris que M.
Auguste Bernard n'eût pas songé à l'augmenter d'un
fameux étalon, *Rainbow*, que le Tatersall de Londres
allait mettre en vente. Auguste acheta *Rainbow* et le
paya 500 livres sterling. Il ignorait que le propriétaire
du cheval se trouvait parmi ceux qui lui en avaient conseillé l'achat, et qui le félicitaient hautement d'en être
devenu le possesseur.

— Sir William avait raison ; j'ai trouvé le défaut de la
cuirasse, pensa la Madone.

Le même soir, en furetant sur sa toilette, elle mit la
main sur un écrin dans lequel elle découvrit une bague
qu'elle avait remarquée chez un bijoutier.

Un papier accompagnait l'écrin, elle l'ouvrit et lut
ses mots :

« Du même à la même. »

— Ah ! murmura la Madone, voilà un homme que j'aimerai s'il ne m'aime pas !

Dès lors elle persista avec plus d'ardeur dans son projet, et s'y appliqua avec une suite dont elle n'avait jamais donné l'exemple. Ses amis remarquaient qu'elle
ne s'enfermait plus avec sa cameriste. Quant à Auguste,
il pensait de bonne foi qu'il était l'une des étoiles du

sport et l'un des flambeaux de la science économique.

Un jour qu'il avait longuement parlé des chevaux anglais et du croisement des races, un des oisifs qu'il rencontrait chez la Madone lui demanda pourquoi il ne condensait pas, dans une brochure, des vérités qu'il était bon de faire connaître au gouvernement et au public.

— J'y penserai, répliqua sérieusement Auguste.

Le lendemain il consacra deux ou trois heures à la rédaction d'un mémoire sur la science cultivée au Jockey-Club. En attendant que ce travail parût, les paris ne cessaient pas ; il perdait toujours, et son écurie devenait un hôtel des Invalides ouvert aux chevaux dont personne ne voulait plus.

Sir William avait un art singulier d'entraîner son ami. Lorsque par hasard il lui laissait emporter une poignée de louis, l'Anglais ne manquait pas de prendre des airs où le dépit le disputait à la mélancolie.

— Vous me battrez donc toujours ! s'écriait-il, à la rue Pigalle et à Longchamp.... C'est trop !

Quand on avait dîné chez la Madone ou dans l'appartement de sir William, le lansquenet et le baccarat prenaient les heures qui n'étaient pas données aux discussions. Pendant de longs jours Auguste était resté impassible au milieu des joueurs, sans jeter un louis sur la table. Les éloges de l'Anglais le firent changer de conduite.

— Ah ! vous êtes la prudence faite homme ! avait dit sir William ; ne jouez pas ! Le tapis vert est un terrain nouveau ; la fortune pourrait ne pas vous suivre !... Laissez respirer les vaincus !

Pour toute réponse, Auguste tira un billet de banque de sa poche et l'exposa sur le tapis. Il avait joué, il continua. Il perdit et trouva facilement à emprunter en dehors de sa famille. Un premier coup de pioche venait d'ouvrir le gouffre des dettes. Sir William et la Madone se chargeaient de l'élargir.

Cette réplique audacieuse d'Auguste, que la Madone n'avait oubliée, avait été pour elle un trait de lumière. Elle comprit en une seconde le parti qu'elle pouvait tirer de cette situation esquissée par un mot et s'y dévoua.

Elle afficha discrètement le fils du banquier et le compromit avec une habileté prudente qui procédait par sourires, par des aveux maladroits et par insinuations. Il fut bientôt avéré que le jeune millionnaire aimait éperdûment la Madone, qu'il était soupçonneux et jaloux, qu'il s'abandonnait pour elle à mille folies, et que le fameux jardin des Hespérides, gardé par un dragon, était d'un accès plus facile que le boudoir de la rue Pigalle. Il était aisé de franchir la porte du salon, mais on n'allait pas plus loin. De nouvelles confidences apprirent bientôt que cette adoration était partagée par sir William. L'un des héros gardait la pomme d'or ; l'autre la voulait cueillir. Jusqu'à présent, la victoire était restée au Français. Cependant l'Anglais ne se décourageait pas. Cette double réputation bien établie produisit l'effet qu'en attendait la Berrichonne. Tout le monde voulut goûter au fruit si bien défendu. La Madone déjà

célèbre, devint illustre ent.. .re toutes ses pareilles. Sa
beauté attirait moins que le plai.. .sir de la difficulté vaincue. Elle accueillit l'un, puis l'autre, .. puis un troisième,
usant de cent précautions pour déjouer .. ce qu'elle appelait la surveillance ombrageuse d'Auguste, q.. ..'elle poussait en avant aux heures décisives, et ajoutant ce .. strata-
gème à la saveur de ce qu'elle accordait. Les étrangers,
qui brûlent aux flammes de Paris des lambeaux for-
midables de leur fortune, prenaient le fils de Jacques
au sérieux, et ce métier de séducteur qu'on leur offrait
les émoustillait ; les malins comprenaient à demi-mot et
profitaient de leurs avantages. Auguste avait pour le
public la réputation et la position d'un Jupiter. Pour la
Madone, c'était une tête de Méduse avec laquelle elle
terrifiait les importuns, et souvent aussi un appât qui lui
servait à prendre les vaniteux.

Le succès qu'elle obtint et la compagnie qu'elle vit
se presser dans son boudoir étonnèrent la Madone ; mais
ce qui l'étonna le plus, ce fut la vérité de cette prophétie que lui avait faite Auguste. C'était comme un coup
de sonde jeté au plus profond du cœur humain.

— Se peut-il qu'un sot ait l'esprit si clair ? se dit-
elle.

Malheureusement pour lui, le maître-sot s'était pris
au piége qu'il avait tendu. Il lui arrivait de se caresser
le menton quand il se regardait dans un miroir ; rien ne
lui paraissait plus impossible. Il aspirait à succéder à
ce fameux lord Derby qui avait fait école en Angleterre.
Dans cette atmosphère d'éloges au milieu de laquelle il

vivait, la tête lui tournait. Il était le roi du sport, il
était l'homme à la mode. Mais souvent déjà il était à
court d'argent.

Un matin, sir William attacha une broche de perles
roses au corsage de la Madone.

— Qu'y a-t il encore ? dit-elle en laissant faire la main
de l'Anglais.

— Hier, pour la première fois, le fils du millionnaire m'a emprunté une somme ronde, répondit-il,
n'est-il pas juste que vous ayez votre part de cette bonne
aubaine ?

— Eh ! dit la Madone d'un air doux, prêtez-lui donc
la Banque de France !

Cet emprunt ouvrit la porte de l'hôtel de la rue Taitbout à sir William. Déjà, depuis longtemps, le nom du
jeune insulaire avait été prononcé dans la famille de
Jacques Bernard. Auguste en parlait comme d'un homme charmant et profond tout ensemble. Jacques, qui se
méfiait des jugements de son fils, demanda à voir cette
merveille envoyée en cadeau par Londres à Paris. Auguste, enchanté, profita d'une soirée dansante pour présenter sir William. L'habile comédien changea de langage et d'attitude en changeant de terrain. Il avait une
longue habitude du monde et savait écouter à propos.
L'élégance des manières ne lui manquait pas. Jacques,
qui s'attendait à voir quelque écervelé, fut agréablement
surpris. Il causa avec sir William, auquel il trouva du
sens et une grande rectitude d'esprit.

La première impression était bonne. Jacques voulut

savoir si ce n'était pas un vernis qui passerait avec le temps ; mais sir William n'était pas un homme à commettre d'imprudence. Il avait la ferme résolution de plaire. Il se montra sobre de paroles, et, sut, dans une discussion soulevée habilement, céder à temps et se rendre, non pas qu'il fût à court d'arguments, mais comme un homme vaincu par l'autorité d'une expérience supérieure.

Ton ami est un homme, dit Jacques à son fils.

Vers la fin de la soirée, entraîné par un mouvement spontané, il tendit la main à sir William.

— Touchez-là, dit-il, vous êtes de la maison.

La voix de l'Anglais avait des sons qui l'émouvaient ; il lui semblait que ce n'était pas la première fois qu'il en entendait les caressantes vibrations, mais sa mémoire ne lui rappelait pas à quelle époque et en quels lieux ces sons l'avaient frappé. Joséphine ne fut pas moins séduite que Jacques. Sir William avait dans l'air du visage quelque chose de hautain qui lui plaisait. Cela sentait le fils de bonne maison.

Huit jours après, l'Anglais dîna chez le banquier. Plus tard, il lui rendit visite dans son cabinet. Le langage des affaires lui paraissait famillier. Il en parla en homme qui les a traversées ; Jacques, encore plus acharné, lui demanda s'il les avait pratiquées.

— Quand on a vu Liverpool, Manchester, Amsterdam Hambourg, il en reste toujours quelque chose, répondit sir William ; mais qu'est-ce auprès de ce que vous savez !

3*

De nouveaux entretiens suivirent cette conversation ; ils étaient ménagés avec un grand art. Sir William prouva, sans en faire parade, qu'il parlait l'allemand, l'espagnol, l'italien.

— Que de choses gaspillées ! s'écria Jacques, qui, malgré lui, pensait à la nullité d'Auguste.

— Si je ne les perdais pas, qu'en ferais-je ? dit sir William.

— Les chevaux, les paris, les courses vous amusent donc bien ? reprit Jacques.

— Tout cela m'ennuie à périr, mais si je renonçais à cette oisiveté, par quoi la remplacerais-je ?

Jacques pressa sir William de questions. L'Anglais avait une somme disponible, quatre ou cinq cent mille francs peut-être, une bagatelle enfin ; il ne demandait pas mieux que de les utiliser en les jetant dans une affaire qui lui fournirait les moyens d'employer son intelligence. Mais où trouver une personne qui voudrait l'intéresser dans une entreprise sérieuse ? On ne pouvait pas accuser les banquiers d'avoir une confiance entière dans les sportmen, et il était impossible de leur faire un crime de cette réserve.

— Vous plaît-il que cette personne soit devant vous ? dit Jacques.

Une grande surprise se peignit sur le visage de sir William.

— Quoi ! vous consentiriez à faire quelque chose de bon d'un être qui n'a jamais rien fait de bien ? s'écria-t-il.

— Alors vous acceptez ?

— Sans hésiter.

— Eh bien ! dès demain vous serez mon associé. Il me fallait un homme à la tête d'une entreprise qui va sortir de l'étude pour entrer dans le domaine des faits... je vous remercie de me l'avoir fait rencontrer.

Jacques et sir William échangèrent une poignée de main cordiale.

— Dorénavant, regardez-moi comme votre homme-lige, dit l'Anglais en se levant.

Comme il passait le seuil de la porte, un soupir de joie orgueilleuse gonfla la poitrine de sir William.

— Enfin ! dit-il, je suis donc au cœur de la place !

IV

CRÉSUS MARIÉ

Sur ces entrefaites, le mariage de Léonie et de Mᵉ
Gustave Colombey, propriétaire et rentier, fut célé é
avec une pompe extraordinaire à la Madeleine. Joséphine
avait parcouru tous les magasins de Paris pour composer
la corbeille de noces. Elle ne trouvait rien d'assez beau,
ni d'assez brillant. Elle y glissa par douzaines des robes
qu'on ne porte pas, des châles qui fatiguent les yeux par
l'éclat de leurs nuances, des pièces d'étoffes qui semblaient faites d'un rayon de soleil. Une aventurière
aurait battu des mains ; une femme honnête aurait vidé
la corbeille sans y toucher du doigt. Léonie fut dans le
ravissement. M. Colombey avait prié sa belle-mère de
ne rien épargner.

— Tirez sur moi comme sur une cible ! avait-il dit.

On le prit au mot, il ne sourcilla pas, et mademoiselle

Bernard, éblouie, estima que son mari avait du tact et de l'esprit. A ce moment de sa vie, et tandis que Léonie avait les mains plongées jusqu'au coude dans les écrins et les dentelles, Fernand était pour elle comme s'il n'avait jamais existé. Elle ne se faisait même pas une parure de sa douleur, elle ne la voyait pas.

Fernand tenait la parole qu'il avait donnée à son père. Terrassé un instant par la violence du choc, il s'était relevé et luttait contre son amour avec une résolution et une opiniâtreté qui devaient en triompher. Il n'évitait ni ne recherchait la présence de Léonie ; il était avec elle simple et grave. Quelques tressaillements dont Marcelle s'apercevait et qui la faisaient frissonner par contre-coup indiquaient seuls ce qu'il éprouvait. M. de Maurs encourageait son fils dans cette conduite. C'était sa coutume de dire qu'on ne devait reculer devant l'ennemi que lorsqu'on ne pouvait pas le vaincre.

— L'épreuve sera plus dure, disait-il à Fernand le soir où ils avaient assisté ensemble à la bénédiction nuptiale, mais la guérison en sera plus radicale.

Léonie, devenue Madame Colombey, s'établit dans un hôtel que son mari venait d'acheter, et qui était situé rue Blanche. Elle en ouvrit les portes à deux battants. Au bout de quelques semaines, sa vie fut comme un tourbillon. M. Colombey la poussait dans cette voie dangereuse plus qu'il ne la retenait. C'était un homme qui ne pouvait vivre qu'au milieu du bruit ; son bonheur était de voir passer cinquante personnes dans son salon en un quart d'heure ; s'il trouvait dix voitures devant la

porte de son hôtel ou dans la cour, lorsqu'il revenait de
la Bourse, il se frottait les mains. Il s'était fait de la vie
un idéal qui consistait à remuer sans cesse et à gagner
beaucoup d'argent afin d'en dépenser, sinon plus, du
moins autant. Sa santé robuste lui permettait de résister
à toutes les fatigues et de s'asseoir dans son cabinet à
la pointe du jour, après être resté au bal jusqu'à quatre
ou cinq heures du matin. S'il fallait assister aux courses
de Chantilly ou de Dieppe, essayer une paire de chevaux
au bois de Boulogne, passer une soirée au théâtre et finir
la nuit dans un souper, M. Colombey était toujours prêt.
A ces qualités de tempérament, le spéculateur ajoutait
une humeur également bruyante à toute heure. Le tapage
lui semblait proche parent de la gaieté. Quand dix
violons faisaient rage dans son hôtel, quand le vin de
Champagne coulait dans sa salle à manger où s'escri-
maient dix laquais autour de vingt convives ; quand une
table de baccarat réunissait trente joueurs dans un coin
de son salon, M. Colombey ne se tenait pas d'aise. Il
aurait voulu du bruit encore pour s'endormir.

— Si la métempsycose est une vérité, disait un philosophe, l'âme de M. Colombey passera certainement dans
la caisse d'un tambour.

Son éducation première et la rapidité de sa fortune,
en quelque sorte improvisée, ne lui avaient pas permis
d'épurer ses goûts. Il ne les avait pas très-délicats. Dans
l'économie de la vie, telle qu'il la concevait, la première
place appartenait à l'amusement ; la dignité ne venait
qu'après. Sans méchanceté aucune, et seulement parce

que telle était la pente de son caractère et de l'habitude,
il faisait suivre à sa femme une route qui côtoyait cette
frontière douteuse où le monde effleure la galanterie.
Le tact lui manquait pour lui en indiquer les justes bornes. S'il trouvait du plaisir à souper, que lui importait
que madame Colombey fût aperçue, vers minuit, mon-
tant l'escalier dérobé de cabinets abandonnés tout à
l'heure par des filles perdues? Il aimait les premières
représentations, moins pour le mérite de l'œuvre et les
saveurs d'une fête réservée aux esprits d'élite, que pour
le mouvement et l'agitation qui accompagnent ces sortes
de solennités ; mais il n'éprouvait aucun froissement si
Léonie, assise dans une loge d'avant-scène, frôlait du
bout de ses manches le bras d'une voisine dont chacun
savait le nom, et qui croquait des pralines pendant les
entr'actes. Il ne trouvait pas mauvais qu'elle eût des
toilettes d'une recherche excessive, et de ces ajustements,
tout nouvellement inventés par les princesses de la mode,
qui forcent les passants à retourner la tête. Il lui donnait
le goût malsain des choses exagérées, du tumulte, du
luxe éclatant, de la vie en dehors, tapageuse et bruyante,
et l'accoutumait, sans y prendre garde, à des rivalités
extérieures où la chasteté du mariage se corrompt.
Malheureusement Léonie n'était pas d'un caractère à
résister à de tels entraînements ; tout, au contraire, la
conviait à les suivre. Elle était alors comme un cheval
fougueux qui voit devant lui une carrière ouverte. Un
coup d'éperon précipite son élan : il allait courir, il vole.

Avant son mariage, M. Colombey, qui n'appartenait

pas à l'école âpre, silencieuse et dure de Jacques Bernard, avait une relation intime dont jamais il n'avait pris la peine de se défendre et qui l'attirait souvent dans un appartement somptueux de la rue Chaptal. Au moment d'engager sa parole à Jacques, il eut la bonne volonté de rompre et rompit en effet. Il lui en coûta un portefeuille assez bien garni qu'il ne regretta pas, et dont l'acceptation fut suivie d'un déluge de larmes.

En quittant la rue Chaptal, où il ne croyait plus remettre le pied, M. Colombey, qui n'était cependant pas très-facile à l'attendrissement, se frottait les yeux.

— La pauvre fille m'aimait-elle ! disait-il.

Mais la pauvre fille n'avait aucune envie de renoncer à une si riche proie. Elle parut bien se résigner un temps, sûre qu'elle était qu'une lutte intempestive n'amènerait point de résultat, mais s'arrangea pour rencontrer plus tard M. Colombey dans la rue. Elle ne se montra ni mécontente ni jalouse, et lui demanda gaiement si on ne le verrait plus. M. Colombey se caressa le menton.

— Eh ! dit-il, vous avez affaire à un homme marié, et il n'y a pas loin de la rue Blanche à la rue Chaptal !

— Tant mieux... c'est plus commode, reprit la belle Ariane.

Et comme M. Colombey hésitait, Pulchérie, — c'était le nom de la demoiselle, — haussa les épaules.

— Avez-vous peur qu'on vous dévore ? reprit-elle... On vous rendra intact et frais comme une rose à madame Colombey... Ce n'est pas d'ailleurs à vous que j'en veux, c'est au banquier que je désire parler. J'ai quelque argent à placer et il me donnera bien un conseil.

— Un conseil! Je n'en refuse jamais, s'écria M. Colombey, qui avait une envie folle de céder et qui saisit au vol le prétexte offert par Pulchérie.

— Alors, demain à cinq heures, vous me trouverez seule.

Le lendemain à cinq heures, M. Colombey sonna à la porte d'un appartement dont il connaissait les moindres détails.

Il regarda les meubles; rien n'était changé dans la chambre et le salon. M. Colombey se jeta dans un fauteuil dans lequel il avait sommeillé vingt fois.

— Ingrat! lui dit Pulchérie, n'étiez-vous pas bien ici?

M. Colombey soupira. Il ne fut pas question de conseil entre eux. Un coup de sonnette retentit.

— Six heures! dit Pulchérie qui s'était levée d'un air effaré.

M. Colombey la regarda.

— Eh! reprit-elle, il y a des nids qui ne chôment pas!

Un petit serpent frétilla dans le cœur de M. Colombey qui jamais n'avait été chassé d'un appartement où il avait passé de si bonnes heures.

— Et le conseil? dit-il.

— Encore? Êtes-vous gourmand! s'écria la maîtresse du logis.

M. Colombey insista.

— Eh bien ! venez me le donner demain, murmura Pulchérie qui s'esquiva.

M. Colombey retourna donc rue Chaptal une fois, deux fois, trois fois, puis souvent, puis régulièrement, puis enfin presque tous les jours. Et il se trouva bientôt que rien n'était changé dans ses habitudes.

Léonie ne s'en aperçut pas. Son budget particulier n'avait souffert aucune réduction, et cela lui suffisait.

Parmi les personnes qu'on voyait le plus fréquemment à cette époque dans l'hôtel de la rue Blanche, il convient de citer M. de Bréhal.

Après la détermination prise par Jacques Bernard, l'un des prétendants à la main de Léonie, M. le marquis de Montallais avait retiré quelques fonds placés dans la maison de banque de la rue Taitbout, et on ne le vit plus.

— Il se fâche, il a tort, dit Jacques.

L'autre, au contraire, M. de Bréhal, s'était bravement présenté dans le cabinet du banquier, et lui tendant la main :

— Je ne puis pas être votre gendre, lui dit-il ; mais je peux bien rester votre ami.

— C'est mon vœu le plus cher, répondit Jacques.

— Il ne faut pas que ma philosophie vous fasse croire que je ne regrette pas votre charmante fille, continua M. de Bréhal. Jamais je ne la remplacerai. Mais, puisque M. Colombey lui a paru plus digne que moi d'assurer son bonheur, je me résigne par la pensée qu'elle sera plus heureuse.

Jacques prit à son tour la main de M. de Bréhal et la
serra.

— Il me semble cependant que la demande que je
vous ai adressée, poursuivit M. de Bréhal, a créé entre
nous une sorte de parenté morale. C'est un lien que je
ne veux pas briser... Me permettez-vous même d'en
resserrer le nœud?

— Je vous en prie, répliqua Jacques.

— Eh bien! j'agirai saas détour comme j'ai le droit
de le faire avec un homme que j'estime et auquel il n'a
pas dépendu de moi de tenir par les liens du sang...
Vous avez une grande expérience des affaires, j'en ai
une médiocre, mais je suis encore jeune, et j'ai bonne
envie d'entrer dans la voie où tout le monde marche.
Voulez-vous me servir de parrain?

Jacques s'inclina.

— J'ai idée, ajouta M. de Bréhal, que vous n'aurez pas
lieu de le regretter. Il y a des choses en moi et autour
de moi dont je n'use pas; vous m'apprendrez à m'en
servir. Nous associerons dans une mesure votre sagacité
et mes relations, et la fortune aidant, je prétends bien
vous faire voir qu'on peut être homme du monde et
n'être point sot.

— Je n'en ai jamais douté, répondit Jacques qui pensait à sir William.

— Alors, je me trouve encouragé à vous présenter
une requête... Vous souriez; oh! vous en verrez bien
d'autres! Quand une idée me paraît bonne, je ne la
laisse pas chômer... Vous avez lancé le prospectus d'une

grande affaire de mines dont vous avez obtenu la con-
cession en Espagne... Une formalité a retardé la signature ministérielle... Ce retard vous inquiète par l'occasion qu'il fournit à vos rivaux de se remuer. Nommez-moi
du conseil d'administration et je vous apporte l'appui de
ma famille.

— C'est dit! s'écria Jacques.

— Dois-je considérer cette bonne volonté que vous me
faites voir comme un début, ou n'est-ce qu'un hasard?
reprit M. de Bréhal en posant la main sur les genoux de
Jacques.

— C'est le premier anneau d'une chaîne, répondit le
banquier.

Il y avait dans la manière dont M. de Bréhal venait
d'aborder la question, dans son geste, dans son accent,
dans ces mille riens presque indéfinissables qui consti-
tuent la valeur morale d'une conversation, un mélange
de franchise et de finesse, de bonhomie et de résolution,
quelque chose de sous-entendu où l'on sentait l'habileté
et l'audace, qui donnaient de son caractère une opinion
plus précise et plus haute. Un autre homme, que l'on
soupçonnait à peine, venait de se révéler en plein sous le
masque du désœuvré. Jacques se rencontrait avec un
esprit alerte et robuste, au service d'une volonté nette
et ferme. Il ne regretta peut être pas le choix que sa
fille avait fait, mais il ne put pas s'empêcher de penser
à son fils en quittant M. de Bréhal, comme il l'avait
fait une première fois, après avoir causé avec sir
William.

De grand cœur il aurait donné un million pour qu'Auguste ressemblât à l'un d'eux.

— Ah! murmura-t-il, mon sentiment intime ne me trompait pas!... la trempe et le métal y sont; l'instrument deviendra parfait.

Jacques ne songea pas à chercher les motifs qui avaient engagé M. de Bréhal à changer tout à coup d'attitude et de langage. Ces motifs étaient de plusieurs sortes. En affirmant que M. de Bréhal devait avoir des dettes, Léonie ne s'était pas trompée. S'il n'était pas inquiet, il était quelquefois gêné. Depuis quelque temps déjà il avait franchi le cap redoutable de la trentième année! après un hiver désastreux, M. de Bréhal jeta sur sa vie ce regard sérieux de l'homme décidé à changer de route. Les circonstances le servaient à merveille, et si son patrimoine était grevé, il avait autour de lui les éléments les plus magnifiques pour sortir d'embarras ; mais c'était à la condition d'en user et de ne pas laisser au hasard le temps de les disperser. On peut suivre, aux jours heureux de la jeunesse, et sans périls, des sentiers qui deviennent pénibles quand l'âge mûr a sonné ; les choses les plus faciles et les plus aimables sont voisines de l'imprudence et du ridicule aussitôt qu'elles n'ont plus la séduction du printemps pour parure et pour excuse. M. de Bréhal le sentit. Il souleva sur son front deux ou trois mèches de cheveux où des fils d'argent brillaient çà et là, et avec le sourire amer d'un homme qui salue le passé :

— Adieu le plaisir ! dit-il.

Le neveu du ministre éprouvait en outre, pour mademoiselle Bernard, non pas précisément de l'amour, il n'était plus d'un âge et n'était pas d'un monde où ces frivolités sont tolérées, mais un attrait qui avait eu ses moments de vivacité. Le refus qu'elle fit de sa main n'alla pas jusqu'à le désespérer, mais le piqua dans sa vanité. Quelques succès de salon l'obligeaient à penser qu'il valait mieux qu'un M. Colombey enrichi par quelques liquidations heureuses; la comparaison qu'il faisait de leurs personnes, lorsqu'ils se rencontraient dans les mêmes maisons, ne diminuait pas cette opinion complaisante. Évincé dans sa recherche, alors qu'il s'était bercé de l'espoir de réussir, il ne chercha pas l'oubli dans la fuite, et la guérison dans des dissipations nouvelles; il trouva plus simple et plus spirituel de faire payer par madame Colombey les dédains dont l'avait accablé mademoiselle Bernard. Quant aux ressources nécessaires pour combler son passif, il les demanderait à son industrie et non pas à une dot.

— Moi aussi je serai millionnaire, se dit-il, puisque c'est la mode de l'être, et l'on me verra un jour l'ami le plus intime et l'hôte le plus assidu de l'hôtel de la rue Blanche !

Sa résolution prise, il ne perdit pas un jour pour en amener le succès.

Comme on le voit, M. de Bréhal était un de ces hommes qu'une secousse peut seule tirer du repos; heureux, ils sommeillent et descendent la vie comme un bouchon de liége le fil de l'eau, frappés, ils se réveillent et montrent ce qu'ils peuvent. C'est le feu qu'un choc fait jaillir de la pierre inerte.

Peu de temps après le mariage de Léonie avec M. Colombey, un jeune homme que Jacques avait assisté de quelque argent se présenta chez le banquier de grand matin. Clovis, qui l'avait vu dans la maison autrefois, le fit entrer sans façon.

— Passez, monsieur Guillardin, passez, dit-il, si M. Bernard se fâche, vous mettrez la chose sur le compte de mon étourderie. Elle a bon dos.

Jacques, qui se pinçait l'oreille, sauta sur sa chaise quand la porte s'ouvrit.

— Il est bien heureux que ce soit vous, mon cher Guillardin, dit-il en apercevant son ancien commis, je m'apprêtais à gronder Clovis.

Clovis sourit d'un air malin.

— Quand je vous le disais ! murmura-t-il à l'oreille du jeune homme... j'aurai la scène, mais vous n'aurez pas perdu votre temps. C'était écrit, comme dit Socrate.

— Çà, reprit Jacques en faisant signe à M. Guillardin de s'asseoir, avez-vous besoin d'un crédit ? Ma caisse est à votre disposition.

— Non, merci, répondit le visiteur matinal ; grâce à votre appui, notre maison d'exportation marche bien. Nous gagnerons cette année trente mille francs tout net... Si je vous dérange de si bonne heure, c'est pour un motif où l'argent n'a que faire.

— Ah ! diable, mon cabinet n'est pas accoutumé

à de semblables réponses! Parlez, mon ami.... la chose est si extraordinaire, que je ne gronderai pas Clovis.

— J'ai idée de me marier, poursuivit M. Guillardin ; vous comprenez que, dans ma position, il me faut une femme simple, économe, active, intelligente, bonne, laborieuse, qui ne pense pas au bal et qui soit à la besogne au point du jour.

— Et riche peut-être aussi ?.. Bref, un phénix... Vous êtes modeste, mon garçon.

— Non, pas riche, monsieur Bernard. Quant au phénix, il existe ; je l'ai trouvé.

— Ah bah !

— Et c'est ici même qu'il habite.

Jacques se frappa le front.

— Marcelle ! s'écria-t-il.

— Oui, monsieur Bernard, Marcelle, c'est-à-dire mademoiselle Ducoudray. Si elle voulait de moi, je j'imagine que je ne ferais pas une mauvaise affaire, bien qu'elle n'ait pas de dot.

— Et moi donc, à votre avis je ne suis rien? reprit Jacques... Pensez-vous que je sois homme à laisser marier cette chère enfant sans chercher au fond de ma caisse pour voir s'il n'y a pas quelques billets de mille francs à mettre dans sa corbeille?

— Je n'avais jamais rien vu au crédit de mademoiselle Ducoudray du temps que je tenais les écritures dans vos bureaux, voilà pourquoi j'avais pensé à elle ; mais si vous fouillez dans votre caisse, je n'ai plus qu'à me retirer.

— Non pas! Je parlerai de vos projets à madame Bernard, et la chargerai de voir Marcelle. Si mademoiselle Ducoudray répond oui... je serai son témoin... mais si elle hésite, bien que je vous tienne pour un brave garçon, je ne ferai rien pour la contraindre.

— Je ne la voudrais pas à ce prix, dit le négociant.

Une heure après, Jacques avait instruit sa femme du projet conçu par Guillardin.

— C'est une bonne fortune pour Marcelle, une fille qui n'a rien! Je lui parlerai, répondit Joséphine... Va-t-elle sauter de joie!...

Certaines personnes riches ont une façon particulière de présenter les événements les plus simples ou les plus heureux qui rend les meilleurs tout à coup difficiles et déplaisants. Au moment où l'on serait tenté de remercier ces obligeantes personnes, on n'éprouve plus, grâce à leur intervention maladroite, qu'une sorte de gêne mêlée d'irritation. Si elles ont à vous apprendre une bonne nouvelle, on les voit se répandre en sottes phrases et en exclamations pompeuses qui font prendre la fuite à la reconnaissance. Il semble, à les entendre, qu'on n'ait aucun droit aux bienfaits de la Providence ; elles s'exclament si haut et si complaisamment sur le bonheur qui vous arrive que, malgré soi, on n'en sent plus le prix. Mais, par exemple, il leur paraît naturel que toutes les félicités métalliques et autres soient leur apanage exclusif; l'étonnement perce dans leurs discours si une parcelle de ces biens terrestres s'égare sur une tête voisine; c'est alors comme un vol qu'on leur

4

fait. On voudrait se réjouir, mais la surprise même et la joie exaltée que manifestent ces honnêtes personnes arrêtent l'élan d'une satisfaction intérieure, et par un retour de l'esprit on en vient à se demander s'il n'y a pas un peu d'insolence cachée sous tant de compliments exagérés. Elles vous font entendre tout doucement que le bonheur qui les oublie, est un déserteur, que c'est un aventurier qui s'adresse à un intrus, et le malheureux intrus, atteint par un coup fortuné du sort, montre d'autant plus de froideur qu'on exige plus d'enthousiasme.

La communication que madame Bernard était chargée de faire à Marcelle au nom de M. Guillardin était une trop bonne occasion d'agir selon ces anciens préceptes pour qu'elle négligeât de s'en saisir. Elle prépara même quelques phrases pour disposer l'âme de sa protégée à la béatitude et à la stupéfaction. Aussitôt donc que mademoiselle Ducoudray, qu'elle avait fait appeler, eut paru devant elle, madame Bernard composa son visage, mais oubliant tout d'un coup le petit discours dont elle avait disposé les éléments :

— Vous allez être bien heureuse, ma chère enfant, s'écria-t-elle en éclatant. Savez-vous quelle proposition vient d'être faite à M. Bernard ?

— Non, madame, répondit Marcelle ; mais si, en effet, il doit en résulter quelque bonheur pour ce cher protecteur à qui je dois tout, vous m'en verrez très-heureuse.

— Eh ! il n'est pas question de M. Bernard ! répliqua

la dame en agitant avec un air superbe les fleurs de
son bonnet. Quel bonheur sait-on qu'il n'ait pas ? Il
s'agit de vous.

— De moi ! reprit Marcelle déjà effarouchée.

Elle n'avait pas bonne opinion, malgré elle, d'un
bonheur que madame Bernard prisait si fort.

— Oui, de vous, poursuivit Joséphine. Un jeune
homme est venu ce matin dans le cabinet de mon mari,
et vous a demandé en mariage.

— Ah ! fit Marcelle qui appuya sa main contre un
meuble.

— Je comprends votre émotion, ajouta madame Bernard du ton d'une princesse parlant à sa vassale ; vous ne
pouviez pas espérer que cette bonne fortune vous fût
réservée... On se marie rarement quand on n'a pas de
dot !... Eh bien ! quelqu'un que vous connaissez M.
Guillardin, a l'intention de vous épouser. C'est un brave
garçon... Il paraît qu'il a gagné quelque argent, grâce
à M. Bernard, qui, vous le savez, a la manie de proté-
ger les gens... Sa maison de commerce fructifie... Vous
serez la femme d'un négociant... c'est une position ines-
pérée.

Madame Bernard aurait pu longtemps parler ainsi et
s'étendre, sans craindre d'être interrompue, sur les
avantages considérables de cette union, le saisissement
rendait Marcelle muette.

Remettez-vous, dit enfin Joséphine ; je ne doute pas
que vous ne reconnaissiez la générosité de M. Guillardin par un dévouement absolu ; on se plaît à proclamer

partout vos excellentes qualités ; vous êtes soigneuse,
égale, discrète : vous vous appliquerez à le contenter en
toutes choses, et à racheter par votre conduite, l'ordre
et l'économie que vous apporterez dans sa maison et
votre zèle à bien faire ce qui manque du côté de la fortune... Je prierai M. Bernard d'inviter M. Guillardin à
dîner demain, en petit comité.

— Mais, madame, répliqua Marcelle éperdue, je le
connais à peine, ce mari qu'on me destine !

— M. Guillardin !... Il a été commis dans la maison
pendant trois ans.

— C'est vrai, mais j'ai eu si rarement l'occasion de
le rencontrer... Je ne sais rien de son caractère et de
ses goûts...

— Eh bien ! vous apprendrez tout cela quand vous
serez mariée.

Madame Bernard, qui croyait l'entretien fini et s'é-
tonnait de ne pas être encore assaillie de remercîments,
leva le bras pour tirer le cordon d'une sonnette.

Marcelle joignit les mains.

— De grâce, madame, dit-elle.

Joséphine la regarda. Le désordre qu'on voyait sur
les traits de mademoiselle Ducoudray la frappa.

— Par hasard, refuseriez-vous ? dit-elle.

Marcelle sentit que ses genoux fléchissaient.

— Je voudrais, au moins, reprit-elle, qu'on m'accor-
dât le temps de réfléchir.

— Pourquoi faire ? répondit madame Bernard.

— Mais si je ne l'aime pas ?

Joséphine haussa les épaules.

— Je croyais que nous parlions sérieusement, répliqua-t-elle ; mais songez-y, mademoiselle, si vous repoussez l'offre qui vous est faite, je doute que vous en trouviez jamais de pareille... Je ne voudrais pas vous rappeler que vous n'avez rien et que M. Guillardin a déjà quelque chose ; mais enfin, c'est une considération à laquelle votre hésitation me fait craindre que vous ne pensiez pas assez.

Marcelle s'était remise lentement de son trouble. La sécheresse de cette réponse lui rendit en partie la force qu'elle avait perdue. Elle insista pour que M. Guillardin ne lui fût pas encore présenté. Elle voulait, avant de se décider, voir M. Bernard et lui parler.

— Ma main est toute nue, je le sais, dit-elle en finissant ; cependant, je désire, avant de la donner, estimer et aimer celui qui l'acceptera. Je parlerai à M. Bernard.

— A votre aise, dit Joséphine qui se leva.

Marcelle sentait ses yeux se remplir de larmes.

— Vous m'en voulez ? reprit-elle.

— Moi ? répondit madame Bernard d'un son de voix dédaigneux ; s'il vous plaît de mourir vieille fille, que voulez-vous que cela me fasse ?

Mademoiselle Ducoudray n'osa pas répliquer et rentra chez elle brisée. Elle soulagea son cœur par un flot de larmes. Anéantie et repliée sur elle-même, elle sanglotait. Fallait-il que cette épreuve lui fût réservée Elle, séparée à tout jamais de Fernand par un lien indestructible !

— Oh ! non ! jamais ! jamais ! répétait-elle avec des mouvements convulsifs.

Madame Bernard, de son côté, était profondément irritée ; elle ne comprenait pas qu'une proposition qu'elle avait pris la peine de présenter elle-même eût été repoussée. Cela l'humiliait et la blessait.

— Une petite impertinente qui n'a ni sou ni maille !.. et cela raisonne ! disait-elle, tandis que mademoiselle Ducoudray pleurait à quelques pas d'elle.

Dans la soirée, Joséphine raconta à M. Bernard le résultat qu'avait eu l'entretien auquel elle avait appelé Marcelle.

— Mademoiselle veut vous parler, ajouta-t-elle ; il paraît que, moi, je ne parle pas... Au lieu de me remercier et de me baiser les mains, mademoiselle a fait des phrases !... Voilà où cela mène d'être bon.... c'est encore une ingrate que vous aurez faite...

Le nombre des ingrats que Joséphine avait faits, depuis qu'elle était la compagne d'un millionnaire, n'était pas considérable ; mais c'est la mode, chez certaines personnes, de mesurer la reconnaissance qu'on leur doit aux efforts que leur coûtent les plus minces bienfaits. Elles exigent d'autant plus de ferveur et de durée qu'elles y mettent plus de parcimonie. Telle fut Joséphine, qui se croyait tout à fait grande dame quand elle abandonnait une vieille robe à sa femme de chambre, et pareille à une sœur de charité quand elle quêtait, par aventure, et en pompeux attirail, le dimanche, à la Madeleine.

Jacques n'était pas si prompt à récriminer et à maudire. Il écouta sa femme sans répondre et se réserva de causer avec Marcelle.

L'occasion ne s'en fit pas attendre. Marcelle avait passé la nuit en longues méditations. L'examen de conscience auquel elle s'était livrée lui avait démontré que le mariage qu'on lui proposait était au-dessus de ses forces. Ce n'était pas chez elle un premier mouvement auquel la jeunesse avait plus de part que la réflexion. Cette révolte qui s'était emparée de son cœur aussitôt qu'il avait été question de M. Guillardin, elle en éprouvait la puissance avec non moins d'étendue, à présent qu'elle était loin de madame Bernard. Marcelle était de cette race exceptionelle de créatures qu'un dieu jaloux a marquée de son sceau. Appelées, par l'intensité de leurs sentiments, à connaître, dans sa plus exquise expression, la félicité la plus haute, parce qu'elle est la plus idéale, elles sont candamnées, du même coup, à subir, dans leur plus extrême rigueur, le désespoir et les déchirements de l'âme ; ces élues, ou peut-être bien ces victimes, ne savent rien ressentir à demi ; si une parcelle de leur cœur s'est donnée, le reste suit. Elles ont des délicatesses infinies qui leur permettent de trouver des délices dans des choses où d'autres ne voient rien ; mais les impressions se gravent dans leur cœur en caractères ineffaçables, et bien des épines les déchirent où, pour la foule, il n'y a que des brins d'herbe et des feuilles mortes.

Sûre d'elle-même comme un patricien qui vient de sonder une blessure, Marcelle courut au-devant des explications que Jacques était en droit de lui demander.

— J'ai à vous parler, dit-elle au banquier le soir même.

— Je le sais, j'ai vu madame Bernard, répondit Jacques. Dois-je conclure de ce qu'elle m'a rapporté de votre entretien que tu es disposée, ma chère enfant, à ne pas vouloir de Guillardin pour mari.

Marcelle leva les yeux sur Bernard et lui prenant les mains qu'elle baisa :

— Vous ne vous fâcherez pas, mon parrain, si je vous dis bien tout ce que j'éprouve ? répondit-elle.

— Non, je te le promets ; mais, si j'entends bien, cela veut dire que mon protégé doit renoncer à l'espoir de t'appeler madame Guillardin ? reprit Jacques.

— Eh bien ! c'est vrai, laissez-moi près de vous.

— Tu sais bien, ma petite Cendrillon, qu'aussi longtemps que Jacques Bernard aura un toit, tu auras ta place sous ce toit ; mais je ne serai pas toujours là.... et tu es bien jeune, Marcelle. Permets-moi donc d'insister...

— Ah ! si quelque chose pouvait me décider, ce serait bien la tendresse de vos paroles !

— Je ne voudrais pas contraindre ton cœur à un sacrifice.... Ne crains donc pas que je fasse appel à cette obéissance, à ce dévouement que tu m'as toujours fait voir.... C'est dans ton intérêt seulement que je parlerai. Toute ta famille, c'est moi... La destinée d'une fille n'est pas de s'attacher à un vieillard qui peut disparaître et la laisser sans appui.... L'homme qui m'a demandé ta main est honnête, bon, laborieux ; je l'ai mis à l'épreuve et je le connais. La femme qu'il aura choisie sera tout pour lui. Avec les qualités d'ordre et de prévoyance que je lui sais, sa fortune est assurée.... Tu la partageras. Dans le présent, une existence active, animée par le travail ; dans l'avenir, une maison embellie par une abondance honnête, égayée par des enfants.

La poitrine de Marcelle se soulevait par longues aspirations. Elle était oppressée.

— Non, c'est impossible, dit-elle avec effort.

— Un mot que m'a répété madame Bernard, continua Jacques, me fait croire que tu ne consentiras à te marier qu'à la condition d'aimer la personne que tu épouseras.... Ce n'est pas un langage auquel nous soyons habitués dans le monde où nous vivons; les millions y sont plus nombreux que les sentiments. Cependant, je comprends ceux que tu éprouves et les admets.... une jeune fille ne raisonne pas toujours comme un banquier.... Mais tu peux recevoir M. Guillardin dans ton intimité.... causer avec lui.... le voir souvent. Étudie son caractère, et tu apprécieras bientôt, j'en suis sûr, ce qu'il y a de bon et d'aimable en lui.... On peut donner à la sympathie le temps de mûrir entre vous. Et deux jours après avoir dit oui, tu me remercieras.

Marcelle ne répondait rien ; elle marchait à côté de Jacques la tête baissée. M. Bernard ne se découragea pas.

— Dois-je prendre ton silence pour un consentement ? reprit-il avec un demi-sourire.

Marcelle secoua la tête vivement,

— Il faut qu'il y ait quelque chose que tu me caches pour motiver une telle obstination, poursuivit Jacques avec plus de chaleur.... Guillardin aurait-il, à mon insu, commis quelque sottise ?

— Oh ! non, répondit Marcelle vivement.... seule je suis responsable de mon refus.

— Alors, mon devoir est de le combattre. Consulte qui tu voudras, personne ne sera de ton avis ; tes meilleurs amis, j'en ai la conviction, te presseront d'accepter le mari que je te propose.

En ce moment, la porte du jardin s'ouvrit, et Fernand parut sur le perron.

— Tiens ! s'écria Jacques, voilà quelqu'un en qui tu parais avoir toute confiance et qui la mérite....

Il a une grande amitié pour toi.... Veux-tu que nous l'interrogions ?

Marcelle leva les yeux et aperçut Fernand ; elle devint pourpre.

— Non ! non ! pas lui, jamais lui ! dit-elle.

— Et pourquoi donc? reprit Jacques qui fit un pas.

Marcelle se suspendit à ses mains.

— Par pitié ! je vous en prie ! ....ne lui parlez-pas ! s'écria-t-elle.

Jacques la regarda. La rougeur brûlante qui couvrait les joues de Marcelle, les larmes qui gonflaient ses paupières, ce cri qu'elle venait de faire entendre, son trouble, le tremblement de tout son être lui firent comprendre enfin la vérité. Il entoura Marcelle de ses bras.

— Ah ! pauvre enfant !... dit-il

Et comme elle sanglotait le visage caché entre ses mains :

— Sois tranquille, reprit Jacques, nous ne parlerons jamais plus de Guillardin !

Cependant, madame Bernard avait hâte de revoir son mari. Curieuse, et mettant un grand intérêt aux petites choses comme toutes les femmes inoccupées, elle l'interrogea dès le premier instant où elle l'aperçut.

— Eh bien, dit-elle, avez-vous fait entendre raison à mademoiselle Ducoudray ?

Lorsque Joséphine était mécontente, et il faut dire qu'elle l'était souvent, grâce à une susceptibilité excessive qui ne lui laissait guère de repos, elle avait une façon de prononcer ce nom de Ducoudray qui donnait aux trois syllabes dont il était composé des proportions gigantesques. C'était absolument comme si Marcelle se fût appelée Bragance ou Plantagenet.

— Non, répondit Jacques ; dans toute cette affaire, je crois bien que c'est moi qui ai eu tort.

— Ce mariage est donc rompu ? s'écria Joséphine.

— Tout à fait, et j'ai promis à Marcelle qu'il n'en serait plus question.

Le bout du nez de Joséphine devint tout blanc.

— Vous verrez, reprit-elle, qu'il faudra un prince du sang à cette mijaurée !

Madame Bernard n'avait jamais beaucoup aimé Marcelle. L'orpheline lui servait bien à faire étalage de sa bonté devant le public ; c'était comme un piédestal vi-

vant qui la rehaussait. Mais ce petit avantage dont elle
tirait tout le parti possible ne compensait pas l'irritation
que lui causait la présence continuelle d'une charmante
fille, qu'on remarquait d'autant plus qu'elle se mettait
moins en évidence. Marcelle avait une grâce silencieuse,
une gaieté fine, bienveillante et continue, un désir d'ê-
tre agréable à tous, une égalité d'humeur, un esprit aimable et curieux d'obliger, qui produisaient à la longue
sur les hôtes un peu secs, un peu gourmés, un peu jaloux de l'hôtel de la rue Taitbout, l'effet d'une flamme
sur le métal. On s'échauffait en sa présence. On ne l'ap-
percevait peut-être pas beaucoup quand elle était dans
son coin occupée à broder, ou s'employant çà et là à
rendre mille petits services ; mais aussitôt qu'elle n'était
pas dans le salon, on sentait comme de la gêne et du
froid ; quelque chose y manquait dont tout à coup on
avait besoin ; on était dans ces grandes pièces magnifi-
quement meublées comme si le vide venait de se faire
ou le feu de s'éteindre. Les visiteurs, et les plus jeunes
aussi bien que les plus glacés par l'âge ou l'avidité, ne
manquaient jamais de demander, au bout d'un instant,
des nouvelles de mademoiselle Ducoudray. Mademoiselle Ducoudray était-elle à l'hôtel ? Mademoiselle Ducoudray ne rentrerait-elle pas bientôt ? Aurait-on le
chagrin de ne pas voir mademoiselle Ducoudray ? Par
hasard, n'était-elle pas indisposée ?

Cette affection que tout le monde témoignait à Marcelle, et la place qu'elle tenait dans le salon de madame
Bernard, offusquaient la femme du millionnaire. Elle y

voyait comme une usurpation des droits qu'elle tenait de
sa fortune, un empiétement sur ses domaines. Elle en
éprouva d'abord un certain malaise, puis un déplaisir
qui s'augmenta de jour en jour et prit enfin les proportions de l'animosité ; qu'avait-on besoin de s'entourer
de créatures besogneuses qui errent dans la maison avec
les allures de l'espionnage et qui se croient tout permis,
sous prétexte qu'un hasard maladroit a voulu qu'elles
fussent de la famille ! Joséphine, négligée parfois pour
Marcelle, ne lui épargnait pas les rebuffades et les inso-
lences. Mademoiselle Ducoudray pensait à Jacques et
oubliait tout. Depuis le mariage de Léonie, cet antago-
nisme que Marcelle n'avait provoqué ni accepté, se manifestait plus clairement et plus fréquemment. Léonie,
protégée par son orgueil et par le sentiment d'une beauté à laquelle elle ne supposait pas de rivale, n'en éprouvait pas les atteintes. Comme une reine assise sur son
trône, elle ne voyait dans sa cousine qu'une pauvre fille
perdue dans son ombre, et ne lui faisait pas les honneurs
de la redouter.

Les quelques mots de madame Bernard confirmèrent
Jacques dans une pensée à laquelle il s'était deux ou
trois fois arrêté. Si la mort venait à le surprendre, il ne
fallait pas que Marcelle en souffrît. Joséphine, dans aucun cas, ne la garderait pas auprès d'elle ; il était au
moins douteux que madame Colombey voulût la recueil-
lir dans un intérieur traversé par tous les bruits de la
ville, et plus douteux encore que Marcelle acceptât cette
hospitalité, lui fût-elle offerte. Une de ces bonnes inspi-

rations auxquelles Jacques cédait quelquefois s'empara de son esprit.

— Eh bien ! pensa-t-il, si le sort veut qu'elle ne soit jamais heureuse, elle sera du moins à l'abri du besoin.

Dès le lendemain, Jacques donna ordre qu'une inscription de rentes de six mille francs fût transférée au nom de mademoiselle Ducoudray et déposée dans sa caisse.

V

UN BOHÉMIEN DU BOULEVARD

Il y a dans la vie des hommes de ces heures de calme
où tout semble s'apaiser. L'œil le plus clairvoyant ne
saurait rien découvrir qui puisse en altérer la profondeur. Toutes les difficultés ont été surmontées, l'avenir
se présente aux regards sous l'aspect tranquille d'une
plaine immense où d'abondantes moissons ondulent sous
le vent qui les caresse ; point de fossé jusqu'à l'horizon, nul marécage, nul ravin. On n'a plus qu'à marcher ; la récolte attend la faucille. Ainsi était la
maison de Jacques Bernard après le mariage de Léonie.
L'intelligence de M. de Colombey, unie à celles de Jacques, dirigeait, vers les plus magnifiques résultats, des
entreprises pour lesquelles des multitudes de clients
leur apportaient des montagnes de capitaux. Le cabinet
de Jacques était comme l'antichambre d'un ministre,

tout plein d'un monde de solliciteurs. Pour répondre au
développement toujours croissant de ses affaires, il avait
dû faire bâtir une aile dans la cour de son hôtel et la
consacrer à de nouveaux bureaux, sur la porte desquels
on lisait, gravés dans une large plaque de cuivre, ces
mots : *Chemins de fer napolitains.* Sir William, qu'on
voyait rue Taitbout non moins souvent que rue Pigalle,
et qui était un des familiers de l'hôtel, en avait obtenu
la direction. Jamais on ne vit homme d'un esprit plus
alerte et d'une activité plus égale. Il suffisait à tout, aux
conseils, aux dîners, aux courses, au travail et aux plaisirs. Le moment était proche où il allait devenir indispensable. On parlait de lui dans les bureaux comme de
Marcelle dans la maison. Une part de ses succès semblait rejaillir sur Auguste, qui s'en montrait tout fier.
N'était-ce pas lui qui avait découvert, en quelque sorte
inventé sir William ? Cette supériorité qu'on se plaisait
à reconnaître chez l'Anglais n'ajoutait-elle pas aux dou-
ceurs de le vaincre dans le pavillon de la Madone ? Auguste marchait en triomphateur et prodiguait l'argent
comme un Jupiter. A côté de sir William, et sur le même pied, M. de Bréhal, transformé en administrateur
de plusieurs compagnies industrielles, était en relations
constantes avec Jacques, qu'il étonnait par la clarté de
son esprit. Il parlait un autre langage dans l'hôtel de la
rue Blanche. Plus de chiffres alors ; l'araignée qui tendait sa toile disparaissait et faisait place au bel oiseau
bleu des contes de fée. Jamais homme ne se montra
plus aimable et plus discret. Il ne respirait, disait-il,

que dans l'air de Léonie. M. de Bréhal avait l'amour gai et spirituel. Madame Colombey, qui ne se piquait pas de mélancolie et de beaux sentiments éthérés, se plaisait à voir à ses côtés un sigisbé d'une humeur si vive et si galante. Point de soupirs et de rêveries, mais une complaisance inépuisable et une admiration constante mêlées à une charmante audace et à une rare présence d'esprit. Il faisait les choses à propos, M. Colombey avait sur M. de Bréhal l'opinion de madame Colombey. S'il passait vingt-quatre heures sans voir le député, il lui semblait que le Corps législatif avait commis un crime. Pulchérie profitait en outre du temps que M. de Bréhal consacrait à Léonie.

On se retrouvait le lendemain dans le cabinet de Jacques, où sir William, M. Colombey et M. de Bréhal s'entendaient à merveille pour faire la chasse aux dividendes. L'heure fortunée avait sonné où Jacques, au plus haut de la colline, ne voyait autour de lui ni menaces ni périls. Tout, dans ce monde où l'argent était le maître, glissait comme des rouages d'acier poli, dans des rainures imbibées d'huile. On n'y prévoyait pas ce grain de sable qui fait voler en éclats le bronze et le fer. Point d'embarras et point de craquement.

M. de Maurs, qui savait combien l'oisiveté prédispose aux exagérations de la fantaisie et de la passion, avait voulu que Fernand s'associât à la publication d'une revue des sciences et d'arts. Son fils possédait assez de connaissances acquises pour y tenir sa place, et si, dans les premiers temps, il ne s'y dévouait pas avec une ar-

deur constante, il était tout au moins forcé de s'en occuper avec suite. M. de Maurs, qui avait eu le loisir de
voir Fernand à l'œuvre pendant les longs voyages ac-
complis ensemble, savait qu'il était de cette race d'hommes qui veulent toujours bien faire ce qu'ils font. Il
comptait donc sur l'avenir. Marcelle, repliée en elle-
même, ne laissait plus rien paraître de ce qu'elle éprouvait depuis l'instant où Jacques avait surpris son secret.
Peut-être était-elle occupée à se vaincre, peut-être aussi
voulait-elle s'accoutumer à la résignation par le silence.
Léonie était entrée en plein dans l'existence bruyante
et brillante que ses songes caressaient, comme un navire pénètre à toutes voiles dans les mers souhaitées vers
lesquelles un pilote heureux a dirigé sa course. M. Colombey ne trouvait jamais qu'elle donnât assez de bals
ni qu'elle dépensât trop d'argent. Le soir, la femme et
le mari se rencontraient dans leurs salons.

Depuis le jour où M. de Maurs avait entraîné Jacques
dans la forêt de Saint-Germain, le banquier avait pris
l'habitude de ravir par hasard quelques heures à ses
affaires pour les employer en promenades dans la campagne. Il appelait cela faire provision d'air. M. Colombey, qui n'avait jamais été sensible aux beautés de la
nature, riait aux éclats quand il voyait son beau-père
s'échapper comme un écolier pour courir à Ville-d'Avray
ou à Bougival.

— M. Bernard se dérange! disait-il.... c'est M. de
Maurs qui le perd.

Quelquefois il hochait la tête, et se touchant le front :

— Mon beau-père a quelque chose là, ajoutait-il ;
voilà qu'il aime la paresse !

Ce n'était pas M. Colombey qu'on aurait surpris cherchant l'ombre des bois ! Pour se reposer des conseils et
des assemblées, il avait l'ombre de la brocatelle et du
lampas, et dans cette ombre civilisée, Pulchérie qui
fredonnait.

M. de Maurs était toujours des rares excursions auxquelles Jacques Bernard demandait une diversion à des
travaux écrasants. Un jour qu'ils étaient enfoncés dans
les bois de Marly :

— Te souviens-tu de cette histoire de Polycrate, tyran
de Samos, qu'on nous racontait chez le bonhomme
Fortin ? dit tout à coup le banquier à son ami.

— Un peu ; mais pourquoi ce souvenir classique
répondit Pierre.

— C'est que le succès de toutes les affaires auxquelles
je mets la main me fait penser au poisson et à la bague
de la légende grecque. Tu sais si le philosophe qui assistait au banquet du tyran eut peur. Eh bien ! mon bonheur m'épouvante.

— Toi ?

— Oui, je n'ai jamais su si j'étais superstitieux... le
temps m'a manqué pour faire cette étude... mais la
simple logique me conduit à penser que cette chance
inouïe qui me protège ne peut pas éternellement durer.
On a vu au trente-quarante la rouge passer vingt-sept
fois, on ne l'a pas vue passer toujours. M. Colombey
gagne des sommes insensées à chaque liquidation ; il a,

en matière de spéculation, le flair de la hausse et de la
baisse ; c'est un baromètre vivant qui sait toujours d'où
soufflera le vent de la Bourse. M. de Bréhal, que j'ai
failli regretter, est mon ami, il navigue de conserve
avec moi comme un brick dans les eaux d'une frégate.
Sir William me prête l'appui d'une expérience alerte et
d'une intelligence primesautière qu'aucune circonstance
ne prend au dépourvu ; ma compagnie des chemins de
fer napolitains fait son chemin dans le monde, le vent
la pousse. Si les lois de l'équilibre sont une vérité, une
catastrophe sera la conséquence inévitable et le dénoûment de toutes ces prospérités.

— Ce serait possible, si ces mêmes prospérités étaient
le fruit du hasard, répondit M. de Maurs ; mais n'en es-tu
pas le guide, l'inventeur ? N'est-ce pas ton activité, ton
industrie qui les ont menées à cette hauteur qui t'effraie ?

— Et voilà justement ce qui cause ma terreur ! reprit
Jacques ; quel général d'armée n'a point perdu de
bataille ? Le prince Eugène a eu Denain et Napoléon
Waterloo ! Quand on est tout en haut, sans obstacle et
sans contrôle, l'heure du vertige commence. On a, malgré soi, moins de prudence et de circonspection... on a
l'éblouissement de l'orgueil... on croit tout possible
parce que tout a réussi, puis vient un jour où l'on trébuche... on était sur la pyramide, on est par terre.
Dans la position exceptionnelle où je suis arrivé, mon
plus mortel ennemi, c'est moi.

— Ce qui m'étonne, permets-moi de te le dire, c'est
que le sachant, tu ne t'arrêtes pas.

— Eh! s'écria Jacques, si je m'arrêtais, je serais un sage, et je suis un banquier!

M. de Maurs alluma un cigare.

— Alors, bonne chance, reprit-il.

Jacques se mit à rire.

— Je ne vois qu'une ombre à ce tableau dont la splendeur m'épouvante, dit-il, c'est mon fils Auguste. Le malheureux vient de gagner un grand prix à je ne sais quelle course... son cheval s'est trompé, à moins qu'il n'y ait eu coalition de jockeys... Cent défaites auraient peut-être fini par lasser sa patience et engourdir sa sottise; sa victoire va l'encourager... il est perdu. Auguste ne sait pas ce que va lui coûter ce triomphe d'un instant!

— Rassure-toi donc, répondit Pierre gaiement. Si ta maison de banque est une chaudière, ton fils en est la soupape.

Ce jour-là même, et comme si le sort eût voulu donner gain de cause aux pressentiments de Jacques, un article où les insinuations les plus perfides étaient habilement mêlées à la calomnie, paraissait dans les colonnes d'un petit journal qui traitait les questions économiques, auxquelles il mélangeait agréablement l'anecdote du jour, la chronique des théâtres et la revue des salons. Cet article fit grand bruit. Les amis de Jacques, et sa fortune lui en avait donné beaucoup, le colportèrent secrètement et avec toutes les marques de la plus vive indignation, dans tous les quartiers de la ville; ceux qu'il avait obligés se firent les trompettes du scandale, sous prétexte d'en combattre les effets, et tous ces bons apôtres avaient des formules toutes faites pour parler de cette prose envenimée.

— Eh quoi! disaient les uns, vous n'avez pas lu l'article infâme qui a paru ce matin dans l'*Écho du Monde!* C'est un tissu d'abominations présentées, il faut l'avouer, avec un art qui pourrait entacher la réputation de Jacques, s'il n'était, par son caractère, à l'abri de tout soupçon. Lisez donc cela.

— Croiriez-vous que M. Bernard a été attaqué de la plus odieuse façon? disaient les autres... Il y a des journaux qui se permettent tout!... On a fouillé dans la vie privée de notre ami, et, à l'aide de faits groupés avec un art infernal, on essaye de tromper l'opinion publique... J'ai pu me procurer un numéro de ce journal... le voilà.

— Vous savez la nouvelle! reprenait un troisième, il n'est bruit que de cela sur le boulevard; l'*Écho du Monde* a lancé contre Jacques un de ces articles perfides qui mêlent habilement le vrai au faux, et qui laissent leurs traces si on ne répond pas... Il y a surtout un paragraphe que je vous recommande; j'y ai fait une marque au crayon. Si l'on ne connaissait pas notre ami, ce serait à ne plus le voir.

Les intimes de l'hôtel de la rue Taitbout récitaient l'article à voix basse dans les cercles et les cafés; d'autres s'approchaient mystérieusement d'un groupe, et prenaient des airs lugubres, demandaient si l'on n'avait rien appris qui motivât une si furieuse diatribe.

— Certainement, reprenaient-ils, nos convictions ne sont pas ébranlées, mais c'est fâcheux, bien fâcheux !

— Très-fâcheux ! reprenait le chœur des affiliés.

Et, à l'envi, les uns et les autres répétaient le sot proverbe :

« Il n'y a pas de fumée sans feu ! »

Grâce à cette défense ingénieuse et à cette coalition d'amitiés dévouées, il n'y eut pas une maison dans Paris, ayant eu quelque relation avec Jacques Bernard, où n'eût pénétré un exemplaire de l'*Écho du Monde*. On lançait bien haut les plus sonores malédictions contre les auteurs de pareilles turpitudes, et on se frottait les mains dans le silence du cabinet.

Le malheur d'un homme heureux, n'est-ce pas souvent le bonheur de tout le monde ?

Les habiles passaient la main dans l'échancrure de leur gilet, et secouant la tête d'un air docte :

— C'est une infamie d'autant plus grave, disaient-ils, que les faits articulés contre Jacques Bernard fussent-ils vrais, il n'en faudrait pas parler... La vie privée doit être murée !

Cette plaidoirie consciencieuse produisait un effet certain : il en restait dans l'esprit des indifférents cette conviction que l'accusation si bien repoussée était au moins probable dans la plupart des faits qu'elle mettait en lumière.

Jacques, qui ne cherchait dans les journaux que les dépêches télégraphiques et les nouvelles dont la publication pouvait agir sur la Bourse, n'aurait jamais pris

garde à l'article de l'*Écho du Monde*, si M. Fourneiron
n'eût poussé la précaution jusqu'à le lui apporter en
double exemplaire.

Le bon cousin était de passage à Paris. Un ami lui
présenta l'article, il le lut et le relut.

— Quelle indignité! quelle horreur! dit-il en le savou-
rant.

L'occasion était bonne pour faire du zèle. Il mit le
journal dans sa poche.

— Jacques ne le connaît peut-être pas, reprit-il, je
cours chez lui!

Il se rencontra dans l'antichambre de Jacques avec
deux personnes qui avaient eu la même bonne idée.
Clovis rangeait en ce moment sur le bureau du banquier une liasse de grandes lettres sous enveloppes et de
journaux sous bandes, parmi lesquels s'étaient glissés
dix ou douze exemplaires du fatal numéro de l'*Écho du
Monde*.

Jacques ouvrit au hasard un des journaux étalés
devant lui. Une légère contraction nerveuse autour de
la bouche fut le seul témoignage extérieur du sentiment
que lui faisait éprouver la lecture de l'article qui le
concernait. Cette lecture achevée, il posa la feuille im-
primée sur le bureau.

— Eh bien? dit-il en s'adressant aux personnes qui
l'entouraient.

— Comment, eh bien! s'écria M. Fourneiron... Voilà
la seule marque de colère que **vous** inspire ce tissu
d'abominations?

— Et que voulez-vous que j'y fasse ? J'ai obligé un jour un pauvre diable qui n'avait pas une croûte de pain à mettre sous la dent... C'était un misérable... il se venge et fait son métier.

M. de Maurs parut sur ces entrefaites. Il connaissait l'attaque dirigée par l'*Écho du Monde* contre Jacques, et ne lui en avait pas parlé ; mais à peine eut-il passé la porte que l'orateur de la bande l'interpella.

— Vous qu'on sait le plus vieil ami de Bernard, joignez-vous donc à nous pour lui faire comprendre que l'indifférence n'est pas ici de saison ! s'écria l'impétueux cicerone. Les réputations les mieux établies cèdent à de pareilles insinuations. Il y a quelque chose à faire... se taire, c'est presque avouer qu'on recule devant la lutte. Il faut que Jacques se montre.

M. de Maurs inclinait vers la même opinion.

Un homme entra comme un coup de vent, tout en sueur. Jacques reconnut le rédacteur en chef du *Ver-Luisant*, son ancien condisciple, Sylvain Coppernel.

— Ah! dit-il, j'étais à la campagne, nous pendions une crémaillère entre amis, dans *Petit-Coin... Petit-Coin* est une cabane, un trou, ma villa à moi... On m'expédie l'article de l'*Écho du Monde*. Mon confrère, Victor Lejarier, est un gueux...

— Un misérable ! un homme à pendre ! s'écria Fourneiron.

— Un drôle qu'il faudrait bâtonner !

— Un coquin !

— Un bandit !

— Un scélérat !

Les épithètes partaient en feu de file.

M. Fourneiron ne voulut pas avoir le dernier mot.

— Il manie la plume comme un poignard, reprit-il.

— C'est vrai, mais Victor a du talent, répondit Sylvain Coppernel. Il n'a pas signé l'article, quoique j'aie reconnu sa main. J'ai quitté ma crémaillère et n'ai fait qu'un saut jusqu'ici. Ah ! l'*Écho du Monde* te turlupine, je mets le *Ver-luisant* à ta disposition... C'est mon devoir... Réponds... on répondra... je répondrai, et bigre !... on n'est pas de Béziers, pour avoir le dernier mot. Quel tintamarre nous allons faire ! Une polémique à jet continu ! Trois colonnes de réplique par numéro ! Et les invectives donc !.. S'il y a un duel à coups de plume, je m'en charge... Ce sera une réclame pour le *Ver-Luisant*. Je ne suis pas un ingrat, moi... La France retentira du bruit de ta défense ; je veux qu'on en parle depuis les cafés du boulevard jusqu'aux chaumières de la Sologne.

— Et naturellement on parlera de l'attaque aussi, dit Jacques.

— Bon ! ce sera de la publicité pour ta maison... Fie-toi à moi pour le tapage. Ah ! l'*Écho du Monde* égratigne Jacques, le *Ver-Luisant* mordra Victor.

— Bravo ! s'écria M. Fourneiron.

— A présent, donne-moi des notes, reprit Sylvain Coppernel.

Il se mettait en devoir d'écrire, Jacques lui toucha le bras.

— Ton dévouement m'attendrit, dit-il, mais laisse-moi réfléchir jusqu'à demain... Tu sais : la nuit porte conseil.

— Hum! murmura le petit Coppernel. J'aurais vendu dix mille numéros! Affaire manquée!

Jacques rompit l'entretien et congédia bientôt après ses amis.

— Maintenez-le dans ses bonnes dispositions, cria M. Fourneiron à M. de Maurs, avant de fermer la porte.

— Quand il fut seul avec Pierre, Jacques haussa les épaules.

— Que vous seriez contents, mes bons amis, dit-il, si, par un grand tapage, je donnais à cet article la publicité qu'il n'a pas encore!... Oh! que nenni, je ne suis pas si sot!

— Quoi! vraiment, tu ne feras rien? dit Pierre.

— Rien, et c'est tout juste assez! Tu arrives du fond des prairies américaines, mon vieux Pierre, tu ne sais rien des choses de la civilisation... Mais il y a moins à redouter des Peaux-Rouges qui marchent, le tomahaw à la main, sur le sentier de la guerre, que des Parisiens qu'on voit en bottes vernies sur le boulevard. J'ai fait la sottise de tendre la main à un pirate du journalisme — tu te souviens dans quelles circonstances! — je paye ma sottise; notre compte est réglé. Ce même monsieur est venu l'autre jour me demander je ne sais quelle somme pour une entreprise douteuse à laquelle son morceau de papier devait servir de cadre et de chanterelle ; j'ai refusé, et voilà la guerre allumée.... Je ne me plains pas ; j'aurais dû y penser en temps opportun.

— Et les tribunaux ?

— Ah ! mon pauvre savant, que tu es bon homme ! Les tribunaux, dis-tu ? ils me rendront justice certainement, et j'obtiendrai peut-être contre mon calomniateur trois jours de prison et cent francs de dommages-intérêts, si le délit est reconnu... mais j'aurai l'agrément d'entendre, pendant une heure et plus, l'avocat de la partie adverse démontrer éloquemment que je suis un peu filou, un peu coquin, un peu voleur ; que j'ai escroqué l'un et ruiné l'autre ; que j'ai doucettement étranglé mon prochain et peut-être même un peu assassiné mon père. La boue de l'article m'avait fait gris, le fumier de la plaidoirie me rendra noir.... Remarque, en passant, que la médisance s'enveloppe de mille précautions oratoires.... L'assignation partie, on n'a plus rien à ménager... Ma vie appartient aux robes noires, et quel beau thème à une vertueuse indignation que la fortune d'un millionnaire ! N'est-il pas clair que je l'ai gagnée en volant ? Va, va, mieux vaut se taire ! le silence appelle l'oubli...

— Mais ton ami, M. Sylvain Coppernel, le rédacteur en chef du *Ver-Luisant* ?

— J'allais t'en parler ! Es-tu naïf, bon Dieu ! Mais il n'a pas pris la peine de déguiser sa pensée, ce bon petit Coppernel de Béziers ! Ce qu'il cherche, c'est une réclame. Comprends donc bien : si le *Ver-Luisant* répond, l'*Écho du Monde* répondra. Ma réclamation sera précédée de

remarques, suivie de commentaires, accompagnée
d'observations, passée au laminoir, épluchée ligne à
ligne, tamisée mot à mot, et Dieu sait ce qu'il en restera! Beaucoup de gens n'auront peut-être pas fait
attention à la prose de l'*Écho du Monde*, on voudra lire
la mienne, et je ne me pique pas d'être écrivain... La
polémique engagée, au lieu d'un coup, j'en recevrai
cent... et on finira par trouver que j'ai tort...

— Diable! murmura Pierre, ta philosophie a l'épiderme dur!... Quant à moi, la main me démange!

— Eh! bon Dieu! qui donc a jamais vu un banquier
se battre!... Exposer une douzaine de millions contre
trois douzaines de lignes... ce serait un duel de dupes...
Non pas! je calcule trop bien pour en rien faire.

Jacques ne fit rien en effet, mais Fernand n'avait pas
les mêmes raisons de rester tranquille.

Depuis le mariage de Léonie, il était dans une situation d'esprit violente. Les efforts qu'il faisait pour cal-
mer le trouble profond de tout son être et les bouillon-
nements sourds d'une colère intérieure qui l'agitait, ne
réussissaient qu'à en augmenter l'irritation. Il cherchait
dans le travail un apaisement et s'y acharnait avec une
âpreté dont son père avait le secret; quand il ne l'y
trouvait pas, il poursuivait cet apaisement dans la dissipation. Sa jeunesse, sa bonne mine, son esprit, une
générosité innée dont M. de Maurs n'avait jamais con-
trarié les élans et qu'il rendait plus aimable par la grâce
avec laquelle il en multipliait les preuves, comme un
joaillier relève, par la monture, l'éclat d'un diamant,

lui rendaient les succès faciles, Fernand n'était pas homme à reculer devant l'énergie d'aucun remède, quelle que fût d'abord la répugnance que son cœur en ressentît. Ce qu'il voulait, c'était la ruine d'un amour qu'il détestait, et pour l'arracher de son souvenir endolori, rien ne lui semblait ni trop difficile ni trop dur ; tel un bûcheron vigoureux emploie la pioche et le pic pour déraciner la souche enfouie au creux d'un rocher. Mais il en résultait une fièvre dont l'éclair brillait dans les yeux de Fernand.

Le jour même où M. de Maurs avait eu avec Jacques cet entretien, dont on a vu les résultats négatifs, Fernand se trouvait au foyer d'un théâtre, pendant l'entr'acte d'une comédie qu'on donnait pour la première fois. Madame Colombey était dans une loge d'avant-scène auprès de M. de Bréhal ; derrière elle s'épanouissait la gaieté bruyante de M. Colombey. La plupart des lorgnettes se tournaient vers cette loge, qui disputait à la pièce nouvelle l'attention du public. On admirait Léonie et sa toilette. On la nommait tout haut, et ceux qui la connaissaient ne manquaient pas de la désigner à ceux qui ne la connaissaient pas.

— Mais c'est madame Colombey, la fille de Jacques Bernard le millionnaire ! regardez-la donc ! disaient les officieux.

Et deux ou trois lambeaux de phrases cités au hasard montraient que la plupart des spectateurs avaient lu le fameux article de l'*Écho du Monde*. Fernand était sur les épines ; quand le rideau tomba, après le premier

acte, un instant il eut la pensée de quitter le théâtre.
Un voisin l'entraîna du côté du foyer. Jamais Léonie ne
lui avait paru plus belle. Il exécrait M. de Bréhal. Il
exécrait tout le monde.

Un groupe de jeunes gens, au milieu desquels une
poignée de main de son ami le poussa par aventure,
causaient et riaient dans un coin. Tous félicitaient hautement de son récent succès un jeune homme blond qui
avait le sourire fin, la parole rapide, les yeux intelli-
gents et bons, le teint pâle, l'air fatigué. On aurait pu
le prendre pour un fils de famille si quelque chose de
débraillé dans la mise et dans le geste n'eût trahi un fils
de la bohème.

— Mon bon homme, ton article est charmant, dit un
des interlocuteurs.

— Acéré comme une flèche et leste comme un oiseau,
dit un autre.

— Encore deux ou trois fois de cette forme nette,
vive, aiguë, et tu passeras de la feuille volante au rez-
de-chaussée d'un grand journal.

— La chronique te réclame.

— Et si tu continues, tu empêcheras tous les million-
naires de Paris de dormir.

Fernand, jusqu'ici inattentif, prêta l'oreille.

Un grand jeune homme barbu survint.

— Par hasard, dit-il, le Jacques Bernard aurait-il
refusé de te comprendre dans la dernière répartition des
actions napolitaines? La vertueuse indignation de ton
article me le fait craindre.

Le jeune homme blond rougit.

— Non, dit-il, je n'ai même jamais vu M. Jacques Bernard, pas plus que je ne lui ai écrit.

L'homme à la barbe sourit.

— Tu as eu tort, mon cher Louis, reprit-il, un peu de prime fait grand bien!... ce qui n'empêche pas que ton article : *Profil d'un millionnaire*, ne soit un petit chef-d'œuvre.

— Ce petit chef-d'œuvre est un coup d'escopette, dit Fernand tout à coup.

Tous les yeux se tournèrent vers lui.

— Monsieur, s'écria le journaliste, qu'entendez-vous par là?

— C'est bien clair, répondit Fernand dont la colère trouvait à s'épancher, je tiens l'article pour une lâcheté et celui qui l'a écrit pour...

— Assez! reprit le jeune homme blond, qui l'interrompit.

Il était fort pâle; saluant alors son adversaire avec une aisance et une politesse exquises :

— Monsieur, poursuivit-il d'une voix nerveuse, je n'avais pas tout à l'heure l'avantage de vous connaître; j'espère bien à présent que vous me fournirez une occasion prochaine de vous rencontrer?... Rien de plus ici.

Fernand s'inclina, et ils échangèrent leurs cartes.

Les témoins de Fernand et ceux de Louis Ferrol se rencontrèrent dans la soirée. Il fut décidé qu'on se battrait, le lendemain, à l'épée, dans les bois de Ville-d'Avray, à neuf heures du matin.

La rencontre eut lieu derrière un massif de vieux arbres, à quelques pas des étangs ; à la troisième passe, Fernand fut atteint au bras d'un coup assez vigoureux pour que le fer s'échappât de sa main. En un instant la manche de sa chemise fut imbibée de sang. Les témoins l'entourèrent. Louis Ferrol jeta son arme à ses pieds.

— Maudite épée ! s'écria-t-il.

Ce mouvement surprit Fernand, qui regarda son adversaire.

— Ah ! monsieur, s'écria Louis Ferrol, que je regrette tout ce qui s'est passé ! En vous voyant prendre si courageusement la défense d'un homme que je ne connais pas, j'ai regretté d'avoir écrit l'article qui a été la cause de votre provocation : ce que j'ai appris dans la soirée a confirmé cette première impression, et j'ai compris que j'avais eu tort. Si vous consentiez maintenant à faire une différence entre la plume et l'écrivain, je serais bien heureux de vous serrer la main.

— Voici la mienne, répondit le blessé, qui ne put pas résister à la sincérité de cet élan.

La blessure de Fernand n'était pas grave ; le repos suffisait à la guérison. On promit donc de ne parler à personne de cette rencontre, et chacun regagna Paris. Louis Ferrol voulut accompagner Fernand, auprès duquel il revint dans la soirée. Celui qui avait fait la blessure en souffrait plus que celui qui l'avait reçue. Fernand regarda le journaliste d'un air curieux.

— Vous avez eu ce matin en me tendant la main, dit-il, un accent qui m'a donné la conviction que vous n'étiez pas un méchant homme; me permettez-vous à présent de vous dire toute ma pensée?

— Je fais plus, je vous la demande.

— Comment donc, alors, avez-vous pu vous décider à écrire, contre une personne que vous ne connaissez pas, l'article malheureux qui a fait tant de bruit?

— Eh! le sais-je! Si je vous disais qu'il n'y a eu dans cette action si déplorable, pour ne rien dire de plus, ni parti pris de mal faire, ni haine, ni animosité d'aucune sorte, ni envie, ni vengeance préméditée, de ma part tout au moins, me croiriez-vous?

— Je le croirais si vous l'affirmiez, mais alors pourquoi? dans quel but?

— Eh! mon Dieu, pour écrire cent lignes, pour gagner vingt francs!

— Pour vingt francs! s'écria Fernand.

— Que vos paroles n'aillent pas au delà de ma pensée, se hâta de répondre Louis Ferrol. Je ne suis pas entrepreneur de calomnies... croyez-le bien... mais il m'arrive parfois d'écrire des choses qui peuvent amener les plus fatals résultats et cela, peut-être, sans en avoir conscience!... Je lis dans vos yeux l'étonnement... presque l'indignation...

— Dites le mot... il est vrai.

— Et cependant je ne suis pas un malhonnête homme... je le sens... j'en suis sûr... Mais le sens moral est peut-être affaibli, obscurci. C'est là une des conditions les plus cruelles du métier que nous faisons, nous autres écrivains inconnus de la presse militante; et je dis métier, parce que le nom de profession ne convient pas à cet éternel barbouillage de papier auquel mille circonstances nous ont condamnés.

Louis se leva et fit quelques pas dans la chambre.

— Comprenez-moi bien, reprit-il en passant la main sur son front; si l'on m'avait offert cent francs, mille francs, plus même pour lancer froidement un article plein d'outrages contre un inconnu, je ne l'aurais certainement pas écrit. Bien que dans le monde singulier où nous vivons, on ait l'habitude, par amour du paradoxe, de traiter lestement les choses les plus hautes et les plus respectées, un sentiment de pudeur se serait peut-être réveillé en moi, et la proposition eût été repoussée avec dédain ; mais on est petit journaliste, on est attaché à la glèbe ; car qu'est-ce donc, si ce n'est un servage et le plus dur, que cette nécessité absolue, implacable, quotidienne, d'écrire aujourd'hui, demain, toujours, pour gagner une pauvre vie semée de soupers qui vous endettent et de bals masqués qui vous épuisent ! On est sur le coin d'une table, on mord sa plume ; elle a donné hier cent lignes et avant-hier autant ; ce matin il faut qu'elle recommence... le cerveau pressuré est à court d'idées... Cependant l'esprit est une loi du métier... On cherche... le public attend et veut rire... bien plus, le directeur du journal est là.... si votre verve faiblit, vous êtes remercié, renvoyé, perdu... Alors une anecdote vous est racontée, un nom est prononcé... une voix perfide vous crie : Voilà le sujet... allez ! et on va ! Le mot vient, l'ironie s'aiguise, l'esprit s'allume, l'article est broché... on a gagné le pain de tous les jours... S'il se trouve après qu'un homme est déshonoré et que le sang coule... c'est un désastre, et le cœur se soulève à cette pensée... Mais osera-t-on bien juger que jamais on ne remettra le pied dans ce même sentier boueux?... Oh! non! la pente est là et le besoin vous y pousse!

— Mais c'est abominable! s'écria Fernand.

— Et qui vous dit le contraire?

Fernand réfléchit pendant quelques minutes; il n'avait eu, jusqu'alors, aucune idée de ce qu'il venait d'entendre. Louis Ferrol se taisait.

Cependant ce mot qui a précipité votre plume, reprit Fernand, quelqu'un vous l'a dit, et ce quelqu'un avait un but?

— Oh! pour cela, oui. Et même, en y songeant plus tard, je me suis rappelé que c'est le directeur de l'*Écho du Monde* qui m'a fourni ce mot qui me manquait; ce fut l'étincelle qui fit partir l'article. Une conversation, dont un vague souvenir m'est resté, m'a fait comprendre qu'il y avait entre lui et M. Jacques Bernard je ne sais quelles relations qui avaient laissé à l'un d'eux des sentiments excessifs d'animosité.

— Si bien que vous étiez un instrument entre les mains de votre directeur?

— Ah! vous ne connaissez pas certains bas-fonds de la littérature!... Toutes les impuissances et toutes les jalousies s'y donnent rendez-vous, mêlées, hélas! à bien des infortunes, à bien des misères, celles-ci exploitées par celles-là! L'honnêteté s'y corrompt, la pudeur d'âme s'y flétrit, la dignité de soi-même s'y perd. On ne sait plus où finit l'esprit, où commence la médisance, ce que permet la plaisanterie, ce que défend la délicatesse : on parle d'un inconnu comme d'un cabotin, on entre dans un salon comme dans les coulisses... On s'habitue à ne rien respecter et à faire litière de tout ! Il faut des articles... à tout prix, il en faut, et on lève tribut sur le boudoir et sur l'alcôve, et l'homme du monde paye comme la courtisane. Combien parmi nous qui ont l'âme bonne, le cœur droit, les instincts les meilleurs et les plus généreux, et qui font un vilain métier !... Je ne vous dis pas qu'un jour, s'ils continuent, ils ne soient pas gangrenés ! Mais un rien les sauverait.

— Eh bien, si vous sentez vraiment la dureté et les périls d'une telle situation, pourquoi ne la changez-vous pas ?

— Eh ! le puis-je ?

— Avez-vous essayé ?

— Une fois ou deux, mais en écrivant toujours.. Le restaurateur n'attend pas et mon propriétaire non plus !

— Si cependant une occasion vous était offerte, accepteriez-vous ?

— Sur-le-champ.

— Alors comptez sur moi.

Fernand se rendit le lendemain chez Jacques Bernard. Un certain clignement d'yeux par lequel Clovis l'accueillit lui donna à penser que le vieux serviteur avait eu vent de son duel avec Louis Ferrol.

— C'était écrit, monsieur, c'était écrit! comme dit
Sénèque, murmura Clovis à l'oreille du jeune homme
en ouvrant la porte du cabinet de Jacques.

Fernand sourit et passa.

A sa vue, Jacques se leva et courut au-devant de
lui.

— J'allais me rendre chez vous! s'écria le banquier.

— Chez moi, et pourquoi faire?

— Pour vous gronder,

Fernand rougit.

— Ah! on a parlé! reprit-il, on avait pourtant bien
promis de ne rien dire!

— Le joli secret qu'a La Châtre! un secret mis à la
garde de sept ou huit personnes! Deux douzaines d'indiscrétions m'en ont informé ce matin... Je leur dois un
des meilleurs moments que j'aie passés depuis longues
années... Vous êtes bon et brave, mon ami Fernand, et
vous prenez ma défense sans qu'il vous en doive rien
revenir... merci...

— Ne me remerciez pas si vite... je viens en solli-
teur.

— Vous? alors il s'agit d'un autre.

— Hélas! oui, d'un autre que vous ne connaissez
guère, bien que vous le connaissiez beaucoup!

— Voyons le mot de cette énigme.

— Si vous avez un emploi vacant dans l'une des nombreuses entreprises que vous commanditez, donnez-le
moi ; si vous n'en avez pas, créez-en un. Je le demande

pour un homme qui vous a attaqué, plus que cela même, calomnié, diffamé...

— Eh! voilà beaucoup de titres à ma bienveillance! Et le nom, s'il vous plaît, de ce héros?

— Oh! le nom ne fait rien à la place. Mon adversaire s'appelle Louis Ferrol, et c'est pour lui que je la demande.

Jacques se pinça le bout de l'oreille.

— C'est-à-dire qu'après avoir fait une sottise, hier, pour mon compte, vous me priez d'en commettre une, aujourd'hui, pour le vôtre, reprit-il en riant.

— Franchement, oui, répondit Fernand.

Jacques Bernard se pinçait toujours l'oreille.

— Eh bien! soit, dit-il enfin, ce sera un paradoxe en action... J'ai besoin d'un secrétaire... Envoyez-moi mon ennemi, le rédacteur de l'*Écho du Monde*, et s'il rédige les rapports aussi bien que les articles, il n'aura pas à regretter d'avoir quitté la littérature pour la banque.

Une heure après cette conversation, Louis Ferrol était assis dans une pièce voisine du cabinet de Jacques, devant une table couverte de papiers. Jacques avait coupé court aux explications que le journaliste voulait lui donner.

— Le passé est mort, lui dit-il, à présent la route est toute tracée, vous n'avez qu'à marcher, la fortune est au bout... Soyez probe et intelligent... Le reste me regarde.

Et comme Louis allait répondre :

— Ne promettez rien, reprit Jacques, ce sont deux

choses difficiles que je vous demande... je vous verrai à l'œuvre...

La présentation finie, et au moment où Fernand se retirait, il entendit son nom prononcé à demi-voix. Marcelle, prévenue par Clovis, l'attendait dans la pièce qui précédait le jardin. Elle lui fit signe de la main; quand il approcha, elle paraissait très-émue.

— C'est donc vrai? dit-elle en lui prenant la main.

— Quoi donc?

— Ce duel?

— Ah! vous savez aussi?... Que de bavards pour un rien!

— Ne parlez pas ainsi!... Vous auriez pu être tué.

— Eh bien! je serais mort, répondit Fernand d'un air gai.

— Ah! Dieu! et moi, que serais-je devenue?

Ce dernier mot sortait à peine des lèvres de Marcelle que son visage se couvrit de rougeur.

— Que dites-vous? s'écria Fernand.

Une angoisse inexprimable se peignit sur les traits de la jeune fille; mais, raffermissant sa voix:

— J'ai dit la vérité, reprit-elle... Tôt ou tard, vous l'auriez devinée: mieux vaut à présent que ce secret se soit échappé de mon cœur... je l'ai confié à un ami qui a souffert et qui m'épargnera... Il sait que je suis toute dévouée, et qu'en toute occasion il me trouvera prête à le servir, à l'aimer... Je ne réclame que le droit de le

consoler s'il est malheureux... Qu'il sache bien seulement qu'il y a ici une pauvre créature qui ne survivrait
pas au coup qui vous frapperait... Pensez-y quelquefois,
et, cela fait, soyez tel avec moi, toujours, que vous
l'étiez hier.

Toute l'âme de Marcelle semblait être passée dans ses
yeux ; l'expression de pureté qui s'y mêlait à la tendresse était si haute et si fière, que Fernand ne put que
prendre sa main et la baiser avec l'expression de la
reconnaissance et du respect.

— Oui, toujours ! murmura-t-il.

Remise à demi de son trouble, mais encore rougis-
sante, Marcelle passa doucement son bras sous celui de
Fernand.

— Merci, poursuivit-elle avec un abandon charmant ;
mais prenez-y bien garde, vous ne savez pas à quoi cette
promesse vous engage. Il ne vous sera plus permis
d'avoir un secret sans me le confier, pas un chagrin
sans m'en parler. Si vous souffriez seul, ce serait une
trahison, et la plus coupable, parce que je n'exige rien
en retour de ce que vous me donnez... Si vous êtes
heureux, tant mieux, ce n'est pas mon affaire ; mais si
un jour vous ne l'êtes pas, n'oubliez jamais qu'alors
vous m'appartenez. C'est entre nous une association...
Je réclame ma part.

— Quel cœur avez-vous donc ? s'écria Fernand touché
jusqu'au fond de l'âme.

— Le cœur d'une femme qui aime, et ce n'est pas ma
faute.

6*

Marcelle fit quelques pas encore au bras de Fernand.

— A présent que je vous ai tout dit, poursuivit-elle, n'y pensez plus et ne vous en souvenez que si vous êtes malheureux.

— Ah! dit Fernand quand elle se fut éloignée, pourquoi l'autre n'est-elle pas Marcelle?

VI

DEUX REVENANTS

Il y avait à cette époque, dans une petite maison de Neuilly, au bord de la Seine, une femme qui devait avoir été fort belle et qui chaque matin se promenait solitairement le long du fleuve ou dans la partie la moins fréquentée du bois de Boulogne. Elle paraissait avoir une cinquantaine d'années : des bandeaux épais de cheveux grisonnants encadraient un visage dont le temps et la souffrance avaient altéré la fraîcheur sans lui rien faire perdre de sa grâce et de son caractère de rare distinction. Tout le feu de la jeunesse brillait dans les yeux de l'inconnue, qui les avait grands et superbes ; on la voyait rarement sourire ; l'expression de ses traits était ordinairement grave et mélancolique, mais si l'influence d'un souvenir ou d'un sentiment plus doux entr'ouvrait ses lèvres, sa physionomie expressive s'éclairait tout à

coup comme un paysage où tombe un rayon de soleil ;
le charme en devenait irrésistible. La maison qu'elle
habitait était située un peu à l'écart ; un grand jardin
l'entourait, planté d'arbres touffus. Aucun bruit n'en
sortait jamais.

Si M. Saponnière, entraîné du côté de Madrid par une
de ces galanteries dont il n'avait pas encore, malgré le
temps, perdu l'usage, eût rencontré face à face l'inconnue
errant sous les ombrages de ce lieu profane, il eût eu
grand'peine à reconnaître, dans cette femme toujours
vêtue de noir, et pâle comme une morte, cette Hortense
qu'il avait tant aimée.

Elle était arrivée un soir et s'était installée dans la
petite maison, louée d'avance par un homme d'affaires.
On la connaissait dans le pays sous le nom de mistress
Archibald. La régularité de ses habitudes avait effacé
lentement le sentiment de curiosité éveillé d'abord par
le mystère de sa vie. Lassés de la voir recommencer sans
cesse et aux mêmes heures des promenades qui lui faisaient lentement parcourir les mêmes campagnes, les
voisins qui, pendant les premiers jours, l'avaient innocemment espionnée, étaient alors convaincus que mistress Archibald était une veuve éloignée du commerce
du monde par un malheur irréparable. Après quelques
mois de séjour à Neuilly, on la regardait à peine et on
n'y pensait plus. Les enfants du pays qui la surprenaient
assise pendant de longues heures au bord de l'eau, ou
suivant les avenues d'un pas égal et silencieux, la sur-
nommaient entre eux la dame noire. Mistress Archibald

était servie par une femme qui répondait au nom de miss Anna, et qui parlait également le français et l'anglais. Quand on la pressait de questions, miss Anna feignait ne pas comprendre. Le plus pur anglais, celui-là seul qui a cours à Regent-Street, était alors le seul idiome qu'elle pût entendre. Aussitôt qu'on cessait de l'interroger, un miracle se produisait, et les mystères les plus raffinés de la langue française lui étaient dévoilés. Cependant on avait obtenu de miss Anna cet aveu, que le mari de mistress Archibald était mort.

— C'est donc cela qui la rend si triste ? s'écria naïvement un indiscret.

— Oh ! yes ! répondit le sphinx de la petite maison.

Bien que cette douleur inconsolable qui survivait à la perte d'un mari parût invraisemblable, on l'accepta pour authentique, et personne ne chercha plus d'autres renseignements.

La ménagère de la dame noire n'avait pas trompé ses voisins de Neuilly. Sir Archibald Lindseer était mort, après trois ou quatre ans de mariage, des suites d'une pleurésie qu'il avait gagnée en chassant le cerf rouge en Écosse. Toute sa fortune, un peu ébréchée déjà, mais considérable encore, appartenait à sa veuve, qui resta quelque temps à Londres, puis voyagea, se consacrant tout entière à l'éducation de son fils, pour lequel elle n'épargna rien.

A seize ans, sir William était l'un des meilleurs chasseurs de renard de la vieille Angleterre ; à vingt ans, personne ne maniait l'épée mieux que lui. A ces qualités physiques, il joignait une audace sans égale, une force de volonté extraordinaire, et un esprit porté aux entreprises aventureuses, dont il avait fait voir les germes hardis dès sa plus tendre enfance. Mistress Archibald ne combattit jamais ces tendances redoutables.

A l'époque où les événements avaient porté la fortune de Jacques Bernard à ce haut point de prospérité où nous l'avons laissée, Hortense, réfugiée dans sa solitude de Neuilly, promenait ses souvenirs toujours vivaces dans le bois de Boulogne. Elle n'avait plus désormais la crainte d'être reconnue.

Un matin, au détour d'une allée, elle vit venir une calèche que deux chevaux emportaient rapidement au grand trot. Elle se jeta de côté pour laisser le passage libre et leva les yeux. Un frisson la prit tout entière ; devant elle, au fond de la calèche, Jacques Bernard était assis à côté de Joséphine. Ce n'était plus le même visage sur lequel elle s'était si souvent penchée quand la mort s'était approchée de l'hôtel inconnu de la rue de Laval ! Mais son cœur, plein de ressentiments, ne pouvait pas se tromper. Elle fit un pas en arrière et, plus pâle qu'une statue, elle suivit des yeux la voiture qui déjà s'enfuyait, Une ligne rouge venait de s'étendre sur le front livide d'Hortense.

— Il a tout oublié ! dit-elle.

Ce jour-là, Hortense ne se promena pas longtemps dans le bois.

La porte de la petite maison de Neuilly, plus muette qu'un tombeau, s'ouvrait quelquefois le soir, et la veuve

recevait alors la visite de sir William. Souvent aussi ils
s'enfermaient dans une pièce écartée, et miss Anna elle-
même ne pénétrait pas le secret de leurs entretiens. Hortense en sortait toujours avec la pâleur du marbre sur
le front, le visage altier, les lèvres menaçantes. Que de
cendres encore brûlantes remuées dans le silence de son
cœur ! Que de fantômes évoqués ! Ces conversations
n'avaient jamais lieu à époques fixes. Quelquefois un
assez long temps s'écoulait avant que sir William parût
à Neuilly ; quelquefois il s'y montrait presque chaque
jour. Le jour même où elle avait rencontré Jacques Bernard et Joséphine, Hortense vit entrer chez elle le fils
qu'autrefois elle appelait Guillaume. Il avait dans la
physionomie quelque chose de triomphant et de hautain.

— Embrassez-moi, dit-il, j'ai réussi !

— Ah ! répondit Hortense, dont le regard s'illumina.

— Le pavillon de la rue Pigalle était à moi, j'ai maintenant l'hôtel de la rue Taitbout. J'avais le fils, j'aurai
le père.

Hortense lui saisit la main.

— Tu as commencé, reprit-elle, continue et que rien
ne t'arrête. Il ne m'a pas épargnée, ne l'épargne pas.

Sir William raconta à sa mère que Jacques Bernard
venait de le mettre à la tête des chemins de fer napolitains.

— Je ne me suis pas pressé, ajouta-t-il, j'ai attendu :
l'heure propice est venue enfin ; ce que je ne demandais
pas on me l'a offert, et me voilà au cœur même de la
place.

Hortense l'écoutait avec l'expression anxieuse du chasseur qui guette le passage du gibier dans une forêt ; elle voulait connaître tous les détails de ce travail de sape auquel sir William se livrait ; rien ne lui paraissait odieux elle approuvait tout ; il fallait réussir ; là étaient le but et la loi suprême.

— Je n'ai plus devant moi aucun obstacle, dit sir William en finissant, ma signature décide tout... faites un signe et le navire aura sa voie d'eau !

— Attends ! répondit Hortense, ce n'est pas une brèche qu'il faut, c'est la ruine.

Si quelque témoin invisible eût assisté à l'entretien de la mère et du fils, il eût été frappé de l'attitude de sir William. Cet homme, qu'on voyait si hautain et si dédaigneux partout, était tendre et respectueux ; sa voix même avait un accent doux et pénétrant : c'était comme une métamorphose. On n'aurait pas hésité à penser qu'il adorait sa mère, et on ne se serait pas trompé. C'était moins un amour inaltérable qu'un culte. Ce qu'elle voulait, il le voulait. N'avait-il pas toujours vécu auprès d'elle ? N'était-ce pas à lui qu'elle s'était dévouée sans relâche ?

— Vous le haïssez donc bien, ce Jacques Bernard ? reprit-il tout à coup en baisant la main de sa mère.

— Si je le hais ! reprit-elle. J'étais heureuse, il m'a jetée dans la misère ; j'étais tranquille, il m'a repoussée dans la tempête !... Un jour, égarée par la faim, je lui ai tendu une main défaillante, un de ses valets m'a frappée au visage... Ne me demande rien de plus ; fais ce

que je te dis seulement !... Un jour peut-être tu sauras
tout.

— Je ferai ce que vous voudrez, dit sir William.

Un long soupir souleva la poitrine d'Hortense. Elle
accompagna sir William jusqu'à la porte du jardin, où
son cheval l'attendait ; il sauta en selle et disparut dans
la nuit.

Hortense resta immobile un instant, regardant au
loin la silhouette noire du cavalier qui s'effa-
çait.

— Enfin ! murmura-t-elle, j'aurai donc mon heure,
moi aussi... et Jacques me reverra face à face !

En ce moment cette prospérité dont l'éclat et la durée effrayaient Jacques semblait s'étendre et grandir
encore. Le public, alléché par d'habiles prospectus et
un torrent d'annonces, se ruait sur les actions des chemins de fer napolitains. On ne pensait pas, à la Bourse,
que ceux qui en demandaient cent pussent en obtenir
dix. Jacques, aidé de son gendre, de M. de Bréhal et
de sir William, ne suffisait plus à l'étude et à la direction des affaires. Auguste lui-même s'en occupait, il
avait la surveillance du carnet dans ses attributions ;
c'était lui qui donnait les ordres pour la vente et l'achat
des valeurs.

Jacques se multipliait ; il ne s'apercevait pas, dans
le feu de la fièvre, qu'il ne dormait plus. Qu'avait-il
besoin de sommeil sur ce monceau de billets de banque
et d'actions et de titres qui lui servait d'oreiller ? Il en
sortait comme des essaims de projets, des vols de com-

7

binaisons qui lui semblaient les meilleurs des rêves. Un jour, il prit à part M. de Maurs.

— Je suis au cœur d'une mine d'or, lui dit-il, donne-moi ton fils ; avant un an, il sera sur la route des millions.

— Et qu'en ferait-il ? bon Dieu ! s'écria Pierre.

Jacques hésita, pris au dépourvu par l'originalité paradoxale de cette réponse. Il se pinça l'oreille.

— Eh ! mais, reprit-il, on n'est jamais embarrassé de ces choses-là ! il fera des millions ce que j'en fais moi-même.

— Et qu'en fais-tu ?

Cette fois, Jacques resta muet ; sa main ne quittait pas son oreille qu'il tourmentait énergiquement.

— Ce que j'en fais ? répéta-t-il.

— Oui.

Jacques regarda son interlocuteur, remua les lèvres sans parler ; puis, jetant ses bras en l'air :

— J'en gagne d'autres, dit-il.

— Et après ? répliqua M. de Maurs.

— Ma foi, je n'en sais rien ! s'écria le banquier.

— Eh bien ! poursuivit M. de Maurs en riant, cet aveu me dispense d'une plus longue explication. Fernand gardera ce qu'il a... ayant peu, il aura du moins le temps de vivre.

Jacques devint sérieux.

— Peut-être as-tu raison, reprit-il.

— Eh ! mon pauvre Jacques, s'écria M. de Maurs, il en est des millions comme de certains aliments ; tous les estomacs peuvent les avaler ; il en est peu qui puissent les digérer. On les rend ou l'on en étouffe.

Si M. de Maurs ne voulait pas pour Fernand de la mine d'or que Jacques lui offrait, il ne s'opposait pas à ce que son fils traversât Paris dans tout le mouvement d'une jeunesse emportée. C'était, à son sens, une expérience qui lui restait à faire. En retour de sa complaisance, il ne lui demandait qu'une franchise absolue. L'ardeur que Fernand mettait à poursuivre les plaisirs ne l'épouvantait pas ; il savait que l'attrait de la dissipation l'entraînait moins que le désir d'échapper à une idée fixe, et que le jour où il ne se souviendrait plus de Léonie serait celui où il retournerait au recueillement et au travail. On voyait donc le vicomte de Maurs partout, et il ne pouvait pas faire un tour sur le boulevard sans rencontrer vingt jeunes gens auxquels il serrait la main. Quand il rentrait dans le chalet d'Auteuil, M. de Maurs le questionnait doucement.

— L'étourdissement vient en attendant l'oubli, répondait Fernand.

Les heures qu'il dérobait à cette existence vagabonde et creuse, il les donnait à Marcelle. Il ne quittait jamais mademoiselle Ducoudray sans être rafraîchi et reposé. Elle avait sur son cœur l'influence d'une brise caressante sur un voyageur harassé par la chaleur d'une longue course à l'heure de midi. Lorsqu'il était resté quelque temps sans la voir, Fernand n'était pas heureux. Après une soirée passée à son côté, il était plus calme ; mais au contraire, s'il rencontrait Léonie,

le lendemain appartenait à la dissipation la plus violente. Par l'emploi de sa journée, on savait laquelle des
deux cousines Fernand avait vue la veille.

Parmi les personnes que Fernand hantait le plus volontiers à cette époque, il en était plusieurs qui appar-
tenaient au monde le plus bruyant de Paris. On dînait
en grande compagnie presque tous les jours, on soupait souvent. Les convives avaient la moustache blonde
ou la tête chauve, des noms sonores ou des noms inconnus. Ceux-là arrivaient du Mexique et ceux-ci de la
Chaussée-d'Antin ; les uns avaient porté la toge ou
l'épée, d'autres manié l'aune ou le crayon. Les fils de
famille et les parvenus se coudoyaient. Plusieurs
avaient leurs entrées chez la Madone et chez Pulchérie.
Fernand allait partout. Du pavillon de la rue Pigalle, il
passait quelquefois à l'hôtel de la rue Blanche après
avoir traversé le boudoir de la rue Chaptal. Les meubles, la décoration, le luxe se ressemblaient ; presque
aussi le langage, la toilette, les habitudes. On avait les
mêmes distractions et le même carrossier. Madame Colombey, Pulchérie et la Madone se rencontraient dans
des avant-scènes voisines. Leurs dentelles et leurs bijoux se valaient. Quelquefois leurs robes se touchaient
par la manche. Il était impossible de savoir chez laquelle on voyait le plus de monde, laquelle avait la vie
la plus dissipée. Il fallait regarder au fond pour découvrir une différence.

Lorsqu'il avait séjourné une heure dans l'appartement de la Madone, tout rempli de tumulte, et gou-

verné par sir William sous les couleurs d'Auguste, comme un ministre gouverne sous l'autorité nominale d'un roi, s'il s'aventurait dans le boudoir de Léonie, Fernand ne manquait pas d'y trouver M. de Bréhal, auquel M. Colombey demandait conseil en présence de dix personnes. Bientôt Fernand se retirait le cœur gonflé par un levain de colère et d'indignation.

— Tel frère, telle sœur ! disait-il alors.

Ces visites fréquemment renouvelées lui faisaient mal ; mais il s'y acharnait comme un soldat retourne à la bataille pour s'aguerrir au bruit du canon. Il voulait que la cicatrice se fît sur la blessure par le contact même de ce qui l'irritait le plus, comme on cherche à cautériser une plaie par l'application du fer chaud. Alors il comptait les pulsations de son cœur et analysait avec une sorte de volupté farouche les diverses sensations qui le tourmentaient. Il constatait les progrès de la guérison par l'indifférence, et les rechutes par les accès de mélancolie ; mais il travaillait sans relâche à déraciner de son cœur ce souvenir qui en précipitait les battements.

Un soir, au plus fort de cette lutte, il avait surpris Léonie seule avec le député ; la conversation, qui tombait à chaque mot, était morte, et le vicomte de Maurs s'était retiré.

Un quart d'heure après, Fernand rencontra sur le boulevard un jeune homme, qui l'arrêta.

— Venez-vous souper ? lui dit ce jeune homme.

On aurait proposé à Fernand de fournir une course

à fond de train, par la nuit noire, tout droit dans la campagne, sur un cheval enragé, qu'il aurait accepté.

— Allez, je vous suis, répondit-il.

Cinq minutes après, il était chez la Madone, dont les fidèles s'étaient réunis à l'occasion d'un pari perdu sur William ; Auguste qui l'avait gagné se frottait les mains. De grands applaudissements accueillirent l'arrivée de Fernand. Par une de ces anomalies si fréquentes dans le monde, il était le bienvenu et le bien désiré au milieu d'une compagnie à laquelle il était étranger par toutes les tendances de son caractère.

Parmi les personnes qu'on voyait le plus souvent alors dans le pavillon cosmopolite de la rue Pigalle, il en était une pour laquelle Fernand éprouvait une sorte de répulsion instinctive. C'était un homme dont l'âge était un problème. Avait-il trente ans, en avait-il cinquante ? On ne le savait pas. Dans ces heures de gaieté, sir William appelait ce personnage M. le comte de Saint-Germain.

A distance, et vu tout à coup dans la lumière de cent bougies, au bout d'une table, on pouvait croire qu'il était jeune ou à peu près. Le matin, regardé de près, à la lueur blafarde de l'aube éclairant un tapis vert semé de cartes froissées, il avait cent ans. La moustache teinte et cirée, les cheveux domptés et travestis par le cosmétique, fardé comme une comédienne, sanglé dans un gilet trop étroit, gras et dodu, imprégné d'eau de senteur, vêtu à la mode du lendemain, le petit doigt armé d'un énorme solitaire qui brillait insolemment, le faux comte

de Saint-Germain n'aurait été que laid s'il était resté
tel que le temps l'avait fait ; ainsi maquillé il était horrible.

En toute occasion il affichait des prétentions aux
belles manières ; il avait un langage fleuri où l'image
abondait, avec un mélange pittoresque d'exclamations
cavalières empruntées à une autre époque. Les palsambleu, les parbleu, les maugrebleu, voltigeaient coquettement sur ses lèvres ; mais quelque chose dont il
ne pouvait se défaire indiquait qu'il avait, par ses ancê-
tres et par lui-même, une parenté étroite avec le calicot
et la percale.

Quand Auguste lançait son fameux « nous autres
gentilshommes, » l'homme à la moustache peinte se re-
dressait, cambrait sa taille ronde et vidait son verre
d'un seul trait. Ses yeux à fleur de tête se tournaient
incessamment vers la Madone, comme l'aiguille aiman-
tée vers le pôle. S'il saisissait sa main au passage, il la
portait sournoisement à ses lèvres avec un soupir de faune
altéré. On le savait riche ; mais, s'il glissait volontiers
deux ou trois louis dans la main d'une soubrette qui
avait le gouvernement de la porte, il donnait invaria-
blement un sou de pourboire au cocher qui le promenait
quatre heures dans Paris.

— C'est un de ces prodigues qui s'enrichissent quand
même, disait la Madone en parlant de son adora-
teur.

Le comte de Saint-Germain s'appelait de son vrai nom
Remy Saponnière ; mais, depuis qu'il s'était retiré du

commerce, le négociant avait ajouté au nom bourgeois
de Saponnière le nom plus sonore de Blévans ; il signait
S. de Blévans. On ne connaissait pas l'origine de ces
deux dernières et prétentieuses syllabes.

— C'est une famille qui se perd dans la nuit du
madapolam, disait sir William en parlant des Blévans.

Les plaisirs improvisés sont quelquefois les plus vifs.
Arrangé le matin, le souper de la Madone eut la gaieté
fraîche et vermeille d'une journée d'avril. Fernand était
assis en face de M. Saponnière de Blévans. Le vin de
Champagne pétillait dans les verres ; la conversation
allait grand train. Un caprice de la Madone en avait
tourné le cours vers les confidences ; bientôt après elle
voulut que chacun des convives racontât à son tour
l'épisode galant de sa vie qui l'avait le plus ému ou le
plus égayé.

M. Saponnière de Blévans riait beaucoup en écoutant
la bizarre série des aveux qui faisaient le tour de la table ; chaque histoire semblait donner une saveur plus
exquise au vin du Rhin qu'il buvait à longs traits. Ses
yeux se mouillaient en regardant la Madone ; il était
dans ces heures où les secrets s'échappent du cœur
comme la vapeur d'un vase en ébullition. Son tour de
parler vint enfin. Il remplit son verre et le vida d'un air
galant.

— Parbleu ! dit-il, l'émotion et moi, nous n'avons jamais été fort intimes... cependant il m'est arrivé d'avoir
peur une nuit que j'étais amoureux ou que du moins je
croyais l'être.

— On n'est pas plus spirituel, dit sir William.

M. Saponnière sourit et but à la santé de l'Anglais. Ce premier succès l'encourageait, et, mis en verve, il prit le parti modeste d'être tout à la fois vif, badin et tout petillant d'esprit.

— Permettez-moi, reprit-il d'un air coquet, de parler le langage d'un auteur dramatique.

— La scène représente une petite maison d'Auteuil : chambre meublée élégamment, portes latérales, une alcôve au fond, deux bougies et, comme on dit en style de comédie, un petit bureau avec tout ce qu'il faut pour écrire. Deux personnes occupent la scène : un homme, celui que vous avez devant vous, et une jeune femme. L'héroïne est en peignoir. Je ne vous dirai pas si elle était jolie ; elle me paraissait charmante, et, en pareille matière, on sait que la conviction suffit.

— Il n'est pas de physiologiste de la force de M. Saponnière de Blévans, reprit sir William.

— Palsambleu ! on a vécu ! continua l'orateur. Ici, je dois confesser que j'ai toujours eu un faible pour les peignoirs. Je ne sais pas de vêtement qui ait une apparence plus coquette. Il a quelque chose de provoquant et de badin qui pousse à la galanterie ; or, je vous l'ai dit, la belle était en peignoir... un peignoir de mousseline ! On me demandera peut-être comment le personnage qui vous parle pouvait lui tenir compagnie à l'heure avancée que marquait la pendule... Eh ! morbleu ! on a lu ses maîtres !

— Cela se voit ! répliqua l'imperturbable sir William.

7.

— Les moralistes assurent qu'il est une foule de circonstances où il faut brusquer les dénoûments. J'avais
aimé la belle ; elle m'avait repoussé ; je voulais avoir
ma revanche. Un soir donc, deux ou trois louis perdus
adroitement dans la main d'une camériste m'ou-
vrirent la porte du boudoir de la petite maison d'Auteuil.

Depuis quelques minutes, Fernand, qui buvait à petits coups, l'esprit voyageant du côté de la rue Blanche,
avait reposé son verre sur la table. La tête appuyée
sur la main, et penchée en avant, il écoutait. Au
dernier mot de M. Saponnière, il ne le quitta plus des
yeux.

— Il était presque minuit et nous étions seuls, poursuivit M. Remy Saponnière de Blévans, et si bien seuls
que je n'avais aucune crainte d'être dérangé. Les hosti-
lités venaient de commencer. J'avais pour moi l'heure,
le silence, la situation, une implacable résolution de
triompher de tout, et cette ardeur que fait naître l'audace.

— Eh ! eh ! dit la Madone, la situation se des-
sine !

— Le moment me parut propice pour battre en brèche
le cœur de la rebelle, et, sans m'arrêter à un feu de file
de reproches et de supplications, je tombai aux genoux
de l'infante... Vous savez que c'est notre manière de
monter à l'assaut.

— Je gage que huit jours après la malheureuse vous
adorait ? interrompit sir William.

— Huit jours ? vous voulez dire une heure après ! poursuivit la Madone.

M. Saponnière de Blévans lui jeta un regard fascinateur.

— Eh bien non ! s'écria-t-il.

— Comment non ! vous avez échoué, vous ?

— Oui, moi... vous ne le croirez peut-être pas, mais cette bataille, qui me promettait la plus désirée de toutes les victoires, se termina par un échec.

— C'est invraisemblable ! s'écria sir William.

— Et c'est vrai ! répondit M. Saponnière.

— Quoi ! un de Blévans battu à minuit ! quand il est seul, face à face avec un ennemi vêtu de mousseline ?

— Eh ! monsieur, l'étoffe n'y fait rien ; il n'y a jamais eu, je le gage, qu'un seul dragon à Auteuil, et la fatalité a voulu que j'eusse affaire à lui. La mousseline faisait une cuirasse à ce dragon vêtu d'un peignoir ! Cependant, l'heure des cheveux épars venait de sonner ; j'avais repoussé l'escadron des prières, résisté à l'artillerie des larmes ; je voulais vaincre bon gré, mal gré, et j'aurais vaincu, palsambleu ! lorsqu'une voix retentit...

— Ah ! diable ! murmura l'un des convives.

— Je croyais que la garnison était gagnée ? dit la Madone.

— La garnison, oui ; mais la fatalité ! répondit gravement sir William.

— Hélas ! continua M. Remy Saponnière de Blévans, j'avais tout prévu, tout combiné, tout arrangé ; le destin ne permit pas que mes savantes combinaisons eussent leur dénoûment logique et galant. Déjà l'espoir venait en aide à mon éloquence lorsque tout à coup la voix d'un jardinier éclate sous la fenêtre, et quelle voix ! non point une voix enrouée comme l'heure et l'humidité l'exigeaient, mais une voix retentissante, sonore, entêtée et toute pleine de notes aiguës. Elle ne se taisait une seconde, cette voix maudite, que pour crier plus haut et plus longtemps un moment après. Bientôt toute la maison fut en l'air.

— C'était, pour employer le style du narrateur, l'heure de la péripétie, dit la Madone.

— Ah ! j'aurais voulu vous voir dans ce moment difficile, ajouta sir William. Vous deviez être superbe... l'œil en feu... le geste fier... le front haut, prêt à tout... Pauvre jardinier !... vous l'avez fait voler par la fenêtre ?

M. Remy Saponnière de Blévans porta un verre de vin de Champagne à la hauteur de ses lèvres et en dégusta lentement la liqueur dorée.

— Pas tout à fait ! reprit-il, la prudence me conseillait la temporisation.

— Quoi ! de tels conseils ont arrêté un homme tel que vous !

— On cognait à la porte et on frappait à la fenêtre ! On faisait rage partout. Que diable, un gentilhomme ne se commet pas contre des rustres ! Je me coulai donc vers un cabinet de toilette, et, bravement, je pris la fuite. Le jardinier criait toujours ; la soubrette, qui avait

cueilli mes trois louis, criait plus fort ; jamais concert
plus formidable n'ébranla les échos d'une maison ; mais
quand la porte de la bergerie s'ouvrit, le loup avait disparu.

— Bravo ! s'écria la Madone ; je vois d'ici maître
loup se glissant sous la coudrette et riant, le sournois,
aux dépens du berger ; car, enfin, notre loup n'est
pas homme, non, n'est pas bête à renoncer à la brebis.

M. Saponnière toussa.

— Et puis ? demanda sir William... Il y a bien certainement un dernier chapitre à ce roman ?

— Ma foi, reprit M. Remy Saponnière de l'air d'un
homme qui prend un grand parti, je serai franc jusqu'au
bout. J'aurais certainement poussé plus loin cette entreprise, interrompue au plus bel endroit par la sotte intervention d'un bélître, si toute revanche n'était devenue
impossible.

— Impossible est donc un mot français pour vous ?
s'écria sir William.

— Ah ! monsieur de Blévans, vous me faites de la
peine, dit la Madone.

— C'est un dénoûment gâté, ajouta Auguste.

Fernand n'avait plus la tête appuyée sur sa main. Si
quelqu'un des convives eût tourné les yeux vers lui, il
eût été épouvanté de l'expression de son visage.

— Eh ! messieurs, attendez ! poursuivit l'orateur en
remplissant son verre d'une main tremblante.

— Attendons ! reprit la Madone.

— Un Frontin qui portait ma livrée, s'étant rendu par mon ordre à Auteuil, peu de jours après mon aventure, trouva close la petite maison. Il interrogea un voisin, et apprit que l'héroïne avait déserté le champ de bataille.

— Elle était partie?

— Non, elle était morte.

Fernand se leva, il avait la pâleur du marbre.

— Mon Dieu! qu'est-ce donc? s'écria la Madone qui l'observait à la dérobée depuis une minute.

Mais, sans répondre, Fernand s'approcha de M. Saponnière, et posant lourdement la main sur l'épaule du narrateur :

— Je vous connais donc enfin? dit-il d'une voix creuse.

— Quoi? qu'y a-t-il? que me voulez-vous? répondit M. Saponnière, qui fit un effort pour se tenir debout.

— On vous a dit la vérité, poursuivit Fernand, cette personne que vous aviez insultée elle était morte; elle s'appelait madame la comtesse de Maurs, et je suis son fils.

Les quelques mots de Fernand avaient fait passer le frisson de la terreur dans le cercle des convives; M. Saponnière trembla de tout son corps et retomba sur le fauteuil.

Pareil à une statue, Fernand resta immobile devant lui. Du bout du doigt, il effleura le front de M. Saponnière.

— Je crois, sir William, reprit-il, que vous demandiez

un dénoûment à la comédie infâme dont ce misérable nous racontait tout à l'heure les lâchetés. Demain, je tuerai un homme.

— Fernand! s'écria la Madone.

— Sir William fronça légèrement le sourcil, et saisissant sa voisine par le bras avec un mélange de prière et d'autorité :

— Laissez, dit-il, les hommes ont à causer.

Des gouttes de sueur perlaient sur le front de M. Saponnière. Tous les yeux étaient sur lui. L'horrible terreur qui le tenait cloué sur son fauteuil céda sous la révolte de l'amour-propre. Il parvint à se relever.

— Demain? dit-il en s'efforçant de ricaner, monsieur a la prétention de me tuer demain?... Eh! bien! nous verrons demain.

Et il fit un pas vers la porte pour sortir, mais Fernand lui barra le passage.

— Non pas, s'écria-t-il; vous m'êtes apparu, vous pourriez disparaître!.. Vous ne savez donc pas que mon père vous a cherché pendant trois ans?

Il regarda la pendule, et se tournant vers sir William :

— Monsieur, reprit-il, il est trois heures... à huit heures, il fera jour; je vous confie cet homme, que j'attendrai au bois de Boulogne, sur la route des fortifications, devant la mare d'Auteuil. Vous m'en répondez sur votre tête... Quelles que soient les conditions qu'il propose pour le duel, je les accepte.

Sir William s'inclina, et remplissant une coupe de vin de Champagne, il la présenta à M. Saponnière.

— La coupe est remplie, il faut la boire, dit-il.

M. Saponnière prit la coupe machinalement; il regardait Fernand qui s'éloignait; ses dents claquaient. Il voulut boire, le vin s'échappa de la coupe et se répandit sur son gilet.

— C'est impossible!... Vous allez me laisser partir! s'écria-t-il, rendu tout à coup à sa lâcheté première.

— Sans aucun doute, répondit l'Anglais, ma voiture est à la porte, vous pouvez y prendre place. Où vous irez, j'irai. Ne craignez pas de fatiguer mes chevaux, ils sont excellents... et à huit heures, eussent-ils fait dix lieues, nous arriverons à la mare d'Auteuil. Diable! mon cher monsieur, je réponds de vous sur ma tête, et vous êtes un trop galant homme pour m'exposer à la perdre.

M. Saponnière passa la main sur son front.

— Mais ce n'est pas sérieux! reprit-il en s'efforçant de rire, il y a si longtemps de cela!.. J'étais si jeune!.. J'ai peut-être exagéré... Il y a une foule de détails dont je ne me rappelle plus.

La terreur folle de cet homme inspirait un dégoût profond à la Madone.

— Eh! dit-elle avec l'accent du mépris, quand on tue, on se bat!

M. Saponnière vit que tout le monde le regardait. Un peu de sang lui revint au cœur.

— Bien, dit-il, nous nous battrons au pistolet.

Cependant Fernand était retourné au chalet d'Auteuil. Il voulait voir M. de Maurs et l'embrasser, sans lui rien dire de la scène qui venait d'avoir lieu ; peut-être aussi éprouvait-il le besoin d'écrire à Léonie et à Marcelle. Le souvenir de l'un l'obsédait, mais l'image charmante de mademoiselle Ducoudray passait devant ses yeux. Il voyait son triste et doux sourire.

— J'aurais tout donné pour qu'elle fût heureuse ! pensa-t-il.

Fernand comprenait que le duel dont quelques heures le séparaient à peine serait fatal pour l'un des deux adversaires. Il le voulait terrible, implacable.

Son père dormait encore lorsqu'il arriva au chalet d'Auteuil. Il entra dans sa chambre.

M. de Maurs sauta à bas de son lit.

— Qu'est-ce ? dit-il.

Fernand ne savait que répondre. Il commença l'entretien par des paroles en l'air. Il ne croyait pas qu'il fût encore de si bonne heure ; il n'avait pas sommeil.

— Embrassez-moi, je me retire, dit-il.

— Ce n'est pas cela, répondit M. de Maurs, parle... il y a quelque chose.

La longue habitude qu'il avait de tout dire à son père ne permit pas à Fernand de garder plus longtemps le silence sur ce qui venait de se passer. Lentement et cédant malgré lui à l'ascendant de l'autorité paternelle, il livra d'abord le secret de la provocation, puis enfin le nom du meurtrier. Au nom de M. Saponnière, M. de Maurs leva les mains au ciel.

— C'était lui ! s'écria-t-il... Ah ! je pourrai donc venger Alice !

Ce cri d'une douleur depuis vingt ans contenue fit tressaillir Fernand.

— Vous ? dit-il... Mais j'ai provoqué M. Saponnière.., je l'attends, il est à moi !

— M. Saponnière me trouvera devant lui.

— Mon père !

M. de Maurs s'empara de la main de Fernand. L'expression d'une volonté absolue se lisait sur son visage.

— Jamais, tu le sais, reprit-il, je n'ai fait usage, dans toute sa rigueur, de l'autorité que me donne ce nom que tu viens de prononcer... Mais, s'il en était besoin, je l'invoquerais aujourd'hui... Je me battrai avec le misérable que tu as rencontré. Tu me remplaceras s'il vient à me tuer.

Fernand comprit que la résistance était impossible.

— Voici la première fois, dit-il, que je cède avec angoisse à l'appel de votre choix ; cependant, puisque vous le voulez, j'obéirai.

A huit heures, M. de Maurs et Fernand se rendirent ensemble à la mare d'Auteuil ; un jour livide filtrait entre les arbres dépouillés. On était au cœur de l'hiver. La neige durcie claquait sous les pieds ; on n'entendait pas d'autre bruit que le froissement des branches que le vent du matin agitait. Quelque temps le père et le fils marchèrent en silence dans l'épaisseur du bois. Bientôt

cependant un bruit sourd de roues courant sur le ver-
glas arriva jusqu'à eux. Une voiture s'arrêta non loin
de là, sur la route, et trois hommes s'engagèrent dans
un sentier.

— C'est lui, dit M. de Maurs, dont le sang ne fit qu'un
tour.

M. Saponnière était d'une pâleur mortelle. Un instant
les yeux de M. de Maurs et les siens se rencontrèrent.
Jamais ils ne s'étaient vus depuis le jour où tout à coup
M. Saponnière avait paru dans la villa de Montmorency,
entre le comte et mademoiselle Frimond; il voulut
d'abord affecter une assurance qu'il n'avait pas; mais
bientôt ses paupières s'abaissèrent ; un frisson glacial le
parcourut tout entier et il s'éloigna de quelques pas.

Sir William s'approcha de Fernand.

— Eh! eh! dit-il en ricanant, les gens que vous
donnez à garder à vos amis ne sont pas commodes...
j'ai eu grand'peine à ne pas perdre celui-ci de vue... Le
pauvre homme avait des velléités suprenantes de se
promener au loin... Je crois même qu'un voyage dans
les pays les plus sauvages ne lui aurait pas été désa-
gréable. Le nom seul d'Auteuil lui donnait de petites
attaques de nerfs fort divertissantes, et deux fois, saisi
d'un besoin inexprimable de locomotion, il a failli
sauter par la portière.

— Toutes les conditions de notre rencontre sont-elles
réglées? demanda Fernand.

Sir William devint grave. Il comprenait, à l'air de
Fernand, que ce n'était pas l'heure de plaisanter, mais

depuis le cri poussé par la Madone, sir William le détestait presque.

— M. Saponnière a fait choix du pistolet, dit-il.

Fernand fit un signe de tête approbatif.

— De plus, ajouta sir William, mon aimable convive a voulu que chacun des combattants eût deux coups à sa disposition.

— C'est bien, reprit Fernand.

— Une distance de quarante pas vous séparera ; aussitôt que j'aurai frappé des mains, vous marcherez l'un sur l'autre, aussi longtemps et aussi rapidement que vous le voudrez ; le signal du départ donné, le feu commencera à volonté. Si personne ne tombe après les quatre coups, on rechargera les armes ; acceptez-vous ces conditions ?

— Oui.

Fernand fit un pas vers M. Saponnière.

— Monsieur, dit-il, les conditions de ce duel sont telles que je n'en aurais pas choisi d'autres ; un seul point cependant reste à régler entre nous ; mais celui-là, je le pense, vous importera peu. Votre adversaire, ce n'est plus moi : mon père me remplace.

M. Saponnière fit un pas en arrière. Il s'était trouvé une fois en présence de M. le comte de Maurs et il s'en souvenait.

— Je ne connais pas M. le comte de Maurs, dit-il précipitamment ; seul vous m'avez provoqué, je n'ai affaire qu'à vous ; je ne me battrai qu'avec vous.

Fernand retourna auprès de M. de Maurs et lui fit part de la réponse de M. Saponnière.

— Je ne dis pas que cet homme qui est là, près de sir William, n'ait raison, ajouta-t-il, mais l'heure n'est pas propre aux explications... Laissez-moi reprendre la place que le hasard m'avait donnée, c'est le moyen le plus simple d'éviter tout retard.

— Tu crois? répondit M. de Maurs.

Il fit quelques pas du côté de M. Saponnière, et tirant sa montre :

— Monsieur, dit-il, vous avez trois minutes pour vous décider ; si vous hésitez encore, quand cette aiguille marquera huit heures et demie, aussi vrai que je m'appelle Pierre de Maurs, je vous ferai sauter la cervelle.

Sir William, qui était auprès de M. Saponnière, salua gravement.

— J'ai l'honneur de connaître M. le comte de Maurs, dit-il, et je puis affirmer que jamais il n'a manqué à sa promesse.

Un tremblement nerveux agita le visage de M. Remy Saponnière de Blévans.

— Faites charger les armes, dit-il tout à coup.

M. Saponnière, qui faisait partie d'une société d'amateurs habitués à fréquenter les tirs, avait lui-même choisi les armes dont on devait se servir ; il les connaissait de longue date et passait pour un tireur de première force. Son adresse à briser des poupées pouvait tenir lieu de bravoure.

— Allons ! pensa-t-il, je tirerai avant même qu'il ait levé le bras... Quand on fait mouche à tout coup, on est sûr de frapper un homme au cœur.

Les préparatifs du combat ne furent pas longs. Sir William chargea les quatre pistolets, tandis qu'un autre témoin mesurait les pas. On présenta les armes par la crosse aux deux adversaires, qui furent conduits aux extrémités de la distance parcourue par le témoin. M. de Maurs et M. Saponnière tenaient un pistolet de chaque main.

— Qu'avez-vous donc? demanda sir William à M. Saponnière, qu'il venait d'arrêter à sa place.

— Moi, rien... c'est le froid... cette matinée est glaciale! répondit l'ancien marchand.

— Il est certain qu'on a tort de ne pas orner le bois de Boulogne de quelques calorifères, répliqua sir William.

M. Saponnière voulut sourire; il ne put pas. Il avait quelque chose de hagard dans les yeux, ses paupières battaient convulsivement; la prunelle était horriblement dilatée, on y voyait comme des points rouges.

— Hum! pensa sir William, si une balle ne le met pas hors d'affaire, voilà un pauvre homme qui sera bien malade.

Et faisant quelques pas pour s'éloigner de la ligne de tir :

— Pour qui pariez-vous? demanda-t-il à l'un des témoins avec l'aisance d'un homme qui se promène sur la pelouse d'un champ de courses.

Fernand avait suivi son père, qui l'embrassa.

— Si la Providence était pour cet homme, prends ma place et venge ta mère, dit M. de Maurs, qui lui serra la main une dernière fois.

Les témoins venaient de s'écarter.

En ce moment, un coup de feu partit, et la balle enleva une mèche de cheveux sur le front de M. de Maurs.

Les témoins poussèrent un grand cri.

Le misérable! s'écria Fernand.

— C'est une étourderie, je vous le jure, dit M. Saponnière; mon doigt a pressé la détente malgré moi....

Sir William rechargeait déjà le pistolet du marchand.

— Prenez garde, dit-il, je suis votre parrain; si vous commettiez de nouveau une pareille maladresse, je me verrais dans la cruelle nécessité de vous tuer sur place.

— Vous aussi! murmura M. Saponnière, dont les dents claquaient.

Il remonta le col de sa redingote noire étroitement boutonnée, On ne voyait plus un point blanc sur toute sa personne. Il était blême, ses yeux semblaient injectés de sang.

— Êtes-vous prêts, messieurs? demanda sir William.

— Je le suis, répondit M. de Maurs.

M. Saponnière fit un léger mouvement de tête. Déjà il avait levé un de ses pistolets à la hauteur du visage.

— Allez, messieurs, reprit sir William en frappant des mains.

M. Saponnière fit quelques pas en avant, comme un homme poussé par un ressort; il abaissa le canon du pistolet qu'il tenait de la main droite, visa une seconde et fit feu.

M. le comte de Maurs, qui n'avait pas quitté sa place, resta immobile.

Un soupir de joie souleva la poitrine de Fernand.

— Notre ami le comte de Saint-Germain a mal tiré, murmura sir William. C'est à peine si l'habit de M. de Maurs est égratigné.

Cependant, M. Remy Saponnière venait de jeter précipitamment le pistolet déchargé et s'était armé du second; il fit encore cinq ou six pas rapidement, sans que M. de Maurs changeât de position ou fît un geste; ses deux bras immobiles pendaient le long du corps.

M. de Maurs est superbe, reprit sir William tout bas, mais peut-être imprudent; il me semble que si je l'avais au bout de mon bras, impassible comme une cible, il serait bientôt...

Un nouveau coup de feu l'interrompit. M. Saponnière venait de tirer son second coup.

M. de Maurs n'avait pas bougé.

Fernand joignit les mains et regarda le ciel avec l'expression d'une reconnaissance ineffable. A présent, il n'étouffait plus.

Cette fois, M. de Maurs marcha à la rencontre de son adversaire.

M. Saponnière porta les deux mains à son front. Quelque chose d'effrayant passa sur son visage. Sa bouche grimaçait horriblement, ses yeux rouges, fixés sur M. de Maurs qui s'approchait lentement, semblaient vouloir sortir de leur orbite; sa peau avait des tons verdâtres.

Sir William lui-même devint sérieux ; M. de Maurs avançait toujours ; la distance qui le séparait de son adversaire diminuait insensiblement ; un silence de plomb les enveloppait tous.

Quand il ne fut plus qu'à deux pas de son ennemi, M. de Maurs leva lentement le bras.

— Souvenez-vous d'Alice ! dit-il.

Mais il n'eut pas le temps de tirer.

En ce moment, les genoux de M. Saponnnière fléchirent, et il tomba comme une masse. Il avait la face bleue.

Le médecin amené par sir William accourut. Tandis que M. de Maurs abaissait son arme, il souleva le corps inerte de M. Saponnière, glissa la main sous sa redingote et chercha la place du cœur.

— Bat-il encore ? demanda sir William.

Sans répondre, le médecin tira une lancette de son étui et piqua la veine de M. Saponnière ; le sang ne vint pas. Il renouvela, sans plus de succès, l'épreuve sur l'autre bras.

— Cet homme est mort ! dit-il, et il étendit M. Saponnière sur la neige.

— Justice est faite, répondit M. de Maurs, qui tendit ses pistolets à William.

8

VII

DIPLOMATIE DE BOUDOIR

La Madone avait, ce jour-là, quitté de bonne heure le pavillon de la rue Pigalle. Depuis que sir William vivait dans son intimité, il avait perdu beaucoup de cet attrait qui pendant quelques jours l'avait distraite, sinon occupée. Fernand, au contraire, lui plaisait, et si le cœur de la Madone eût encore eu la faculté de battre, peut-être l'aurait-elle aimé. Cette histoire de duel et cette provocation à laquelle elle venait d'assister, et qui suspendait une menace de mort sur la tête d'un beau jeune homme à qui l'indifférence de son caractère faisait une originalité, lui communiquèrent une sorte d'impatience nerveuse qui l'empêcha de dormir. Elle s'enveloppa tout d'un coup d'un manteau et se fit conduire au bois de Boulogne.

Jamais la Madone n'avait vu la campagne à cette

heure matinale, si ce n'est quelquefois en été, quand elle soupait à Madrid. La blancheur et le silence du bois lui donnèrent le frisson. Les rares piétons qu'elle rencontrait lui apparaissaient comme des ombres funèbres. Un certain trouble, qui n'était pas de l'émotion, mais qui en tenait lieu, s'empara d'elle. La Madone pensait à Fernand. Jamais il n'avait eu sur les lèvres ces mots durs ou railleurs auxquels les hôtes des nuits d'orgie l'avaient trop souvent accoutumée ; après les soupers les plus terribles et les lansquenets les plus orageux, il savait encore être doux et poli.

— Il n'a jamais oublié, lui, que je suis une femme ! murmura-t-elle.

Peut-être, à ce moment même, était-il couché, pâle et sanglant, sur la neige.

Les femmes ont toujours des nerfs, les Parisiennes surtout ; lors même que le cœur est bronzé, elles conservent une sensibilité d'esprit qui peut tromper tout le monde en les trompant elles-mêmes. Elles arrivent au trouble, à l'émotion, à l'anxiété, émotion douteuse, anxiété factice certainement, mais qui peuvent duper un observateur inattentif ; leurs yeux connaissent les larmes, et pendant quelques jours ou quelques heures il en est qui, sous l'empire de circonstances exceptionnelles, inclinent à penser qu'elles aiment.

Ainsi fit la Madone.

Enfermée dans son coupé, et frissonnant malgré les fourrures qui l'enveloppaient, elle penchait la tête à la portière à toute minute, et interrogeait du regard la route froide et silencieuse qui court vers Auteuil. La voiture avançait lentement ; cette solitude morne agissait sur les nerfs de la Madone. Un mot, un rien l'aurait fait pleurer. Le cocher, mis au fait de tout ce qui se passait, se dressait sur son siége pour voir au loin. Comme elle prêtait l'oreille au moindre son, la Madone entendit le bruit sourd d'une détonation qui roulait dans l'épaisseur du bois. Elle tressaillit. Peu d'instants après, une seconde détonation suivie d'une troisième retentirent dans l'éloignement.

La Madone se rejeta dans le fond du coupé, le visage entre les mains.

— Dieu ! si on l'avait tué ! dit-elle.

En ce moment elle aurait donné de bon cœur ses perles, ses diamants, Auguste et sir William lui-même pour sentir Fernand à son côté.

— Mais courez vite ! courez donc ! cria-t-elle au cocher tout à coup.

La voiture, lancée à fond de train, approchait de la mare d'Auteuil lorsqu'un groupe de cinq ou six personnes sortit du milieu des arbres. Le cocher retint les chevaux. La Madone reconnut Fernand et se jeta hors de la portière en l'appelant. Fernand, surpris, se dirigea de son côté suivi de sir William.

La Madone venait de sauter sur la route et marchait à grands pas dans la neige. Sous l'empire de cette excitation nerveuse, qui devait tomber peut-être aussi vite qu'elle était née, la morne créature, tirée violemment de son repos, courut vers Fernand et lui jeta le bras autour du cou.

— Enfin! dit-elle, j'ai cru que j'en mourrais!

Le visage de sir William se contracta, et, mordant ses lèvres :

— Eh! ma chère, un faiseur de mélodrames ne parlerait pas mieux! s'écria-t-il.

La Madone, frappée de cet accent, regarda l'Anglais. Sir William était blanc comme la neige qu'il frappait du talon. Quelque chose dont elle avait eu le soupçon entra dans l'esprit de sa voisine et y resta.

— Vous êtes vivant, et j'imagine que vous n'avez plus besoin de moi, reprit sir William, qui se tourna du côté de Fernand ; donc permettez-moi d'offrir mon bras à la Madone.

— Faites, dit Fernand, qui rejoignit son père et s'éloigna.

La Madone, alors tout entière à une pensée nouvelle, ne fit rien pour retenir le vicomte.

On voyait derrière le groupe, composé de M. de Maurs et de ses témoins, le coupé de sir William, qui sortait lentement du rideau des arbres : il contenait le corps de celui qui avait été M. Remy Saponnière de Blévans.

— C'est une congestion cérébrale, un cas d'apoplexie foudroyante, disait le médecin qui marchait à côté de M. de Maurs ; une tension excessive de l'esprit, l'excitation des nerfs arrivée à son paroxysme d'intensité produisent quelquefois de ces effets...

Ils passèrent et la Madone n'entendit plus rien.

8*

Un instant après, blottie au fond de sa voiture et tout enveloppée de son épais manteau, elle retournait au pavillon de la rue Pigalle. Un singulier sourire relevait les coins de sa bouche. L'attendrissement avait disparu. D'autres idées l'occupaient. Sir William était à son côté. Il se taisait et mordillait ses moustaches. La Madone l'observait furtivement du coin de l'œil. Il lui semblait qu'elle avait devant elle un homme qu'elle n'avait jamais vu.

Quand elle fut dans son boudoir, douillettement couchée devant le feu, les pieds sur les chenets, elle tourna sa tête en plein vers sir William.

— Ainsi, dit-elle tout à coup, vous êtes jaloux ?

— Moi ! quelle idée ! s'écria sir William, qui tressaillit comme un duelliste atteint par un coup savant.

— Eh ! c'est une idée que d'autres ont eue avant vous... Je ne vous en remercie pas moins de m'avoir donné cette preuve de jeunesse.

Sir William essaya de rire et voulut plaisanter, mais le coup avait porté ; il le fit gauchement et sans naturel.

— Vous jaloux ! reprit la Madone en l'interrompant ; c'est beaucoup d'honneur que vous me faites.... Si j'avais encore vingt ans, quelle belle occasion de montrer un peu de fatuité ! Sir William, un homme invincible, vaincu !

Sir William prit la main que la Madone laissait pendre le long de la causeuse, et, s'agenouillant près d'elle :

— Eh bien ! dit-il, si par hasard j'étais jaloux, où serait le mal ?

— Le mal ne serait pas terrible, mais la maladresse le serait, répondit la Madone.

Sir William sauta sur ses pieds.

— Prenez garde, s'écria-t-il, je ne m'appelle pas Auguste ! et je ne suis jamais si bien par terre que je ne puisse me relever !

La Madone sentit qu'elle avait été trop loin dans son élan de franchise ; fermant donc à demi les yeux et souriant :

— Là ! là ! dit-elle, ne nous fâchons pas !.. on n'a pas tous les jours la bonne fortune que, tout à l'heure, au bois de Boulogne, vous m'avez autorisée à deviner. Quelle voix pour un pauvre baiser !... quel accent ! quel regard !... J'avais bien le droit de me montrer fière d'un tel succès et de vous taquiner un peu... Voilà si longtemps que l'on n'a pu percer cette cuirasse d'insensibilité contre laquelle je n'osais même plus me risquer... Et c'est au moment où je désespérais de la victoire que vous capitulez !... Je suis femme, et je me suis vengée. Mais, rassurez-vous, si vous m'aimez... un peu... je n'aime pas Fernand du tout.

La Madone vit l'éclair de joie qui brillait dans les yeux de sir William. Elle noua ses deux mains autour du cou de son interlocuteur.

— Voyons, reprit-elle, voulez-vous que je ne le reçoive plus, ce pauvre jeune homme ? Dites un mot et cette porte lui sera fermée à tout jamais.

— Ah! vous me rendrez fou! s'écria sir William, qui tomba à ses pieds.

Lorsque sir William, qui était attendu chez Jacques Bernard, dut quitter la Madone elle s'appuya tendrement sur son bras et l'accompagna jusqu'à la porte.

— Jamais je ne me suis sentie si heureuse, dit-elle en lui donnant son front à baiser.

Mais quand sir William fut dans la rue, la Madone se releva.

— L'armure est donc brisée! dit-elle... Et il croit que je l'aime!

Un sourire amer plissa ses lèvres.

— Autres hommes, mêmes sottises! reprit-elle.

Un sentiment de triomphe où la joie et la rancune se mêlaient, enfla le cœur de la Madone. Si quelque temps elle s'était préoccupée de sir William, défendu par son esprit et son dédain, ce temps n'était plus. Il ne lui était resté de ce trouble passager qu'une sorte d'irritation contre l'homme qui l'avait si bien devinée. Elle était alors en face de lui dans un état d'infériorité relative qui la froissait. Il lui fallait une revanche et elle ne savait pas comment elle l'obtiendrait. Sir William, pris à ce piége où les plus habiles sont tombés, sir William amoureux, lui en fournissait l'occasion.

La Madone resta plusieurs minutes couchée dans son fauteuil, regardant la flamme du foyer. Des projets confus s'agitaient dans sa tête. Fallait-il, maîtresse de ce cœur si longtemps indomptable, repousser d'un seul coup sir William et lui faire payer en une heure son

insolence d'une année? Fallait-il, au contraire, s'achar-
ner après lui, l'enlacer, et pour le perdre se faire
pareille à cette robe de Nessus dont rien ne pouvait
éteindre les ardeurs et qui dévorait ceux qu'elle enveloppait de ses plis? Pour qu'il fût tout à elle, elle serait
toute à lui, et, son œuvre achevée, elle ferait comme
un enfant qui rejette l'orange dont il vient d'exprimer
le jus.

— Et alors, pensait-elle, je le traiterai comme il m'a
conseillé de traiter Auguste!

Ce souvenir et ce nom firent prendre un autre cours
aux réflexions de la Madone.

A cette époque Auguste n'était plus cet homme qu'on
avait vu insensible aux séductions les plus habiles.
Comme une terre ingrate, patiemment amendée par un
laboureur intelligent, se couvre d'épis, ainsi le fils du
millionnaire perdait de sa sécheresse et de sa stérilité.
La tactique professée par sir William portait ses fruits;
l'avare était alors pareil à une mine abondante qui
récompense le travail de l'ouvrier. Une vanité aveugle
et sotte, exploitée sans relâche et sans cesse excitée, le
poussait à des folies qui l'eussent consterné lui-même
s'il avait eu la faculté de réfléchir. Rien ne lui coûtait
plus pour montrer qu'il était un parfait gentilhomme et
un maître de la mode. D'habiles propos, des réticences
calculées, mille insinuations adroitement ménagées, lui
donnaient cette conviction qu'il était aimé pour lui-
même, et rien n'est plus périlleux qu'une telle conviction quand on est millionnaire. Quel Crésus pense à

fermer sa bourse, quand les mains blanches qui le
caressent ne songent pas à y puiser! Mais la sécheresse
et l'aridité contre lesquelles si longtemps la Madone
avait combattu n'étaient pas la seule dette qu'il dût
acquitter; l'offense n'était pas oubliée. Fallait-il s'arrêter quand la moitié de la route, et la plus difficile, était
franchie?

Un éclat de rire argentin termina cette longue série
de méditations.

— Allons! dit la Madone, il ne serait pas juste de
sacrifier Auguste au profit de sir William, pas plus que
de conserver sir William au détriment d'Auguste!

La Madone venait de se rappeler à propos qu'on voit
tous les jours deux chevaux bien sages, trottant du
même pas et marchant de front, attelés au timon de la
même calèche.

La conscience bien rassurée et tranquille comme une
personne qui commence honnêtement sa journée, la
Madone tira le cordon d'une sonnette.

— Eh! Victoire, dit-elle à la cameriste qui parut, vite
un jeu de cartes et viens ici!

Tandis que Jacques Bernard donnait toutes les forces
de son esprit et tout son temps au travail, Auguste était
entré dans une voie où les ressources d'une industrie
régulière ne suffisent plus. Appointements et parts dans
les bénéfices, tout tombait dans le gouffre. L'ivresse
l'avait saisi, et, tout saturé de flatteries, il ne reculait
plus devant aucune sottise. Son écurie, montée sur un
pied formidable, rivalisait d'éclat avec les plus célèbres

t absorbait des sommes folles. Il n'osait pas tous les
ours recourir à la caisse paternelle, et des emprunts
trop souvent répétés, pouvaient enfin tarir les bourses
es plus complaisantes. Aux heures d'embarras, sir William était son confident naturel. L'Anglais, qui l'avait
poussé dans cette route périlleuse, était trop de ses amis
pour lui refuser un conseil.

— Vous êtes banquier, fils de banquier ; vous connaissez pour l'avoir vu mille fois un grand monument orné
de colonnes, qui ouvre son péristyle par le travers de la
rue Vivienne, et vous ne jouez pas ! à quoi diable
pensez-vous donc ?

— Mais si je perds ! dit Auguste.

— Et votre crédit, qu'en faites-vous ? On n'a pas
toujours la mauvaise chance contre soi. Si deux ou trois
liquidations maladroites vous embarrassent, la caisse
des chemins de fer napolitains, dont j'ai la clef, est
à votre disposition.... vous me rembourserez sur vos
bénéfices.

La conclusion logique de cet entretien fut que la spéculation entra dans les habitudes journalières d'Auguste.
Sir William se chargea d'en être le conseiller et le directeur. Il était certain cette fois de n'avoir rien à se repro-
cher ni son ami ne se ruinait pas.

La recluse de la petite maison de Neuilly fut mise au
courant de cette nouvelle manœuvre. Il ne lui fut pas
difficile d'en comprendre le mécanisme.

— C'est M. Jacques Bernard qui a créé l'affaire des
chemins de fer napolitains, dit sir William ; si les

actionnaires réclament contre un déficit, je jette en
avant Auguste. Comme père et comme banquier,
Jacques Bernard est responsable moralement. S'il ne
faut qu'une signature pour l'engager plus avant je
l'obtiendrai du fils.

— Sa maison est colossale, elle peut résister au choc,
dit Hortense.

— Sa maison est comme un fort taureau que deux
bêtes fauves déchirent; elle porte, cramponnée à ses
flancs, l'audace insensée de M. Colombey et la vanité
folle d'Auguste. Au besoin, je lui porterai le dernier
coup de dent.

Mais ce que sir William se gardait bien de dire a sa
mère, c'est que lui-même, entraîné et comme ébloui
par la passion funeste que lui inspirait la Madone, pui-
sait aux mêmes sources que sa victime et descendait
rapidement la pente sur laquelle se précipitait Auguste.
Un abîme était devant lui, il le voyait et il s'y jetait. Il
avait le vertige, et le plus dangereux de tous, celui que
l'on connaît et que l'on aime.

La famille de Jacques ne voyait rien et ne savait
rien des prodigalités de sir William et des dissipations
d'Auguste. Le pavillon de la Madone était le sépulcre
muet où tout tombait. Pour la première fois de sa vie,
Jacques oubliait cette méfiance inquiète qui est l'essence même de la banque et l'oubliait au profit de sir
William. Point de soupçons d'aucune sorte, partant
point de surveillance. Un entraînement, dont il ne
cherchait pas à combattre l'influence, le poussait vers

cet audacieux jeune homme, si paradoxal quelquefois,
si ferme et si hardi dans l'occasion. C'était le phénomène de l'aimant, qui attire le fer et le retient ; et combien de fois n'a-t-on pas vu les lois mystérieuses de ce
miracle que les sciences physiques constatent sans
l'expliquer, se reproduire avec la même intensité dans
l'ordre intellectuel ? Jacques en subissait le charme.

A cette époque la Madone avait dans ses écuries les
plus beaux chevaux et sur ses épaules les plus beaux
diamants de Paris. Aux Champs-Élysées, les Anglais
admiraient l'élégance de ses attelages ; dans les bals par
souscription, à l'Opéra et aux Italiens, les étrangères
demandaient le nom de cette personne qui répandait
sur elle tout l'écrin d'une reine.

La Madone sortait de la foule de ses rivales avec
éclat. Après un certain nombre d'années passées dans
les brouillards et les incertitudes de la galanterie, elle
brillait comme une étoile radieuse au plus haut du fir-
mament parisien. On la citait pour son luxe effréné.

— Ah ! disait Pulchérie, qui la jalousait, elle peut offrir
un cierge à la Fortune. En s'emparant d'Auguste, elle
avait découvert la Californie ; voici maintenant qu'elle
découvre l'Australie en s'emparant de sir William !

Quant aux étrangers qui sont les plus crédules des
hommes, ils ne croyaient pas connaître Paris, s'ils
n'avaient traversé, au moins en visite, le pavillon de la
rue Pigalle.

Un jour on apprit que la Madone faisait construire un
hôtel aux Champs-Élysées.

9

— Ce sera un petit paradis entre cour et jardin, disait-elle d'un petit air nonchalant.

— Il aura bien deux étages? ajouta railleusement Pulchérie.

— A qui donc, ma charmante, en confierez-vous les clefs? lui demanda Auguste, qui n'avait eu garde de rien comprendre à l'observation de Pulchérie.

Le regard de la Madone glissa du côté de sir William.

— Je verrai, dit-elle ; saint Pierre sera nommé au choix.

VIII

LES JEUX INNOCENTS

Les nouvelles que les indiscrétions du monde faisaient parvenir à Joséphine Bernard sur la conduite et les légèretés de son fils ne lui inspiraient aucune inquiétude. Il lui semblait de bon goût qu'il fît courir. Bien plus même, ce qui lui revenait de ses prouesses de tout genre la flattait dans la partie la plus apparente de sa vanité. Elle estimait que le nom un peu bourgeois de Bernard en acquérait un lustre nouveau. Joséphine était allée un assez grand nombre de fois à Chantilly et à Satory. Elle s'informait alors de la qualité des personnes au milieu desquelles Auguste se pavanait. Ce n'était que marquis, barons et vicomtes. Que pouvait-elle demander de plus à l'aîné de la famille ? ne remplissait-il pas toutes les conditions d'une vie élégante ? S'il dépensait quelque argent, son père en avait assez gagné

pour que le fils eût le droit d'en gaspiller un peu. Cela
se faisait d'ailleurs dans le beau monde. Elle le consultait donc sur le choix de ses équipages, sur la coupe et
la couleur de sa livrée, et le maintenait bravement dans
sa sottise. Si, par aventure, ou par des demi-confidences,
elle apprenait qu'Auguste avait fait quelque grosse perte
au jeu, c'était un accident auquel il fallait parer sans
en rien dire à Jacques Bernard, qui ne savait pas les
choses du bel air. Pourvu que Joséphine eût un grand
chasseur derrière son grand coupé, rien ne lui paraissait compromis, et le monde aurait pu s'abîmer, sans
qu'elle tournât la tête.

Léonie, de son côté, estimait qu'aucune femme de
Paris n'était plus heureuse que madame Colombey; elle
donnait quatre bals par saison, recevait régulièrement
une fois par semaine, le vendredi, ne portait jamais un
chapeau plus de huit jours, et savait, à n'en pas douter,
que M. de Bréhal se mourait d'amour pour elle. Pro-
visoirement elle le laissait mourir, ce dont le député
profitait pour l'accompagner galamment au bois de
Boulogne et à l'Opéra.

Dans ce tourbillon qui l'emportait avec la rapidité du
vent, comment aurait-elle trouvé le loisir de s'occuper
de son frère? Il ne lui semblait pas qu'il fît autre chose
que ce que tout le monde faisait. Quant à lui donner
des conseils, elle ne s'en serait jamais avisée. A quoi
bon! M. son frère n'était-il pas majeur?

Seul, M. Gustave Colombey voyait plus clair dans la
vie d'Auguste; mais on n'avait pas d'indiscrétion à re-

douter de sa part : Pulchérie lui servait de bâillon.

Un jour qu'il avait été surpris par son beau-frère en flagrant délit de petit souper, M. Colombey se pencha à l'oreille d'Auguste, tandisque la Madone échangeait une poignée de main avec Pulchérie.

— Cache ma rhubarbe, dit-il avec un gros rire, je cacherai ton séné.

Sir William, qu'on apercevait toujours sur les pas de la Madone, survint.

— Bon appétit, messieurs ! dit-il.

M. Colombey cambra sa taille, se regarda dans la glace, crut y voir la figure du fameux duc de Richelieu, et se frotta les mains joyeusement.

— Pardieu ! dit-il, mêlons les deux menus, et soupons gaiement !

Cependant les deux femmes s'étaient assises à côté l'une de l'autre.

— Que fais-tu de ce financier gras ? dit la Madone à Pulchérie.

— Je le dévalise un peu, par charité.

La Madone salua des yeux sir William, qui lui faisait un signe de la main.

— Et toi-même, reprit Pulchérie, pourquoi marches-tu toujours entre ces deux amis, comme autrefois la chaste Suzanne entre le comte Almaviva et Figaro ?

— J'égratigne l'un et j'écorche l'autre.

— Toute seule !

— Je suis si bonne.

— Pauvre petite !

M. Colombey soupa ce soir-là grassement et de manière à prouver aux plus incrédules qu'il avait l'estomac aussi large qu'un coffre-fort. Malheureusement, le spéculateur qui tranchait de l'homme à bonnes fortunes avait trop compté sur la discrétion du monde et la complicité du hasard. Ne savait-il pas que les imprudences, si téméraires qu'elles soient, disparaissent dans le tourbillon de Paris ? Le calcul était juste, et l'on n'aurait presque jamais rien à redouter des caprices du sort si l'on n'avait quelquefois des amis.

L'amitié, ainsi qu'on la pratique sur le boulevard, est l'épée de Damoclès des Parisiens ; il n'est pas de tour que cette épée ne joue à ses victimes ; la trahison est le moindre de ses méfaits, et, comme autrefois les flibustiers naviguant sous le drapeau rouge, quand elle laisse la vie sauve à ceux qu'elle dépouille, on lui doit des remerciments.

Rassuré par le mystère et l'impunité de ses premiers désordres, M. Colombey ne prenait pas grande précaution pour cacher les visites quotidiennes qu'il faisait à sa petite maison de la rue Chaptal. Les réunions d'actionnaires et les conseils d'administration lui donnaient toute liberté de s'absenter le soir. Il s'ébattait donc plantureusement dans la débauche et y trouvait un sel que, célibataire, il n'y avait jamais goûté. M. de Bréhal ne tarda pas à pénétrer le secret de cette vie à deux faces. M. Colombey lui offrait ainsi une trop bonne occasion de pratiquer une brèche au cœur de Léonie, pour que le député hésitât à en profiter.

Un soir que M. Colombey avait quitté sa femme après dîner, pour se rendre, assurait-il, à un rendez-vous d'affaires, M. de Bréhal parut céder à un mouvement spontané d'indignation et de chagrin.

— Pauvre amie ! dit-il en se penchant sur la main de Léonie qu'il baisa langoureusement.

La chose faite, il se mordit les lèvres comme un novice auquel une étourderie vient d'échapper. Léonie voulut avoir l'explication de ce mouvement. M. de Bréhal se garda bien de parler tout de suite et s'esquiva.

Mais la flèche était lancée. Léonie sentait toujours sur sa main l'impression de ce baiser plaintif que M. de Bréhal y avait déposé ; les deux mots qu'il avait alors murmurés ne lui sortaient pas non plus des oreilles. Que s'était-il donc passé dans sa vie qu'elle ignorât ? n'était-elle pas toujours la femme qu'on enviait entre toutes ? La pensée que son mari était ruiné lui traversa l'esprit sans y rester.

Le mystère dont M. de Bréhal s'entourait, et qu'il savait rendre visible, irritait sa curiosité de plus en plus Léonie le pressait de questions qu'il éludait. Quand le député la vit au point où il voulait l'amener, il fit comme un diplomate aux abois et négocia.

— Il s'agit de moi, parlez, dit-elle tout à coup en l'interrompant dans ses préliminaires.

— Ce n'est rien, répondit M. de Bréhal avec un embarras feint.

— Quand il n'y a rien, c'est qu'il y a quelque chose, répliqua Léonie. Expliquez-vous.

M. de Bréhal se défendit de son mieux ; Léonie insista.

— Mais c'est une trahison que vous me demandez ! s'écria-t-il enfin.

— Eh bien ! pourquoi pas? reprit-elle.

L'argument était de ceux auxquels on ne répond qu'en obéissant.

— Vous souvient-il, poursuivit M. de Bréhal, de ce qui arriva à madame de Montespan lorsque Louis XIV rencontra madame de Maintenon ?

— Un peu.

— Or, j'ai peur que M. Colombey, votre mari, ne soit Louis XIV, et que ne soyez, vous, comme la fameuse et belle favorite... la première.

— N'est-ce que cela? répondit Léonie en affectant l'indifférence la plus aimable.

— Rien de plus, rien de moins.

— Et c'est là cette terrible révélation que vous n'osiez pas me faire?

— Et quel crime plus grand aurais-je eu à vous apprendre?

Ce madrigal ne déplut pas à Léonie. Elle sourit :

— Eh bien ! rassurez-vous, reprit-elle, et pour pousser jusqu'au bout cette métaphore historique, votre pauvre amie ne fera pas pour Louis XIV ce qu'a fait mademoiselle de La Vallière.

Cependant Léonie ne dormit pas beaucoup cette nuit et entendit rentrer la voiture de M. Colombey. Elle sauta de son lit et regarda la pendule.

— Trois heures! dit-elle ; eh! M. Colombey fait l'école buissonnière.

Léonie le questionna le lendemain sur l'emploi de sa soirée ; il répondit qu'il avait eu à rédiger un rapport pour la prochaine assemblée des actionnaires des chemins de fer napolitains.

— Je croyais que ce soin rentrait dans les attributions de sir William? répliqua Léonie.

M. Colombey, qui ne la croyait pas si au courant des choses, se mordit les lèvres.

— C'est qu'il était indisposé, reprit-il ; on doit bien s'aider entre amis.

— Vous méritez le prix Montyon, répondit Léonie.

Cette pensée que M. Colombey avait une maîtresse ne la quittait pas.

— Qui l'aurait cru? disait-elle quelquefois, il est si gras!

Elle voulut voir face à face cette inconnue que M. de Bréhal appelait madame de Maintenon.

— Pauvre femme! ce n'est pas que je lui en veuille! peut-être même suis-je disposée à la plaindre, dit-elle à son confident, mais si M. Colombey est libre de me tromper, il me déplaît qu'il se moque de moi...

— C'est un scandale! répondit M. de Bréhal gravement.

Trois jours après, M. de Bréhal, qui dînait chez Léonie avec Auguste, regarda la pendule du coin de l'œil.

— Neuf heures! Eh! eh! dit-il tout bas à Léonie, je sais un financier qu'on pourrait surprendre dans une petite loge du Palais-Royal, comme un renard dans son terrier.

Léonie sauta sur le cordon d'une sonnette. Une minute après, elle avait noué les brides de son chapeau et mis un châle sur ses épaules.

— Tu ne vas donc plus aux Italiens? dit Auguste qui se retourna.

— Non.

— Tu sais cependant qu'on donne la *Somnanbula*, avec une chanteuse inédite que tu tenais fort à entendre.

— Je n'y tiens plus.

— Il n'y a que la Madone qui ait des caprices, murmura tout bas M. de Bréhal.

Auguste jeta le cigare qu'il avait allumé et suivit innocemment sa sœur.

Ils étaient tous trois depuis un quart d'heure dans leur baignoire, lorsque M. de Bréhal se pencha à l'oreille de sa voisine.

— Faut-il commettre le crime jusqu'au bout? dit-il tout bas.

— Sans hésiter.

— Alors, regardez dans cette loge d'avant-scène, à droite, au rez-de-chaussée. Voyez-vous le profil d'une femme en chapeau blanc?

— Oui.

— Eh bien! Louis XIV est derrière le chapeau.

Léonie prit sa lorgnette et en braqua les deux verres sur l'avant-scène.

— Ah! murmura M. de Bréhal, M. Colombey est le premier homme que j'aie vu marcher sur les brisées d'Adam ; il troque son paradis contre un désert, et cela pour une pomme maquillée!

Un sourire de Léonie récompensa ce nouveau madrigal.

— Maquillée ou non, la pomme n'est pas trop mal, dit-elle de l'air d'un amateur qui examine un portrait.

Puis reprenant sa lorgnette et d'un son de voix qui ne trahissait aucune émotion :

— Comment la nommez-vous? reprit-elle.

— C'est le fruit défendu, je ne m'y connais pas, répondit M. de Bréhal.

— Hypocrite! murmura Léonie.

Mais à l'air de son visage, M. de Bréhal comprit qu'elle ne trouvait pas la réponse malséante.

— Eh! vite, dit-elle tout à coup en se levant, partons! La favorite sort de sa loge.

— La toile ne tombe pas encore, attendez l'entr'acte! s'écria Auguste.

— Encore un caprice... toujours comme la Madone! murmura M. de Bréhal à demi-voix.

Madame Colombey était déjà dans le couloir. Au bout de quelques pas, Léonie, qui donnait le bras à M. de Bréhal, flanqué d'Auguste, rencontra face à face la dame au chapeau blanc, que M. Colombey accompagnait d'un air vainqueur. A la vue de sa femme, le financier, qui faisait la roue, devint pourpre. Léonie sourit et le salua des yeux. Le saisissement avait rendu Auguste muet.

Pulchérie, qui avait tout compris d'un coup d'œil, porta un mouchoir à ses lèvres pour étouffer un éclat de rire et passa. M. Colombey marchait comme s'il avait eu des milliers d'épines dans ses bottes. Il trébuchait à chaque pas.

— Eh bien, quoi ! dit Pulchérie en voyant que M. Colombey ne se remettait pas, madame Colombey est une femme, j'imagine, et il y a des bijoutiers sous les galeries du Palais-Royal !... Tout s'arrange, que diable !

Quand on examine attentivement ce qui se passe dans le monde, on est épouvanté de l'effroyable quantité de comédies que les hommes, aussi bien que les femmes, jouent non-seulement vis-à-vis les uns des autres, mais encore vis-à-vis d'eux-mêmes. Ces pauvres créatures humaines, à qui le droit chemin semble impossible, acceptent avec un consciencieux empressement toutes les occasions de remplir un rôle non moins embarrassant qu'inutile. On ne veut pas être soi ; on se drape dans un costume d'emprunt, on farde son langage, on travestit ses sentiments, son caractère, ses idées, et toute cette peine on la prend pour le mince plaisir de parader dans la vie comme sur un théâtre. Léonie, qui était de tous points une nature faussée, et qui n'avait ni dans la parole, ni dans les habitudes, ni dans les sentiments, rien de simple et rien de vrai, obéit, à son insu peut-être, mais complaisamment, à cette loi bizarre. Elle n'avait pas une

existence assez modeste, assez bourgeoise pour s'affliger sérieusement, et rien dans ce qu'elle venait d'apprendre n'était de nature à blesser son cœur. Quelles
prétentions avait-elle jamais eues à l'amour de M. Colombey? Était-elle de ces personnes modestes qui cherchent dans le mariage des conditions de sympathie et
de mutuelle tendresse? C'eût été lui faire injure de le
supposer. La vérité voulait donc qu'elle ne s'émût pas
des incartades de son mari et continuât à vivre comme
elle avait toujours vécu ; mais elle voyait l'existence et
le monde au travers d'un prisme menteur, et l'heure lui
parut opportune pour se composer une attitude où le
bon goût d'une grande dame se fît voir.

En conséquence, un domestique reçut ordre de prévenir M. Colombey, aussitôt qu'il rentrerait, que sa
femme l'attendait chez elle.

M. Colombey se glissait furtivement vers sa chambre,
lorsque le domestique, qui le guettait au passage, s'acquitta de sa commission.

— Mais il est près de minuit? dit le banquier en tirant sa montre.

— Madame attend, ajouta le laquais froidement.

— J'y cours, répondit Gustave un peu étourdi.

Et il traversa deux ou trois salons, fort en peine de
ce qu'il allait répondre.

Il trouva madame Colombey assise au coin du feu, un
livre à la main, dans la plus élégante toilette de nuit.

— Faites servir le thé, dit-elle à une femme de chambre qui venait d'annoncer M. Colombey.

M. Colombey heurta deux ou trois meubles en entrant, toussa, posa et reprit son chapeau, badina avec la pomme de sa canne et s'assit gauchement sur le bord d'un fauteuil. Il regarda sa femme, et benoîtement ébaucha un sourire qui finit par une grimace.

— Elle n'a peut-être rien deviné, pensa-t-il.

— Léonie avait la grâce et le maintien d'une femme du monde qui reçoit un ami.

— Prendrez-vous une tasse de thé? dit-elle à M. Colombey.

— Volontiers, répondit Gustave.

Il aurait accepté une tasse de plomb fondu si sa compagne la lui avait offerte.

Léonie but à petits coups deux ou trois gorgées de thé et mordit délicatement une tartine beurrée.

— A propos, dit-elle, j'ai à vous féliciter, vous avez tout à fait le goût bon. Cette personne avec laquelle vous étiez au théâtre du Palais-Royal, ce soir, est charmante.

La main de M. Colombey trembla et quelques gouttes de thé se répandirent sur sa chemise.

— En désirez-vous une seconde tasse? poursuivit Léonie.

— Non, merci.... je n'ai plus faim.... répondit Gustave.

Des fourmillements agitaient ses jambes qu'il croisait et décroisait incessamment.

Elle a quelque chose de gai et de vif dans la physionomie qui plaît tout d'abord, reprit Léonie; aussitôt qu'elle ouvre la bouche on dirait que c'est pour chanter. Elle doit avoir de l'esprit.

— Oui... C'est-à-dire, non...

M. Colombey passa un mouchoir sur son front et se tut.

Si un spéculateur pouvait se trouver mal, M. Colombey se serait évanoui.

— Est-ce une personne que vous connaissez depuis longtemps ? ajouta Léonie ; appartient-elle au théâtre ? ou est-elle de ces bonnes âmes qui ont des liens de parenté avec la cigale de la fable ?

— Vous vous trompez ! s'écria Gustave, qui venait de prendre la résolution hardie d'improviser un conte, c'est une personne que je rencontre quelquefois.,. une personne que je connais un peu.

— Un peu, beaucoup, passionément, murmura sa femme, qui souriait.

L'imagination de M. Colombey n'avait jamais été bien brillante. L'interruption de Léonie lui brisa les ailes au moment où elle prenait lourdement son vol. Il soupira et s'arrêta.

— Ah ! mon ami, reprit Léonie en joignant les mains d'un air de compassion, vous me faites vraiment de la peine ! Pourquoi vous embrouiller dans des mensonges ? N'ai-je donc plus votre confiance ? Certainement je ne vous aurais pas mis au régime des confidences avant la lettre... Mais à présent que je sais tout !... Voyons, faut-il vous encourager ? Quoi de plus naturel que ce qui vous arrive ? Vous êtes jeune, vous avez traversé les coulisses, vous avez de la fortune... **vous ne pouvez donc pas vivre en petit rentier.** Tout le monde sait d'ailleurs que vous protégez les arts, et la personne avec laquelle je vous ai vu doit les cultiver... elle a dans les yeux un je ne sais quoi qui l'indique... Comment appelez-vous cette aimable protégée ?

— Pulchérie, répondit étourdiment M. Colombey

— Pulchérie ? un joli nom... mais un nom qu'on ne porte plus.

Gustave était atterré ; Léonie jouait avec les glands d'une cordelière nouée autour de sa taille souple. Elle paraissait réfléchir.

— Il faudra lui dire, continua-t-elle, de ne plus mettre autant de poudre de riz... cela la fait remarquer... à moins cependant, que cela ne rentre dans la profession et ne serve d'enseigne... Je ne m'y connais pas.

M. Colombey ne savait que répondre. Ravie de l'effet qu'elle produisait sur son auditeur, Léonie était contente d'elle-même. Au moins ne l'accuserait-on pas d'avoir pris les choses en personne sentimentale. Une ces marquises poudrées qu'elle avait vues dans certains vaudevilles, n'aurait pas mieux fait. Elle venait de se prouver à elle-même, comme s'il en était besoin, qu'elle était une femme selon la mode et qu'elle faisait galamment fi du ménage. Léonie, tout à fait charmée de l'esprit qu'elle montrait, s'écoutait parler elle-même, comme on écoute une actrice ; elle plaisanta et trouva des mots pour peindre la nouvelle situation que les roueries de son mari lui faisaient. Le spéculateur, à bout de ressources, la suivit dans la voie où elle marchait, et badina lourdement sur ses traces.

— Tenez, dit-il tout à coup, vous êtes adorable, et jamais personne — personne, entendez-vous — n'aura les beaux yeux que voilà !

Il passa un bras autour de la taille de Léonie et l'embrassa sur le cou.

Elle se dégagea tranquillement de son étreinte et le menaçant du doigt sans se fâcher :

— Ah ! mon ami dit-elle, ne faisons pas de peinte à mademoiselle Pulchérie !

Elle prit un flambeau, le présenta à M. Colombey, qu'elle conduisit vers la porte, et, le saluant :

— Bonne nuit, reprit-elle ; il ne faut jamais plus tromper personne à présent.

La comédie était jouée, et si M. Colombey rentra dans son appartement tout ahuri, Léonie se coucha avec le sentiment qu'elle avait bien rempli son rôle. Ce premier succès la ravissait, et la tête doucement posée sur l'oreiller, elle répétait encore à demi-voix les mots charmants qu'elle avait aiguisés pour accabler son pauvre mari. C'était certainement une satisfaction pour l'esprit ; mais si le cœur n'avait rien à voir dans l'affaire, l'amour-propre murmurait. Certes, Léonie ne demandait pas à M. Colombey les hommages d'une adoration perpétuelle, cependant elle n'avait jamais pensé non plus qu'elle pût être trompée par l'homme qu'elle avait choisi. C'était un crime de lèse-beauté ; et le code des femmes, on le sait, ne laisse jamais impunie aucune faute.

Il y avait donc de ce côté-là une chose qui criait vengeance.

Madame Colombey s'endormit en pensant à M. de Bréhal.

Gustave ne remarqua, ni le lendemain ni les jours suivants, aucun changement dans la conduite de sa femme. Elle était avec lui sur le pied d'une amitié paisible où l'on découvrait à peine une nuance d'ironie. Un sourire léger, quelques mots dont seul il avait la clef lui faisaient sentir l'épigramme. Ainsi, par exemple, Léonie lui demandait d'un ton câlin comment il avait passé la nuit ; s'il n'avait point eu de rapport à rédiger pour une assemblée d'actionnaires ; s'il n'était pas fatigué par une trop longue suite de réunions ; si la gérance qu'il avait acceptée lui était agréable et productive. Le pauvre homme balbutiait. Les représailles n'allaient jamais plus loin. La question faite, Léonie lissait ses bandeaux avant de sortir, ou prenait un livre et ne pensait plus à son mari.

M. de Bréhal avait une conscience plus nette des changements que la découverte provoquée par sa diplomatie avait amenés dans ses rapports avec Léonie. Avec lui pas plus qu'avec M. Colombey, elle n'obéissait paisiblement à sa nature, mais pour ce cas particulier elle s'était imposé un langage différent : celui de la mélancolie et de la résignation. Elle avait remarqué que les attitudes penchées et la tristesse du sourire donnaient un caractère original, en quelque sorte inédit, à sa beauté ; ce fut donc un nouveau rôle qu'elle étudia, le

rôle de la femme incomprise et délaissée, le rôle de la
femme dont le cœur est blessé, qui souffre et gémit. La
pauvre créature, toute pétrie de sentiments de conven-
tion où la sincérité n'avait jamais fait pénétrer sa
lumière, ne savait rien faire simplement, même le mal.
M. de Bréhal, qui s'aperçut de ce manége, s'en inquiétait peu ; il aurait suivi Léonie sur un sentier plus
extravagant encore, si ce sentier avait pu abréger la
distance qui le séparait du but auquel il tendait.

Entre ces deux natures composées, c'était un assaut
de mensonges qui ne les trompaient ni l'un ni l'autre,
mais où ils trouvaient également leur plaisir : c'était
comme une passe d'armes.

M. de Bréhal était entré délicatement dans le chagrin
que Léonie feignait de ressentir. En conséquence,
M. Colombey lui faisait horreur, M. Colombey lui semblait le plus coupable des hommes.

— Être à vous et ne pas s'enivrer de l'air que vous
respirez ! disait-il avec l'accent du désespoir et de
l'indignation.

Après ce beau mouvement d'éloquence passionnée, il
baisait silencieusement la main de Léonie, qui la lui
laissait négligemment.

Quelquefois, le soir, quand ils étaient seuls, Léonie
levait les yeux et regardait la pendule.

— Voyez, il est minuit... Gustave ne rentre pas, et
voilà deux ans à peine que je suis mariée ! disait-elle.

M. de Bréhal avait toujours une improvisation toute
prête pour répondre à ce cri du cœur.

Léonie souriait doucement.

— Ne me dites pas que vous m'aimez, reprenait-elle ;
je ne croyais pas beaucoup à ces beaux sentiments autrefois... les fleurs de la poésie ne croissent pas dans le
jardin d'un millionnaire !... mais enfin j'espérais tout
au moins que je serais chez mon mari comme une amie,
et non pas comme une étrangère qu'on loge fastueuse-
ment et qu'on oublie.

Dans ces belles occasions, M. de Bréhal se rappro-
chait de Léonie comme un chat d'une tasse de lait qu'il
convoite des yeux et veut effleurer de ses moustaches.
Que de câlineries alors ! que de paroles emmiellées !
comme il savait faire vibrer les cordes de la colère, de
l'attendrissement, de l'adoration ! comme il s'abaissait
aux pieds de l'idole abandonnée ! qu'il maudissait le
prêtre infidèle qui ne brûlait plus d'encens devant
l'autel ! qu'il le plaignait surtout ! Quelqu'un peut-être
aurait un jour l'art de verser le baume sur la plaie dont
souffrait le cœur de Léonie. Mais quel était l'homme
heureux à qui la fortune réservait ce bonheur ? Léonie
qui ne pleurait pas, risquait ses deux oreilles et trouvait
que personne ne marchait d'un pas plus souple et plus
caressant sur le terrain glissant de la consolation.

Dans ce vide profond et sans bornes où s'agite une
femme qui n'a que des millions pour remplir sa vie et
dont le cœur est inhabile à battre, cette comédie dis-
trayait madame Colombey. Elle en multipliait à loisir
les scènes, et si elle n'en ignorait pas le dénoûment
inévitable, elle en prolongeait les situations comme un

fin gourmet savoure à petites bouchées les ortolans offerts à sa convoitise. M. de Bréhal n'était plus à l'âge où l'on perd le sommeil au feu de la galanterie. Il suivait donc, et sans trouble aucun, toutes les chances de sa campagne amoureuse à l'Opéra, au bal, aux Italiens, à la promenade. C'était un coin des mœurs de Florence transporté à Paris, et qui ne lui déplaisait pas.

M. le marquis de Montallais, qui rencontrait assez souvent M. de Bréhal, le raillait sur cette circonstance.

— On vous appellera bientôt Philémon et Baucis, lui dit un jour le gentilhomme d'un ton de voix où perçait l'ironie.

— Jusqu'au jour où on nous appellera Jupiter et Léda, répondit M. de Bréhal.

Un soir que personne ne les avait interrompus dans leur tête-à-tête, M. de Bréhal s'agenouilla auprès de Léonie, qui rêvait la tête appuyée sur sa main.

— Ah! s'écria-t-il, que n'ai-je eu le droit de veiller sur vous, de fermer cette porte et de dire à la face du monde : Elle est à moi! Léonie est ma femme! alors, vous ne pleureriez plus! alors peut-être vous m'aimeriez!

— Non, je ne pleurerais plus, répondit Léonie ; mais si je m'étais appelée madame de Bréhal, me serais-je jamais consolée de votre abandon?

Qui n'a pas entendu cette phrase magnifique où Meyerbeer a mis toutes les flammes de la passion, ce cri de Raoul aux pieds de Valentine! M. de Bréhal ne chanta pas le fameux : *Oui, tu l'as dit!*... Il le traduisit en prose, et Léonie l'écouta.

Ce soir-là. M. de Bréhal descendit la rue Blanche d'un pas élastique.

— Encore trois soirées semblables, et nous lirons ensemble le dernier chapitre du roman, dit-il.

A quelque temps de là, M. Colombey remarqua que Léonie ne le raillait plus.

— Ma femme est un ange! dit-il.

Et il poussa la témérité jusqu'à lui baiser la main.

M. Colombey était donc le plus heureux des spéculateurs, lorsqu'un soir Fernand se présenta à l'hôtel de la rue Blanche. On lui répondit que madame Colombey n'était pas chez elle. Le coupé de M. de Bréhal était à la porte. Fernand, qui le connaissait bien, tira d'un portefeuille une carte de visite, écrivit sous son nom les trois lettres traditionnelles P. P. C., et la remit au concierge.

Le lendemain, Léonie rencontra Fernand à l'hôtel de la rue Taitbout.

— Vous partez donc? dit-elle.

— Moi? mais pas du tout, répondit Fernand.

— Et votre carte, qu'on m'a remise hier soir?

Fernand offrit son bras à madame Colombey, qui l'accepta.

— Vous est-il arrivé quelquefois de passer devant un jardin dont les magnifiques ombrages vous invitent à la promenade? dit-il ; les eaux jaillissent dans des bassins de marbre, le vent caresse les fleurs des parterres, de mystérieuses avenues se prolongent au loin; tout est parfum, harmonie, fraîcheur et lumière dans ce beau séjour; mais un écriteau est à la porte, et sur cet écriteau noir, en gros caractères blancs, on lit ces vilains mots : *On n'entre pas!*

— Eh bien! quel rapport y a-t-il entre cet écriteau et votre carte?

— Un très-grand. Il m'a semblé longtemps, bien longtemps, que votre hôtel était comme un palais enchanté où dormait la plus séduisante des fées; je m'aventurais parfois à lui rendre visite; malheureusement un coupé était à la porte du palais l'autre soir. Il remplaçait l'écriteau que vous savez, et lui aussi disait : *On n'entre pas.*

Malgré son habitude du monde et son audace, madame Colombey rougit.

— Et voilà pourquoi, ajouta Fernand, vous avez reçu ma carte; ce n'est pas un départ, c'est un adieu.

— Alors je vous dis au revoir, répondit Léonie, qui ne voulut pas avoir le dernier mot de cette conversation, et qui se dirigea vers une galerie, à l'entrée de laquelle on voyait M. de Bréhal.

IX

LE PREMIER COUP DE TONNERRE

Cependant une lettre de Château-Thierry, qui annonçait que madame Antoine Bernard était alitée, força Jacques à s'éloigner inopinément de la rue Taitbout. La maladie paraissait avoir un caractère grave. Madame Bernard manifestait le désir de voir son fils. Jacques ne calcula rien et partit sur-le-champ. Il avait encore cela de bon que sa mère passait avant tout. Il laissa la direction de sa maison de banque à Auguste et à M. Colombey. Mais si l'un était perdu dans les écuries et les paris, l'autre spéculait. Les sottises et le jeu se partageaient leur double vie. Sir William, mordu par une passion furieuse, était plus souvent chez la Madone que dans les bureaux des chemins de fer napolitains. La dissipation, le désordre et la ruine entraient donc par une triple brèche dans l'édifice du millionnaire.

Jacques trouva madame Antoine Bernard plus malade
encore qu'il ne le craignait ; il dut prolonger son séjour
à Château-Thierry. Une correspondance suivie le tenait
au courant de ce qui se passait à Paris ; mais Auguste
ne lui disait pas tout, et M. Colombey non plus. En
apparence, tout était pour le mieux ; cependant le
gouffre se creusait, et sir William n'épargnait rien pour
en augmenter la profondeur. Il n'était plus alors besoin
des suggestions de sa mère ; sa passion forcenée suffisait ; il haïssait moins Auguste et Jacques qu'il n'aimait
la Madone, si on peut donner le nom d'amour à ce sentiment âpre, violent, furieux, insatiable, qui connaît et
méprise l'objet de sa rage et en subit l'empire. Quand il
touchait la main de la Madone, le contact de cette peau
satinée allumait un feu dévorant dans ses veines ; on
aurait dit que de cet épiderme velouté se dégageait un
fluide qui, par mille fibres, se répandait dans son cœur
et son cerveau. Sir William ne s'appartenait plus.
Il se débattait contre une influence magnétique et s'y
soumettait. La Madone l'aurait fait passer à travers le feu.
Un flot d'or coulait dans le pavillon de la rue Pigalle.

Cependant, Jacques put enfin quitter Château-Thierry.
Aussi longtemps que dura la crise où sa mère avait failli
succomber, le banquier s'était effacé devant le fils. Il
parcourait d'un coup d'œil presque indifférent les lettres
que la vieille Gertrude lui remettait chaque matin, et
oubliait cette bataille des millions à laquelle il avait
consacré sa vie. Mais, à peine de retour à Paris, il
voulut se rendre compte de la situation générale des

affaires. Le sentiment d'une vague inquiétude le poursuivait. Il rassembla donc M. Colombey, Auguste, M. de
Bréhal et sir William.

La chose capitale qui ressortit de cette conversation
fut que sa maison de banque avait dans ses caisses la
presque totalité des actions des chemins de fer napolitains. Auguste avait cru bien faire en les rachetant
toutes pour les faire monter; il avait gagné un million
à ce jeu, et, la première heure d'engouement passée, le
public qui avait souscrit les actions les lui avait rendues.
Jacques possédait en portefeuille moins de billets de
banque que des valeurs d'une défaite incertaine. Il
pensa que si une crise politique survenait, il était perdu.
Jamais, depuis dix années, un si grand péril ne l'avait
menacé.

— Il faut tout vendre ! s'écria-t-il.

Auguste, épouvanté des regards que son père lui
jetait, avoua que personne ne demandait plus les actions
qu'il offrait à tout le monde; puis se rassurant et prenant les airs convaincus d'un sot :

— C'est un moment à passer, dit-il; achetons le peu
qui reste de ces actions sur la place, et dans six mois la
hausse se jettera sur nos petits napolitains.

— La question est de savoir si nous avons les reins
assez forts pour porter un chemin de fer tout entier
pendant six mois, répondit Jacques.

Il fit porter sur-le-champ les livres de la maison dans
son cabinet et déclara qu'il passerait la nuit à les
examiner.

En sortant de la rue Taitbout, M. de Bréhal, qui avait
su tirer à temps de la fournaise la plus grosse part de
ce qu'il avait gagné, alluma un cigare.

— C'est un homme à la mer, dit-il philosophiquement.

A six heures du matin, Jacques n'avait pas encore
quitté son cabinet; Clovis dormait à la porte. Un
désordre effrayant régnait dans les affaires de la maison ; les livres faisaient foi d'un esprit d'incurie poussé
aux plus extrêmes limites; des crédits imprudents et
considérables avaient été ouverts, les opérations les
plus dangereuses tentées. On ne voyait nulle part la
trace de la prévoyance, mais partout celle d'engage-
ments onéreux. En feuilletant les actes et les traités,
Jacques remarqua que presque tous portaient la signature de son fils. M. Colombey s'était donc abstenu? et
pourquoi? Était-ce négligence ou complicité silencieuse?
Pourquoi un homme qui avait le coup d'œil aussi sûr
n'avait-il pas regardé au fond des choses? C'était à n'y
rien comprendre. M. de Bréhal, de son côté, n'était plus
engagé dans la maison que pour une faible somme.
C'était plus que de la prudence.

— Il a senti que l'édifice craquait, murmura Jacques.

— Le banquier se leva ; la lampe s'éteignait ; il fit
quelques pas de long en large, s'approcha de la fenêtre
qui ouvrait sur le jardin et appuya son front brûlant
contre la vitre.

— En réunissant toutes mes ressources, je puis encore
faire face à l'orage, dit-il, mais le succès dépend d'un
grain de sable !

Il se souvint du jour où M. de Maurs était entré dans son cabinet, et de cette promenade où il avait fait allusion à la légende grecque du banquet de Polycrate, tyran de Samos.

— On ne sait rien encore, murmura-t-il, et je suis Jacques Bernard !

Il se redressa avec orgueil et se dirigea vers ses bureaux. Clovis entra en se frottant les yeux.

— M. Sébastien Brunel est là qui demande à parler à monsieur, dit-il.

Jacques tira sa montre.

— Il n'est pas huit heures, et M. Sébastien Brunel est déjà là ! reprit-il.

— Et même M. l'agent de change me semble fort pressé, poursuivit Clovis.

— Eh bien ! faites entrer.

L'agent de change donna une poignée de main au banquier et se tint debout devant la cheminée sans parler.

— Y a-t-il quelque chose au *Moniteur*, ce matin? demanda Jacques, qui ne comprenait rien à ce silence.

— Non, répondit M. Brunel.

— Ah! alors pourquoi cette visite matinale?

— Vous ne le savez pas?

— Non.

— Votre fils ne vous a donc rien dit?

— Rien.

— Ma foi, tant pis; il m'avait demandé trois jours, je les lui ai donnés; il s'est tu, je parlerai.

M. Sébastien Brunel tira à lui un fauteuil et s'assit.

— Serait-ce le grain de sable? pensa Jacques.

— Ma charge est solide, reprit M. Sébastien Brunel; mais enfin un million ne sort pas d'une caisse sans y faire un trou.

— C'est vrai.

— Or, ce million, votre fils Auguste me le doit.

— Auguste? s'écria Jacques, qui sauta sur ses pieds.

— Oui.

Jacques Bernard s'appuya contre la cheminée; il venait de pâlir.

— Ah! le grain de sable! le grain de sable! murmura-t-il.

M. Sébastien Brunel, qui l'avait observé, se leva.

— Mais rassurez-vous; il ne s'agit que d'un million! reprit-il.

— J'entends bien... un million!... Mais enfin, comment l'a-t-il perdu, ce million? où? quand? Pourquoi vous le doit-il?

L'agent de change prit dans sa poche un portefeuille, et en tira huit ou dix feuilles de papier qu'il présenta au banquier.

— Voilà le bilan des différentes opérations que j'ai exécutées pour le compte et d'après les ordres de votre fils, les bordereaux mensuels y sont joints. Je dois reconnaître qu'il a presque constamment perdu. La chance n'était pas pour lui. Dans les commencements, j'ai cru qu'il opérait pour la maison. Quand il s'est agi de payer, il m'a demandé du temps : je me suis souvenu

10.

de ce que je vous devais, et je lui ai accordé tout ce qu'il désirait. Auguste a continué. Je ne puis cependant pas éternellement me laisser tondre la laine sur le dos, sous prétexte qu'autrefois vous avez pensé que j'étais bon à quelque chose ; la ruine serait au bout. Quand j'ai vu un chiffre assez rondelet s'aligner, j'ai résolu de m'adresser à vous. J'ai prévenu votre fils régulièrement et me voilà.

Tandis que M. Sébastien Brunel parlait, Jacques Bernard examinait les bordereaux qu'il avait sous les yeux. Jamais opérations de bourse n'avaient été plus mal conçues et plus déplorablement conduites. Aucun sens, aucun flair des affaires. Un écolier livré à ses seules inspirations aurait spéculé avec plus de circonspection. En toutes circonstances Auguste avait fait le pire. Les meilleures valeurs étaient celles qu'il vendait de préférence, les plus détestables celles qu'il achetait.

— Ce n'est pas même de l'aveuglement, c'est de la stupidité ! murmura Jacques.

— Les chiffres vous paraissent-ils exacts? demanda M. Sébastien Brunel sans s'arrêter à cette observation.

— Très-exacts.

— Nous disons donc, pour le total, onze cent mille francs et une fraction. Quand voulez-vous que je les envoie toucher à votre caisse ?

Jacques regardait toujours les bordereaux et ne répondait pas.

— Il y a des circonstances où une leçon vient à

propos ; peut-être avez-vous le droit d'en infliger une à Auguste.

— Une leçon? répéta Jacques qui réfléchissait toujours.

— Vous plaît-il, par exemple, que je fasse assigner monsieur votre fils au tribunal de commerce? reprit l'agent de change.

— Non pas! s'écria Jacques vivement.

— Alors, indiquez-moi votre heure.

— Présentez-vous demain à la caisse... les ordres seront donnés. Aujourd'hui, je veux causer avec Auguste.

— Oh! si vous voulez deux ou trois jours... je suis rond en affaires.

— C'est inutile... vingt-quatre heures suffiront.

— A demain donc.

M. Sébastien Brunel serra ses papiers, tendit la main à Jacques et sortit.

— Hum! dit l'agent de change quand il fut dans la cour, Jacques demande un délai pour payer... c'est singulier. Par hasard, serait-il embarrassé?...

Il réfléchit un instant, puis se frottant les mains :

— Ma foi, dit-il, je lui ai offert trois jours... j'ai donc fait mon devoir... et on ne m'accusera pas d'être un ingrat .. Maintenant, s'il hésite, je lancerai l'assignation.

Et M. Sébastien Brunel, pareil à l'homme juste, sauta dans son coupé.

Jacques venait de faire prier Auguste de descendre

dans son cabinet. Un moment après Auguste parut en habit de cheval, une légère canne à la main.

— Est-ce pressé? dit-il d'un ton dégagé ; si vous avez le temps d'attendre, laissez-moi courir à Madrid... j'ai à vider un pari. Ce soir nous causerons.

— Clovis, dit Jacques, fermez la porte, et si l'on me demande, répondez que je n'y suis pour personne.

— J'ai vu Sébastien Brunel, reprit Jacques brusquement.

Auguste pâlit.

— Ah ! dit-il d'une voix étranglée, il vous a parlé !

— Les bordereaux sont là. Oh ! c'est un homme qui a de l'ordre ! Il m'a tout laissé ; il m'a offert deux ou trois jours pour payer... sa reconnaissance a bonne mémoire. Mais plus j'examine les pièces qui sont là sous mes yeux, moins j'y comprends quelque chose.

Auguste prit machinalement les bordereaux de M. Sébastien Brunel et les parcourut du regard sans répondre.

— Tu étais donc frappé de folie quand tu as perdu ce million? poursuivit Jacques.

— J'ai agi d'après les conseils de sir William, répondit Auguste en balbutiant.

— Sir William ?... Un esprit si clair?... Ah ! c'est impossible !

Il y eut un silence. Auguste battait ses bottes avec le bout de sa canne. Jacques écrivait des chiffres sur un morceau de papier. Une idée lui traversa subitement l'esprit.

— Est-ce tout? reprit-il.

— Auguste se troubla.

— Voyons, parle ! s'écria Jacques.

— Eh bien ! non, répondit Auguste, je dois encore différentes petites sommes pour lesquelles j'ai obtenu du temps; les unes proviennent de paris perdus... ce sont des dettes de courses ou de jeu... les autres ont pour cause première des opérations de bourse.

— Encore !

Auguste baissa la tête.

— Résumons-nous, poursuivit Jacques à qui l'attitude de son fils faisait pitié, à quel chiffre se monte le total de ces petites dettes ?

— C'est quelque chose comme cinq cent mille francs à peu près.

La poitrine de Jacques se gonfla ; mais, sans se fâcher :

— Laisse-là Madrid, dit-il, et prépare-moi une note exacte de ce déplorable bilan... Je veux l'avoir dans une heure... va.

Auguste s'échappa comme un écolier.

— Allons ! pensa-t-il, mon père ne s'est pas mis en colère, et ma position sera liquidée.... C'est tout bénéfice !

Jacques voyait un coin du gouffre ouvert sous ses pieds. Il voulut en sonder la profondeur et ne plus rien laisser dans l'ombre. Un mot prononcé par Auguste était resté dans un coin de sa mémoire. Il prit une plume et écrivit rapidement un billet à sir William pour le prier de se rendre chez lui au plus tôt. Sir William parut au bout d'une heure et fut mis au courant de ce qui venait de se passer.

— Mon fils vous accuse, dit Jacques en finissant; il prétend que les conseils auxquels il a cédé viennent de vous.

— Je l'en remercie, répondit sir William; je ne nie pas que je ne lui aie donné des conseils, mais, entre nous, Auguste n'entend pas toujours exactement ce qu'on lui dit, et ce qu'il ne comprend pas il l'exécute mal.

— Comment avez-vous pu lui permettre de jouer?

— Auguste est majeur, et je n'étais pas commis à sa garde.

Cette réponse et l'âpreté de la voix de sir William frappèrent Jacques d'une surprise douloureuse.

— Ah! pensa le banquier, les grains de sable s'accumulent!

Parmi les choses qui l'inquiétaient le plus figurait un crédit important ouvert à une personne qu'il ne connaissait pas. Le nom de M. le baron Duffaut se retrouvait fréquemment dans les livres de la maison. Le trouble dans lequel la visite de M. Sébastien Brunel avait jeté Jacques était la seule cause du silence qu'il venait de garder à ce sujet avec Auguste. Il interrogea sir William.

— Le baron Duffaut, dites-vous? je le connais, répliqua sir William; je crois bien que c'est moi qui l'ai présenté à votre fils, mais en le présentant je n'ai pas dit à Auguste que ce fût un nabab.

— Pensez-vous du moins qu'il y ait avec ce baron des risques à courir.

Sir William avança les lèvres d'un air railleur.

— On en court avec tout le monde! reprit-il.

— Je m'en aperçois, répondit Jacques.

Il releva la tête, et avec une dignité froide :

— En ma qualité de président du conseil d'administration des chemins de fer napolitains, reprit-il, je vous prierai de me rendre compte de votre direction. Veuillez tenir prêts tous les papiers qui la concernent. Dans huit jours j'assemblerai le conseil.

Sir William salua et sortit la tête haute.

Jamais Jacques n'avait vu sur ce visage l'expression de tant de passions farouches. Il entrevit la vérité comme dans un éclair.

— Ah ! Judas! murmura-t-il à voix basse.

L'argent c'était quelque chose, mais si les appuis sur lesquels il comptait le plus lui manquaient, Jacques était peut-être perdu.

On sait avec quelle rapidité funeste les mauvaises nouvelles se répandent. On dirait que des milliers d'agents invisibles, armés des ailes de l'oiseau, les sèment dans l'air; le télégraphe n'a pas parlé, aucune lettre n'est arrivée; on n'a vu passer aucun courrier, et déjà une rumeur sourde circule dans la foule : la vérité qu'on ignore est presque aussitôt une vérité qu'on affirme. Rien n'avait encore menacé l'existence de la maison de Jacques Bernard, et cependant mille bruits couraient dans la ville; on n'en savait ni la nature ni l'origine,

on ne précisait rien, et chacun redoutait une catastrophe.

Un danger, que la longue expérience de Jacques
Bernard lui avait bientôt fait prévoir, ne tarda pas à se
manifester. Les personnes un peu craintives qui avaient
des fonds dans la maison de la rue Taitbout, et qui
jusqu'alors remerciaient l'heureux banquier d'avoir bien
voulu les accepter, se présentèrent, les unes après les
autres, à la caisse pour en exiger le remboursement.
Rien n'est plus contagieux que l'exemple. Ce que ceux-là
faisaient par timidité, ceux-ci le firent par imitation.
La précaution parut bonne à tout le monde. Si on s'était
trompé en accueillant favorablement les rumeurs que
cent bouches colportaient de la Banque à la Bourse, on
en serait quitte pour rapporter l'argent ; mille prétextes
en expliqueraient le retrait ; si au contraire on avait
obéi aux conseils d'une sage prévoyance, on n'aurait
rien perdu et on se passerait bien d'explication.

Jacques fit d'abord face à tout avec les ressources
considérables dont il disposait ; ces ressources épuisées,
et ne voulant pas jeter sur la place la masse des actions
des chemins de fer napolitains pour ne pas en déprécier
la valeur, il fit rentrer toutes les sommes qui lui étaient
dues dans sa clientèle. Il espérait à la longue rassurer
les esprits et ramener l'argent avec la confiance. Il n'en
fut rien. Les mêmes bruits propagés avec une activité
nouvelle circulaient partout. C'était à croire que des
lèvres intéressées en fatiguaient les oreilles du public.

Il était impossible qu'il n'en revînt pas quelque chose

celles de M. de Maurs. Un matin, le comte entra chez Jacques, et lui parla de ces bruits fâcheux.

— Tu es le premier, tu es le seul à qui je ferai un pareil aveu, répondit Jacques. Ces appréhensions, qui sont dans l'esprit de tous, je les partage.

— Toi! tu es donc véritablement menacé? s'écria Pierre.

— Oui, plus que cela même.

— Compromis peut-être?

— Non, pas encore, mais demain, qui sait?

M. de Maurs rapprocha son fauteuil de celui de Jacques.

— Si deux ou trois cent mille francs peuvent te tirer d'embarras, dispose de moi, reprit-il.

— Merci, répondit Jacques ; voici la première bonne parole que j'entends depuis quinze jours... je n'accepterai ton offre que si elle peut me sauver sans te compromettre, sinon, non. Pourquoi jeter cet argent dans le gouffre !

Jacques tisonna le feu. Clovis vint le prévenir que deux personnes qui avaient des comptes courants dans sa maison demandaient à être remboursées sur-le-champ, bien qu'elles n'eussent pas donné avis de leur intention quinze jours à l'avance, comme l'importance de la somme réclamée et les usages le voulaient.

— Ces personnes parlent haut, continua Clovis. On les entend de la cour.. voici leurs noms.

Jacques jeta les yeux sur les cartes que lui présentait le fidèle Clovis.

11

— Il n'y a pas un mois que ces bons messieurs me suppliaient de prendre leur fortune entière et de les intéresser dans tout ce que j'entreprenais, dit-il ; j'ai même eu l'occasion de sauver l'un d'eux.

— Faut-il que je les jette à la porte?... ce ne sera pas long ! s'écria Clovis, qui déjà retroussait les manches de son habit.

— Faites-les taire d'abord et dites au caissier de payer, répondit Jacques.

Il se tourna vers M. de Maurs, qui n'avait pas perdu un seul mot de cette courte conversation.

— Il ne faut pas me le dissimuler, reprit le banquier, c'est ma campagne de 1814 qui commence. Arcis-sur-Aube et Montmirail ne me sauveront pas !

— Oh ! tu as des amis.

— Oui, comme l'empereur avait des maréchaux !... La confiance n'y est plus.

Jacques resta deux minutes absorbé dans ses réflexions.

— Il faudrait un miracle pour me sauver ! reprit-il, et le temps des miracles est passé. J'ai grand'peur que cette déplorable campagne ne finisse aux portes de ma caisse, comme l'autre a fini aux portes de Paris.

— Mais c'est impossible ! Tu étais, il y a six mois, comme un vaisseau chargé d'or naviguant sur une mer tranquille !

— C'est vrai, mais la bourrasque est venue.

M. de Maurs, hors de lui, se promenait à grands pas dans le cabinet. Jacques compulsait des papiers. De petites et sourdes exclamations lui échappaient de temps à autre.

— Tiens, poursuivit-il en souriant, l'explication de ce mystère est facile. J'ai fait comme un homme qui, un temps, s'est tenu au plus haut d'une pyramide ; la foule applaudit et croit qu'il y restera toujours. Un matin, la tête m'a tourné ; je puis ajouter que c'était à peu près inévitable.

M. de Maurs parut réfléchir un instant ; puis, regardant Jacques :

— Pour suivre ta première comparaison jusqu'au bout, dit-il, et en supposant que ce soit vraiment cette redoutable campagne de 1814 qui commence, es-tu sûr de tes lieutenants ?

— Non. Il en est un surtout dont la défection m'épouvante... le plus intelligent de tous.

— Sir William ?

— J'ai passé la nuit à prendre des notes sur les papiers qu'il m'a remis et qu'il m'a fait attendre. Il y a plus que du désordre et de la négligence dans cette masse énorme de documents embrouillés à plaisir.

— Que veux-tu dire ?

— Des traces de malversation sont visibles partout. En qualité de directeur de la compagnie des chemins de fer napolitains, il a signé des traités dont l'extravagance saute aux yeux. La stupidité la plus ridicule n'irait pas jusque-là. De pareils traités ruinent d'avance les actionnaires. Dieu sait à quel prix les constructeurs ont acheté sa signature !

— Ces traités sont nuls de plein droit s'écria Pierre...
Dénonce-les aux tribunaux. Sir William n'est pas
inviolable!

— J'y songe bien... Mais avant d'intenter cette action
contre le directeur d'une compagnie que j'ai fondée,
je veux que tous les éléments du procès soient entre
mes mains... La question est de savoir si je durerai
jusque-là.

— Vois-tu toujours sir William?

— Toujours, mais plus rarement. Il parle et agit
comme un homme dont la pensée est ailleurs. Intelligent et plein d'habileté, il m'a porté lui-même des
lettres qui le compromettent effroyablement, si elle ne
le perdent pas. C'est inconcevable. Ce que je sais le
mieux, c'est qu'il me hait.

— Lui! et pourquoi?

— Peut-être parce que je lui ai ouvert mon cœur et
ma maison. Il est des natures perverses sur lesquelles
la confiance et l'amitié produisent l'effet du vent sur le
feu. Cela les attise et les irrite.

Au moment où la terrible tempête que Jacques prévoyait allait éclater, Joséphine ne savait rien encore et
ne se doutait de rien. Par un sentiment de délicatesse
autant que de discrétion, son mari lui cachait, avec des
précautions infinies, les angoisses dans lesquelles sa vie
nouvelle s'écoulait. Le temps n'était plus où une compagnie, et, pour nous servir de l'expression vraie, une
associée partageait ses espérances et ses labeurs, et lui
offrait le secours d'un bon conseil, l'appui d'un bon

exemple, la consolation d'une bonne parole. Une personne qui ne lui aurait tenu par aucun lien n'eût pas été plus étrangère dans la maison. Jamais Joséphine ne recherchait une heure d'épanchement ; elle ne faisait plus voir même cette curiosité de la mère de famille qui se réjouit d'apprendre que l'avenir de ses enfants est chaque jour mieux consolidé. Il ne lui semblait pas que le fleuve d'or qui traversait l'hôtel pût être jamais tari.

Aux heures des repas, Jacques composait son visage. Comme un fort bûcheron laisse au cœur de la forêt les lourdes pièces de bois qu'il vient d'abattre, ainsi Jacques laissait dans son cabinet, témoin de tant de luttes, le fardeau des soucis et des inquiétudes. Il écoutait les conversations frivoles qui bourdonnaient incessamment à son oreille, et y répondait, s'associant en apparence aux mille préoccupations creuses qui tourmentaient l'esprit oisif de Joséphine, parures nouvelles, présentations d'apparat, visites et réceptions, concerts soporifiques, bals et dîners, s'enchaînant les uns aux autres. Il n'était avec lui-même que la nuit.

Auguste s'était bien gardé de rien dire à sa mère des entretiens qu'il avait eus avec Jacques. Son esprit n'était pas assez large pour saisir l'ensemble des choses et lui faire comprendre la gravité de la situation. Il se noyait dans le détail et, où son père prévoyait une catastrophe contre laquelle il s'efforçait de réagir, Auguste n'apercevait que des accidents passagers.

Quant à M. Colombey, il avait l'instinct trop fin pour

ne pas flairer un danger; mais le soin des spéculations dans lesquelles il était plongé incessamment, comme un chercheur de perles dans les abîmes de l'océan, ne lui permettait pas d'en étudier l'étendue et l'imminence. On était dans un moment de crise politique, et il n'était pas homme à manier deux gouvernails à la fois.

Il y avait des jours, cependant, où, malgré lui, il s'inquiétait des rumeurs confuses qui circulaient partout; alors il interrogeait Léonie.

— Auguste ne vous a rien dit? demandait-il.

— Rien, répondait Léonie d'un air indifférent.

Une dépêche télégraphique arrivait, et M. Colombey courait à la Bourse.

Seule, Marcelle, qui surprenait quelquefois Jacques dans son cabinet, découvrait les nuages qui s'amoncelaient sur son front. Elle n'osait pas le questionner, et l'embrassait silencieusement. Jacques rencontrait ses yeux et y lisait cent choses où la tendresse et l'anxiété se mêlaient. Alors il la retenait un instant auprès de lui, il pensait à Fernand, et lui rendant son baiser :

— Ah! murmurait-il, que de trésors il ne voit pas!

Marcelle le comprenait à demi-mot et rougissait.

Une nuit qu'elle était restée plus longtemps que d'habitude dans le jardin où elle aimait à se réfugier souvent, Marcelle aperçut de la lumière dans le cabinet de Jacques. Elle y entra résolûment. Jacques écrivait. Elle fut frappée de la pâleur de son visage et de la fiévreuse rapidité avec laquelle sa plume volait sur le papier. Parfois il s'arrêtait, passait la main sur son front, soupirait et poursuivait la tâche commencée.... Éclairée en plein par une lampe, sa figure détendue laissait voir la marque de soucis dévorants.

— Ah! dit Marcelle attendrie, vous travaillez plus que le dernier de vos commis!

Jacques posa sa plume et attira sa chère protégée sur ses genoux.

— C'est que je ne suis plus riche, répondit-il.

Enhardie par cet accueil, Marcelle posa ses deux petites mains sur les épaules de Jacques.

— L'êtes-vous autant qu'on le croit? reprit-elle.

La réserve et la dissimulation du banquier furent vaincues.

— Ah! s'écria-t-il, je ne te souhaite pas de l'être au même prix! un pauvre manœuvre qui vit du pain gagné à la sueur de son front est plus heureux que moi!... plus tranquille surtout!

Marcelle le pressa sur son cœur.

— Ah! pauvre cher parrain, reprit-elle, que vous devez souffrir!

Et ses yeux se remplirent de larmes.

— Jacques eut un de ces mouvements spontanés qui rachètent les longues heures d'un silence obstiné.

Il se leva, et jetant les bras au ciel :

— Souffrir! s'écria-t-il. Ah! le mot ne dit pas la moitié de ce que j'éprouve; ma vie est un enfer! Je ne vois autour de moi que visages qui m'espionnent, que regards qui m'étudient pour surprendre un tressaille-

ment de mes nerfs, un tremblement de mes lèvres, un
témoignage, un indice enfin dont tous ceux qui me
détestent, mes amis surtout, puissent s'armer contre
moi ! Ils m'enveloppent, comme un cercle de curieux
avides se presse autour de la charrette qui porte un
condamné. Ah ! si je venais à succomber dans cette
lutte, quelle explosion de rires sauvages, quel triomphe,
quelles clameurs de contentement! Une meute lancée à
la poursuite du cerf dont les flancs battent ne hurlerait
pas mieux. Combien de parasites qui viennent ici pour
entendre sonner l'heure! Je ne suis pas la dupe des
poignées de main qu'on m'apporte; l'envie et la haine
suintent par tous les pores de quiconque franchit cette
porte ! Que de venin dans toutes ces paroles emmiellées!
Ceux-ci m'offrent des conseils insolents, ceux-là m'acca-
blent de leur piété victorieuse. Et il faut que je marche
le front haut ! Ah ! j'ai voulu être millionnaire, je le
suis !

Marcelle essaya de répondre, elle ne le put pas et se
jeta dans les bras de Jacques.

Il la retint quelques instants sur sa poitrine haletante.

— Toi seule es bonne! reprit-il en lui caressant les
cheveux; à quoi cela te servira-t-il?

— Si je peux vous épargner une heure de tristesse,
reprit-elle doucement, ma vie n'aura pas été inutile.

Jacques prit la tête de Marcelle entre ses deux mains,
la regarda et l'embrassa sur le front.

— Non, dit-il, jamais Léonie, qu'on dit si belle, n'aura

ces yeux, ce sourire, ce visage! Toi seule as la vraie
beauté.

Il se dégagea lentement de son étreinte et marcha
dans le cabinet d'un pas hâtif. Marcelle pleurait en
silence.

— Devant toi je n'ai pas d'orgueil, reprit Jacques....
à quoi bon ici le masque et les oripeaux?... Va, tu l'as
deviné, je cours vers la ruine.... Comment est-elle
venue? Ce serait trop long à te raconter... elle est... ou
du moins elle approche! Une lueur d'espoir me reste
encore, mais si faible, que j'y pense à peine... Cependant j'irai jusqu'au bout. Une citadelle qu'on attaque
doit tenir aussi longtemps qu'elle a une muraille encore
solide, un boulet à jeter à l'ennemi, un bataillon à
mettre en ligne... Donc, pas un mot. Ce que tu as vu,
oublie-le, ce que tu as entendu, n'y pense plus. Tu
sauras bien toujours comment la bataille finira !

Il sourit tristement, et passant son bras sous celui de
Marcelle.

— Va! continua-t-il, le plus malheureux ce ne sera
pas moi, la plus malheureuse ce ne sera pas toi! Nous
avons tous les deux quelque chose là et là.

Et du doigt il toucha la poitrine et le front de sa
filleule.

— A présent, reprit-il, à l'œuvre et tais-toi... Chacun
de nous a son fardeau !

Marcelle ne parla plus de cette soirée à Jacques ; rien
non plus ne fut changé dans son attitude. Telle elle était
avant de lui avoir arraché le terrible secret de ses

11*

angoisses, telle elle fut après. Une pression de main, un
regard plus chaud, un baiser, une façon particulière de
s'appuyer sur son bras, et c'était tout.

Fernand n'avait pas été plus aveugle que Marcelle.
L'amitié qu'il portait à Jacques lui permit de s'ouvrir
de ses appréhensions à la jeune fille. Elle ne lui cacha
pas qu'elle les partageait. Une question se posait sur
les lèvres de Fernand, il n'osait pas l'exprimer. Que
ferait Marcelle si Jacques Bernard perdait sa fortune?
Il consultait son cœur et le sentait encore tressaillir au
souvenir d'un autre nom. Cependant il voyait plus souvent Marcelle et lui parlait un langage plus tendre.

— Écoutez, lui dit-il un jour, je ne sais pas ce qui
arrivera, mai, quoi qu'il arrive, promettez-moi de penser à la maison d'Auteuil. Un père vous y attend, un
frère vous y appelle.

Le cœur de Marcelle se gonfla.

— Ah! dit-elle, on y serait bien heureux!

X

COMÉDIE ET TRAGÉDIE

Un matin, le bruit se répandit que le caissier de Jacques n'avait pas acquitté à présentation deux lettres de change, échues la veille. Le caissier n'avait pas d'ordres, disait-il ; il priait le garçon de recettes de repasser à midi. En un instant la ville entière fut informée de cet événement.

Un grand nombre de personnes se réunirent dans une pièce qui touchait au cabinet de Jacques, fermé depuis une heure. On voyait parmi elles M. Sébastien Brunel, M. de Bréhal, M. Colombey, Léonie, Auguste, M. Fourneiron et quelques autres qui étaient dans son intimité la plus étroite. Tous les visages exprimaient bien plus la colère que le chagrin. Tout le monde parlait à fois. C'était un concert de récriminations et de reproches.

— Je le lui avais toujours dit! s'écriait Sébastien
Brunel; mais Jacques n'écoute rien. Parce qu'il avait
réussi une fois ou deux, il se croyait infaillible. Il aurait
pu tout sauver... Mais non! Son imprudence égalait sa
vanité, et voilà qu'il m'emporte sept ou huit bons
paquets de dix mille francs.

M. Sébastien Brunel oubliait consciencieusement ce
petit détail qu'il devait sa charge à Jacques Bernard.

— Il entreprenait trop d'affaires à la fois! reprenait
un autre à qui Jacques avait tendu la main dans une
circonstance désespérée; aussitôt qu'on le flattait un
peu, on obtenait de lui ce qu'on voulait... J'avais prévu
sa ruine depuis longtemps, mais il s'écartait de ses
meilleurs amis.

M. de Bréhal passa la main dans ses cheveux, et d'un
air doux :

— Épargnons ceux qui tombent, dit-il; ce n'est pas la
faute de M. Jacques Bernard s'il a fait preuve de plus
d'audace que d'habileté... on n'est pas parfait.

— La conduite de mon père est inqualifiable, poursuivit Auguste; ne le défendez pas!... Que veut-il que
je devienne à présent? C'est à croire qu'il ne pensait à
rien! Encore s'il avait placé à Londres une centaine de
mille francs de rentes en consolidés! on aurait pu
vivre... Mais non! j'ai consulté les livres; je l'ai inter-
rogé... Rien! rien!

— Voilà les hommes, ajouta M. Fourneiron; je lui
offrais le concours d'une expérience exercée et d'un
dévouement absolu.,. il me relègue en province! Je le

presse de me rappeler à Paris, j'y viens même, et il
m'écarte de son cabinet... Après les services que je lui
ai rendus, c'est pis que de la démence, c'est de l'ingra-
titude !

— J'avais une dot, cependant, dit Léonie à son tour ;
où est-elle ? qu'en a-t-il fait ? sait-on s'il m'en reviendra
quelque chose ? je ne peux pas tout perdre. Je suis sa
fille, j'ai le droit de lui faire un procès.... il m'a
dépouillée !

— Il est certain qu'on ne pouvait plus lui parler,
continua M. Colombey ; les meilleurs avis, les conseils
les plus sages glissaient sur lui comme des billes sur de
la glace. Il spéculait ! il spéculait ! il spéculait !... S'il
n'avait entraîné que lui, c'était son affaire... mais il
prend dans nos poches !... Diable, quand on fait de ces
sottises, on avertit sa famille !

— Je me suis toujours méfié de cette haute réputation et de ces grands airs qu'il affectait, reprenait un
autre parent ; un homme vraiment supérieur est plus
simple... mais on l'avait surmené d'adulations... Il se
croyait la science infuse, et il tombe au premier choc !
Si chacun avait fait comme moi ; si on lui avait dit
carrément son fait, peut-être aurait-il agi avec plus de
prudence... mais non, de vils flatteurs l'entouraient !

Cet ami de l'indépendance ne se souvenait plus qu'il
avait été devant Jacques pendant cinq ans comme un
laquais devant son maître.

Chaque fois qu'un nouveau venu se présentait, c'était
un redoublement d'accusations, tous les griefs, toutes

les rancunes se faisaient jour. Comme autrefois les amis de Job terrassé sur son fumier, ceux de Jacques ne lui épargnaient aucun reproche. Il avait tous les défauts sans la compensation d'aucune qualité. Ceux qu'il avait le plus aidés se montraient les plus vifs et les plus amers. Encore s'il n'avait été que malhonnête homme! mais c'était bien pis, il avait été maladroit! Haro sur le baudet!

Il fut résolu, séance tenante, qu'on déposerait une plainte au tribunal de commerce, et qu'on demanderait la mise en faillitte de Jacques Bernard. Les plus modérés proposaient seulement que l'affaire n'allât pas en police correctionnelle, voire même jusqu'en cour d'assises. Un puritain, qui devait sa fortune à des opérations véreuses, prononça le mot de banqueroute frauduleuse.

M. Sébastien Brunel prit une plume et se mit en devoir de rédiger la requête collective.

Tout à coup Clovis entra.

— Si quelqu'un ici a quelque chose à réclamer, dit-il, on peut se présenter à la caisse : on paye à bureau ouvert.

M. Sébastien Brunel jeta la plume et se précipita dehors pour vérifier l'exactitude de ce fait singulier. Il revint deux minutes après tenant une liasse de billets de banque à la main.

— Je savais bien que c'était impossible! s'écria-t-il. Que vous disais-je tout à l'heure, messieurs? Un homme comme Jacques ne périt pas... millionnaire il a vécu, millionnaire il vivra!

— Ah ! j'en étais sûr, exclama M. Fourneiron ; j'ai vu mon cousin à l'œuvre. Il a le coup d'œil de l'aigle et la griffe du lion ! Il a fondé sa maison sur le granit, et son crédit est à l'épreuve du temps.

— Qui en a jamais douté ? reprit M. Colombey... Mon beau-père est le financier le plus capable que j'aie jamais rencontré... Si, par impossible, il avait été momentanément embarrassé, ne suis-je pas là ? Or, je m'appelle Colombey et j'ai les reins solides !

M. de Bréhal escamota subitement la requête qu'on rédigeait et en jeta les morceaux au feu.

— Y a-t-il quelqu'un qui pense autrement sur mon honorable ami ? qu'il se nomme, dit-il ? pour moi, je le déclare hautement, M. Jacques Bernard a toute ma confiance, il l'a toujours eue ; je le tiens pour un homme moins probe qu'intelligent..... C'est la perfection même !...

— Je suis heureuse de vous entendre parler ainsi, ajouta Léonie ; il vous appartenait, à vous, son ami, de rendre justice à mon excellent père. Je m'étonne que quelqu'un ait pu l'accuser.

— Ce n'est pas moi, interrompit l'homme indépendant, je sais trop bien ce qu'est M. Jacques Bernard et ce que chacun de nous lui doit.

— Ni moi, poursuivit un troisième qui avait trouvé des formules inédites pour témoigner de son indignation.

— Blâmer mon père, une étoile de la Banque, qui l'oserait ? s'écria Auguste qui prit une attitude hautaine.

Comme on voit une escadre frappée par un coup de vent louvoyer et changer de direction, ainsi la compagnie, lancée tout à l'heure dans la voie du blâme, se précipita avec non moins d'élan dans la voie de la ouange... Le chœur des parents et des amis entonna l'ode de l'enthousiasme sur le mode pindarique. Seul Jacques était habile ! seul il savait tout deviner; tout prévoir ! C'était moins un banquier qu'un ministre d'État.

— Je vais lui serrer la main, dit M. de Bréhal.

— Le complimenter et me mettre à ses ordres, continua M. Fourneiron.

— Et l'assurer de mon dévouement, reprit M. Sébastien Brunel.

— Et le prier de disposer de moi dans l'occasion, poursuivit M. Colombey.

— Et l'embrasser! s'écria Léonie.

— Et lui sauter au cou! ajouta l'aimable Auguste, qui déjà s'était rapidement dirigé vers le cabinet de Jacques, où l'on entendait marcher.

Tout le monde le suivit par un mouvement unanime et spontané.

Voici ce qui s'était passé : tandis que le caissier, faute de fonds, avait ajourné le payement des deux lettres de change, Jacques était monté chez Joséphine. Il la trouva avec un tapissier occupée à discuter l'ameublement et la décoration d'une galerie. Perdue dans mille futilités, Joséphine était dans son hôtel comme autrefois les satrapes du vieil Orient dans leurs palais; elle conti-

nuait à ne savoir absolument rien de ce qui se passait
autour d'elle. La ruine la surprenait dans un rêve
qu'elle faisait tout éveillée. Jacques la pria subitement
de laisser là son tapissier et de le suivre dans sa chambre. Joséphine fut frappée de l'air sérieux qu'avait
Jacques en lui parlant.

— Auguste est-il malade ? s'écria-t-elle.

— Il ne s'agit ni d'Auguste ni de Léonie, mais de
nous, répondit Jacques.

En quelques mots, il mit sa femme au courant de la
situation. Joséphine resta pétrifiée devant Jacques.
Elle promenait ses yeux de côté et d'autre, comme si
elle eût voulu dire adieu aux objets qui l'entouraient.

— Ah ! vous m'avez ruinée ! s'écria-t-elle enfin.

Jacques fronça les sourcils légèrement. Il y avait
bientôt vingt ans qu'il faisait vivre Joséphine dans un
luxe dont elle n'avait jamais eu l'idée. Mais Jacques
n'était pas dans des circonstances où un mot pouvait
l'arrêter, et Joséphine n'eut pas même le temps de voir
le tressaillement de son visage.

— Si dans une demi-heure je n'ai pas acquitté une
somme de cinquante mille francs, dit-il, notre maison
de banque est en faillite.

— En faillite ? répéta Joséphine qui semblait ne pas
comprendre.

Elle tortillait machinalement les guipures de ses
manches.

— Mais enfin, reprit-elle, vous avez des millions.

— Vous vous trompez ; je les avais.... je ne les ai plus.

— Nous sommes donc ruinés, tout à fait ruinés?

Jacques fit un mouvement de tête affirmatif.

— Et moi qui comptais donner un bal dans quelques jours pour l'anniversaire de la naissance d'Auguste!... Je ne le donnerai donc pas, ce bal?

Quelques larmes coulèrent sur les joues de Joséphine.

— Et vous me cachiez tout cela!... et je ne savais rien! poursuivit-elle! ah! mon père avait bien raison.... vous m'avez perdue!

Joséphine éclata en sanglots. Jacques la laissa pleurer.

— Mais parlez donc, que faut-il faire? Comment nous tirer de là? s'écria-t-elle avec une extrème violence. Quand on a fait le mal, on doit avoir les moyens de le réparer!

Le visage de Jacques se rembrunit, mais sans laisser paraître la moindre irritation :

— Êtes-vous en état de me comprendre? dit-il. Je vous croyais la femme d'un banquier, et vous vous lamentez comme une petite fille qui a perdu sa poupée!

Le rouge monta au visage de Joséphine; elle essuya vivement ses yeux.

— Eh bien! je ne pleure plus et je vous écoute, dit-elle.

Jacques s'empara de ses mains, et, les serrant avec force :

— Souvenez-vous que vous êtes la fille de M. Lombardel, et avisons ensemble au moyen de nous sauver ;

c'est ce qu'il y a de plus pressé, dit-il. Vous avez des diamants?

Joséphine se redressa. Le vieux sang normand qui coulait dans ses veines bouillonna, et, courant vers un meuble, elle en ouvrit les tiroirs.

— Voilà mes écrins, dit-elle ; prenez tout, vendez tout !

Cette fois, Joséphine avait l'accent ferme, la voix assurée. Ce n'était plus la femme asservie à la vanité, mais la fille du banquier, sérieuse et résolue.

— Ah ! je vous retrouve enfin ! s'écria Jacques.

— Ce n'est pas tout, reprit-elle, n'ai-je pas en propre des immeubles que vous ne pouvez mettre en vente sans mon consentement ?

— Oui ; ils représentent une valeur d'à peu près cinq ou six cent mille francs.

— Je cours chez mon notaire et vous en rapporte le prix.

Jacques fit mentalement un calcul rapide. Les ressources nouvelles mises à sa disposition le tiraient momentanément d'embarras ; si la personne à laquelle Auguste avait ouvert un crédit imprudent payait les lettres de change tirées sur lui, et Auguste n'avait aucune crainte sur la solvabilité du baron Duffaut, la crise était passée ; aucune échéance ne le menaçait plus, et en sacrifiant quelques millions, trois ou quatre, sur les actions des chemins de fer napolitains, Jacques restait debout.

— Allons ! pensa-t-il, je me tirerai de cette effroyable

tempête avec quelques avaries seulement... Le navire
flotte encore !

En apprenant cette bonne nouvelle, M. de Maurs ne
put s'empêcher d'embrasser Jacques.

— Ah ! je respire, dit-il.

— Il y a bien encore un point noir à l'horizon,
reprit Jacques ; mais en attendant qu'il se dissipe ou
qu'il grossisse, demain je déclare la guerre à sir William.

— Ces preuves que tu cherchais, les as-tu trouvées ?

— Toutes celles que je pouvais désirer, je les ai entre
les mains... et plus nombreuses, hélas ! que je ne l'espérais!... La loyauté de sir William n'est même plus en
cause ; et cependant, au moment de m'armer contre lui,
je ne sais quel sentiment me pousse à l'épargner... et ce
n'est pas sans effort que j'y résiste. Je l'ai vu hier : il a
été roide, cassant, plein de morgue... Je ne l'écoutais
pas, je le regardais... Il y a dans les traits de son visage
un caractère, un charme, quelque chose d'indéfinissable
qui me séduit... J'imagine que celui qui retrouve chez
un être vivant l'image d'une personne aimée qu'il a
perdue doit éprouver un peu de ce trouble, et, le dirai-
je, de cette émotion... Mais quelle que soit ma répugnance, j'irai jusqu'au bout... J'ai fait prévenir mon
avoué, et demain nous examinerons ensemble les pièces
du procès.

Dans la journée, et peu d'instants après la conversation qu'il avait eue avec Pierre, un billet fut remis à
Jacques. Il l'ouvrit ; un nuage passa devant ses yeux ;
son cœur avait cessé de battre.

Ce billet ne contenait que ces quelques lignes :

« Si M. Jacques Bernard veut prendre la peine de se rendre, ce soir, sur le pont de Neuilly, à neuf heures, il y trouvera quelqu'un qui le conduira auprès d'une personne qu'il n'a pas vue depuis longues années et qui l'attend. »

Au bas de ces lignes, Jacques avait lu le nom d'Hortense Frimont.

— Que faut-il répondre? demanda Clovis.

— J'irai! s'écria Jacques hors de lui.

Il compta les heures jusqu'au soir. Longtemps avant celle que lui indiquait le billet, il se dirigea vers Neuilly.

Pour tromper son impatience, il fit une partie de la route à pied. Qu'était elle devenue, cette Hortense qu'il avait aimée? pourquoi se trouvait-elle à Neuilly? dans quelle situation la reverrait-il? misérable ou enrichie? fière encore ou brisée par l'adversité? Il souhaitait presque qu'elle fût malheureuse pour lui prouver qu'il ne l'avait pas oubliée. Ses dernières ressources, il les lui consacrerait ; il aurait une sorte de joie à se dépouiller pour elle. Que de choses n'avait-il pas à réparer? En un instant, et comme si une main invisible eût tiré un rideau, il revit en pensée les moindres événements des jours heureux qu'Hortense lui avait donnés. Il eut tout à coup la mémoire des odeurs, des formes et des sons. Mais pourquoi, après un si long silence, ce souvenir au moment où la ruine le visitait lui-même de si près ?

Jacques allait et venait d'un bout du pont à l'autre. Deux ou trois fois les rouliers durent lui frapper sur l'épaule pour l'engager à s'écarter de leurs charrettes ; il ne voyait et n'entendait rien.

— Ah! disait-il quelquefois, c'est le crime de ma vie !

Après les angoisses dans lesquelles il avait vécu depuis quinze jours, il sentait mieux l'égoïsme et l'indignité de sa conduite. Comme un dur métal pénétré par la flamme devient malléable, son cœur, au contact de l'infortune, s'était amolli. Il s'acharna à compter les lumières qui s'allumaient sur l'autre rive et tremblaient dans l'eau ; c'était un moyen de distraire sa pensée ; mais Hortense était entrée dans son cerveau et y restait enfoncée comme un coin dans du bois vert. Les bruits allaient s'affaiblissant autour de lui. Les enfants ne jouaient plus sur la berge. Quelques omnibus passaient sur le pont à intervalles inégaux. Deux fois déjà il avait entendu sonner neuf heures. Par hasard était-il le jouet d'une plaisanterie? Hortense Frimont n'était-elle pas, n'avait-elle jamais été à Neuilly? Mais personne ne la connaissait, si ce n'est Sébastien Brunel, et dans quel but aurait-il écrit cette lettre? Jacques courut précipitamment aux deux extrémités du pont. Neuf heures sonnèrent encore dans l'éloignement. Une main lui frappa sur l'épaule.

Jacques tressaillit comme si une étincelle électrique lui avait traversé les os. Il se retourna ; une femme qu'il n'avait jamais vue était devant lui.

— Suivez-moi, dit cette femme avec un accent étranger fortement prononcé.

Jacques la suivit. Miss Anna marchait d'un pas rapide le long du fleuve... Il voulut l'interroger, elle le regarda et ne répondit pas.

Au bout de quelques minutes, elle arriva devant une petite porte cachée dans l'épaisseur d'un vieux mur tapissé de lierre, la poussa et entra dans un jardin tout rempli d'arbres de haute futaie. Une lumière brillait au fond. Par un retour inexplicable de sa pensée, Jacques se souvint de ces lumières qu'on voit briller, tout au fond des bois, dans les contes de fées. Il se hâta sur les pas de son guide et arriva devant une petite maison. Miss Anna monta quelques marches et le précéda dans un salon éclairé par plusieurs bougies.

— Attendez là, dit-elle : et elle disparut.

Jacques regarda autour de lui ; les objets qu'il voyait ne lui rappelaient aucun souvenir : la maison semblait muette. Une miniature était pendue au mur, à côté de la cheminée ; il s'en approcha. C'était le portrait de sir William, mais de sir William à vingt ans : point de rides encore sur le front, point de fatigue autour des yeux. Pourquoi ce portrait était-il là ?

— Jacques Bernard ! dit une voix tout à coup.

Derrière lui, une femme qui venait de soulever une portière sans bruit était debout au milieu du salon, toute vêtue de noir et pâle à faire peur.

— Me reconnaissez-vous ? reprit-elle.

— Hortense ! s'écria Jacques.

Un tremblement horrible l'avait saisi ; il voulut prendre sa main ; elle lui fit signe de s'asseoir.

— Ah ! vous ne m'avez pas encore pardonné ? poursuivit-il.

— Je vous pardonne à présent ; vous êtes ruiné, répondit Hortense.

Jacques sauta sur ses pieds.

— Ah ! dit-il, comment le savez-vous ? Qui vous l'a dit ?

Hortense lui montra de nouveau le fauteuil qu'il venait de quitter.

— Je ne vous raconterai pas ce que j'ai souffert, reprit-elle. Dieu m'est témoin que je vous aimais de toutes les forces de mon âme et que je vous ai prévenu. Un jour, ne vous l'ai-je pas dit ? Je n'oublie jamais rien ! Et cependant peut-être la haine n'aurait-elle jamais pénétré dans ce cœur, tant il vous appartenait, si un jour de détresse, à bout de force et manquant de pain, tandis que je me traînais à votre porte, un coup de fouet ne m'avait frappée au front... Hortense Frimont marchait à pied, se soutenant à peine, grelottant, hâve, la poitrine creuse, le cœur désespéré, les mains tendues ! Jacques passait en voiture !... Le cocher fouetta la mendiante que la terreur, le désespoir, l'abattement paralysaient, et si une main brutale ne m'avait repoussée, je roulais sous les pieds de vos chevaux !

Jacques se couvrit le visage de ses mains. Hortense les écarta d'un geste hardi.

— Regardez-la, sur mon front, cette cicatrice qui court et s'allonge comme un serpent ! Elle est rouge à

présent, n'est-ce pas? et vous en voyez la ligne oblique !
Que de fois ne l'ai-je pas vue aussi quand la souffrance
pâlissait mon visage, quand le désespoir me torturait,
et, plus tard, quand la faim m'a fait tomber où je suis!...
Ah ! Jacques, qu'avez-vous fait ?

Hortense appuya les deux mains sur son cœur comme
pour en comprimer les battements. Elle avait le visage
livide et les yeux pareils à des flammes.

— J'aurais pu tout vous pardonner, tout ! reprit-elle
avec une sombre violence, la misère, le travail, la souffrance la plus opiniâtre, que sais-je encore, tout ! mais
la honte, jamais ! Comprenez donc bien ! vous m'avez
dégradée à mes propres yeux ! j'ai rougi de moi ; vous
m'avez fait tomber, vous m'avez avilie, et, grâce à vous,
j'ai été pareille à ces créatures que je méprise ! J'ai
marché dans la boue, je m'y suis enfoncée jusqu'aux
genoux, et à chaque pas nouveau que je faisais dans
l'horrible carrière, une voix me criait : c'est Jacques
qui t'a poussée ! c'est Jacques qui t'a perdue ! Ah ! votre
nom maudit était gravé là en lettres de feu ! Et dans
cette abjection où je me traînais, un jour — jour de
misère et de fureur — c'est votre femme qui m'insulte !
votre femme ! celle-là même pour qui vous m'aviez
abandonnée, trahie, rejetée ! Et vous ne voulez pas que
je me venge ! et vous n'avez pas deviné que j'étais devenue votre plus implacable ennemie et que je ne me
lasserais pas de vous poursuivre, et que j'étais une
femme à ne reculer devant rien ? Maintenant, je puis
me reposer : vous êtes ruiné !...

12

Hortense se tut : immobile devant elle, Jacques la regardait. Au milieu de ces traits tourmentés par la passion la plus farouche, flétris par la douleur, bouleversés par les plus terribles souvenirs, il retrouvait encore les traces de cette beauté qui, un temps, avait été maîtresse de son cœur. Il recomposait ligne à ligne l'Hortense d'autrefois. Qu'elle n'était plus la même, celle qu'il revoyait !

A deux ou trois reprises, elle pressa un mouchoir sur ses lèvres blanches.

— Combien d'années n'ai-je pas vécu pour ce moment ! dit-elle encore. Par quels sentiers n'ai-je pas rampé ! quelles tortures n'ai-je pas endurées ? Mais j'avais un but à atteindre, et je l'ai atteint. Un homme a été suscité sous vos pas ; un homme qui avait embrassé ma cause, et que l'ardeur de ma haine inexorable animait. Il a conquis votre fils par ses vices et ses sottises, et par votre fils il a pénétré jusqu'au cœur de votre maison, et cet empire qu'il avait pris sur le fils, un jour il l'a eu sur le père !

— Sir William ?

— Oui, sir William dont je suivais les progrès jour à jour, et qui fatalement, à votre insu, maître de votre confiance, tout-puissant chez vous, a su vous précipiter vers une catastrophe inévitable aujourd'hui. Ces dernières ressources que vous attendiez, un homme qu'il a choisi, qu'il connaissait les emporte, et demain vous périrez.

— Parlez-vous du baron Duffaut ?

— Eh ! vous le savez bien ! Ce qu'il a pris, le baron ne le rendra pas. Demain, de nouvelles lettres de change reviendront, demain, vous ne serez pas en mesure de les rembourser, demain le protêt, demain la faillite ! Et demain, je serai vengée ! Où vous aurais-je frappé plus cruellement que dans cette fortune pour laquelle vous m'avez sacrifiée ? Là était votre cœur, là j'ai porté mes coups !

Jacques se leva froidement.

— Je plie sous la main qui me frappe, dit-il, c'est la loi du talion ; mais l'instrument infernal dont elle s'est servie, je le briserai.

— Que voulez-vous dire ? demanda Hortense les yeux tout grands ouverts.

— Je veux dire que si je péris, je ne périrai pas seul. Sir William m'a ruiné, dites-vous ; demain j'enverrai sir William en Cour d'assises.

Hortense joignit les mains.

— Sir William en Cour d'assises ! c'est impossible ! s'écria-t-elle. Qu'a-t-il fait ?

— Des crimes que la loi punit... il est entre mes mains... et Cayenne me vengera !

— Ah ! taisez-vous ! c'est votre fils !

Jacques s'était emparé des mains d'Hortense ; tous deux pâles, effarés, pleins d'épouvante, restaient l'un devant l'autre, les yeux dans les yeux, sans paroles et tout tremblants.

Hortense tomba sur ses genoux.

— Ah ! Jacques, par pitié, épargnez-le ! dit-elle.

Un sanglot déchira sa poitrine, la voix expira sur ses lèvres.

— Eh ! que craignez-vous ? répondit Jacques, n'est-ce pas assez d'un malheur !

Hortense se releva d'un bond, et, s'attachant aux mains de Jacques qu'elle couvrit de larmes et de baisers :

— Dieu vous bénisse ! dit-elle.

Puis tout à coup, folle de désespoir et se tordant les mains, le visage baigné de pleurs :

— Et c'est moi qui vous ai perdu, et je ne puis pas vous sauver ! s'écria t-elle.

Jacques l'embrassa sur le front.

— Jamais catastrophe ne m'a paru plus légère, dit-il ; il me semble que la ruine c'est l'expiation.

Hortense resta couchée dans ses bras.

— Ah ! qu'ai-je fait ! qu'ai-je fait ! répétait-elle en pleurant.

Un sentiment de douceur extrême pénétrait l'âme de Jacques quand il quitta Hortense ; plus rien de mauvais n'existait entre elle et lui ; ce souvenir qui l'obsédait à certaines heures s'était dégagé de tout élément pervers ; la rancune et la haine avaient disparu d'un côté ; le pardon les avait remplacés. Mais à ce sentiment se mêlait un trouble profond. Comment avait-il retrouvé ce fils qui n'avait jamais connu, et quelle pouvait être la fin d'un homme qui suivait une pente si terrible ?

Le lendemain, M. de Maurs trouva Jacques occupé à trier dans son cabinet des liasses de papiers. Il en parcourait quelques-unes qu'il déchirait et jetait ensuite dans le feu qui les dévorait.

— Eh bien ! demanda Pierre, as-tu vu ton avoué ? pense-t-il que les actes signés au nom de la compagnie puissent être annulés ?

— Qu'ai-je besoin de le savoir, ne les ai-je pas examinés ? répondit Jacques. Quant à mon avoué, il ne viendra pas ; je lui ai écrit ce matin.

— Mais le procès ?

— Je ne le ferai pas.

M. de Maurs allait répliquer, lorsque le caissier entra tout effaré.

Les lettres de change fournies sur le baron Duffaut et acceptées par lui, reviennent protestées, dit-il ; on s'adresse à nous comme premiers endosseurs... Il y en a pour cent mille francs, et je n'ai pas de fonds, et d'autres viendront demain !... et d'autres encore après !

— Déclarez au porteur de ces traites que la caisse est fermée et que la maison suspend ses payements.

Le caissier porta les mains à sa tête.

— La maison Jacques Bernard et Cie ? dit-il.

Jacques lui prit le bras doucement.

— Allez, mon ami, allez ! reprit-il... j'ai lutté, je suis vaincu.

Aussitôt qu'ils furent seuls, M. de Maurs s'approcha vivement de Jacques :

— Es-tu fou ? s'écria-t-il. Sir William est mêlé à cette histoire de lettres de change, il était l'ami du baron Duffaut, son complice devrais-je dire, et tu ne vois rien

12*

dans cette affaire qui, mêlée à tant d'autres, vaille la peine d'une poursuite ?

Sans répondre, Jacques continua à déchirer les papiers qu'il avait devant lui et à les jeter au feu. Toute son attention paraissait concentrée sur ce travail. Jamais M. de Maurs ne l'avait vu plus calme et plus indifférent.

— Vraiment, on l'a ensorcelé ! reprit-il... Si rien ne vient tout à coup te sauver, cette catastrophe...

— Je la prévoyais déjà, tu le sais, répondit Jacques sans relever la tête... Depuis hier j'en ai la certitude... Il n'y a que le doute et la lutte qui agitent.

— Soit... mais au moins un sentiment de dignité personnelle doit te conduire à la révolte... pense au misérable...

Jacques appuya subitement la main sur le bras de M. de Maurs ; son œuvre de destruction était accomplie ; des papiers qu'il examinait tout à l'heure il ne restait plus que des cendres.

— Voyons, dit-il d'une voix grave, que ferais-tu si parmi les fils ténébreux d'une intrigue, dont tu cherches à couper la trame honteuse, tu rencontrais tout à coup le nom de Fernand ?

— Le nom de mon fils !

— Eh bien ! sir William est le mien.

Le saisissement rendit M. de Maurs muet. Pendant quelques minutes, les deux amis restèrent l'un devant l'autre sans parler.

— Ton fils à toi ? reprit enfin M. de Maurs. Mais com

ment ? Mais où ?... A quelle époque ?... Je croyais connaître ta vie entière...

— Eh ! qui connaît jusqu'au fond la vie d'un homme ?

Jacques raconta à son ami l'histoire d'Hortense. Ce
fut un trait de lumière pour M. de Maurs.

— Quelle fatalité ! s'écria-t-il. Pendant six semaines
je l'ai vue à Auteuil, tous les jours, et tu venais chez
nous !

— Je l'ai su trop tard... un jour même, à la main de
cette pauvre Alice que tu as tant aimée, j'ai vu une
bague que longtemps Hortense avait portée.

— Alice l'avait encore à son doigt quand elle est
morte... c'est moi qui la lui ai retirée.

— Eh bien ! celle qui la lui a donnée... je l'ai revue
hier... elle est à Neuilly.

— Ah ! reprit M. de Maurs, si près d'Auteuil pendant
de si longs jours, et je ne savais rien !

— A présent que tu es au courant de tout, ai-je eu
raison de brûler ces papiers ? ai-je raison de laisser libre sir William ?

Pierre serra la main de son ami.

— A présent, lui diras-tu qui tu es ? reprit-il.

— Jamais ! Nous rougirions l'un devant l'autre.

Le bruit de la suspension de payement de la maison
Jacques Bernard et Cie se répandit avec la rapidité de
l'éclair. Cette même scène qui s'était passée une première fois à la porte de son cabinet se renouvela ; la
cohue de ses amis et de tous ceux qu'il avait servis, aidés, soutenus, aboya comme une meute en furie. Léonie

ne se montra pas la moins acerbe ; M. Sébastien Brunel ne fut pas le moins violent.

En apprenant la déconfiture de celui dont il avait voulu être le gendre, M. le marquis prit un air suffisant.

— Ces gens-là finissent tous de même ; la caque sent toujours le hareng !

Clovis allait et venait dans l'antichambre comme un loup. Il grinçait des dents et frappait du pied.

— Je les mordrais ! disait-il. Des gens qui étaient à plat ventre quand il passait ! Des coquins qui ont bu son vin de Champagne et dévoré ses truffes ! Des gueux qui mendieraient s'il ne leur avait pas tendu la main ! Ça fait pitié !... Que voilà des épaules qu'on aurait du plaisir à rouer de coups de bâton !

Il se rapprocha d'une porte qui séparait l'antichambre de la pièce où se tenait le conciliabule des révoltés, et prêta l'oreille.

— Bon ! M. de Bréhal à présent ! murmura-t-il ; un intrigant qui fait le docteur !... Il prêche, et le bon apôtre jette de l'huile sur le feu ! Ah ! voici le tour de M. Colombey... encore un homme vertueux ! Il ne comprend pas qu'un père expose le bien de sa fille... Pourquoi ne pleure-t-il pas, puisqu'il est en train ?... Ça ne l'empêchera pas, ce soir, d'offrir quelque bijou à ces demoiselles !... Bon, n'est-ce pas la voix glapissante de M. Sébastien Brunel que j'entends ! une fouine, celui-là, qui grogne comme un sanglier !... Ils ont tenu à honneur de chanter tous dans ce joli concert... Eh ! eh !

madame Léonie se met de la partie !... Et dire que je
lui ai fait manger des pralines sur mes genoux, quand
elle était toute petite !... Que la peste l'étouffe. Ça, une
fille ?... Allons donc ! ça vous a le cœur d'une drôlesse !...
Et M. Auguste donc !... un véritable valet d'écurie,
quoi !... Mais qu'il se mette bien vite dans la casaque
d'un de ses jockeys et qu'il aille courir sur le dos de ses
bêtes !... ça lui fera un métier, et on le louera à
l'heure.

Un coup de sonnette interrompit le monologue de
Clovis. Il se précipita chez Jacques, qui lui donna ordre
de faire entrer.

— C'est donc bien fini cette fois ? dit Clovis qui tortillait sa casquette.

— Tout à fait, répondit Jacques. C'était écrit appa-
ramment.

— Certainement c'était écrit, comme dit Cicéron ;
mais c'est de la mauvaise écriture !... Et puis, qui
sait !... Les écus, c'est comme le vent, ça va et ça
vient...

Les yeux de Clovis lui cuisaient, il remuait effroyablement les paupières pour ne pas pleurer.

La rumeur qu'on entendait derrière la porte augmenta.

— Si monsieur Jacques voulait, reprit-il, on pourrait,
en attendant, casser les os du plus impertinent ?

— Eh ! mon pauvre garçon, qu'en ferais-tu ?... Ouvre
la porte seulement... Il ne faut jamais faire attendre ses
amis.

Clovis obéit de l'air gracieux d'un boule-dogue.

Le flot de l'émeute passa de la pièce voisine dans le cabinet de Jacques.

Ce fut tout d'abord un tumulte de questions et de reproches qui partirent en feu de file. La pantomime se joignait à ce chœur bruyant de paroles et en augmentait l'animation.

— Messieurs, dit froidement Jacques, ne parlez que six à la fois.

— Ah! monsieur Jacques Bernard manie la raillerie! dit M. Sébastien Brunel.

— Comme vous la politesse, répondit Jacques.

Il y eut un nouveau tumulte ; les protestations suivaient les interpellations.

— Ce qui m'étonne le plus, reprit Jacques, c'est que madame Colombey, ma fille, ne me fasse pas un procès. Elle doit peut-être cet exemple à la compagnie qui l'entoure.

Léonie voulut répondre et se troubla. Un grand silence se fit.

— Messieurs, poursuivit Jacques, ma femme, ainsi que moi, nous abandonnons tout à nos créanciers... L'hôtel où vous êtes et mes propriétés vont être mis en vente... Je ne suis plus rien... Un liquidateur judiciaire sera nommé demain.

M. Colombey voulut prendre la parole et présenter des observations.

Jacques l'interrompit.

— Je n'ai rien à ajouter, brisons-là.

Il salua et tout le monde sortit. Léonie la première ;
M. de Bréhal lui offrit son bras.

— Pardonnez-lui, dit-il, le malheur rend nerveux.

— Ah ! s'écria Léonie, s'il n'était pas mon père, je ne
le reverrais jamais !

Dans la soirée, M. de Bréhal trouva Léonie presque
en larmes.

— Qu'est-ce ? dit-il en lui prenant la main.

— Ce n'est pourtant pas ma faute, si mon père est
ruiné ! s'écria-t-elle.

— Oh ! non ! Dieu le sait ! répondit M. de Bréhal, qui
leva les yeux au ciel... Que de sages conseils ne lui
avez-vous pas donnés !

— Eh bien ! c'est moi que M. Colombey punit... et
cela pour une misère !

La déconfiture de Jacques Bernard n'était pas la
seule chose qui eût agi sur les nerfs de M. Colombey.
C'était beaucoup, certainement ; mais, le jour même, il
avait surpris dans sa petite maison de la rue Chaptal,
une canne qu'il ne connaissait pas, et cette canne som-
meillait dans la chambre à coucher de Pulchérie. Il
avait eu l'imprudence de se fâcher. Pulchérie, en
femme qui a tort, s'était empressée de crier plus haut et
avait prononcé le fameux mot de Marinette. La rupture
acceptée, ce qui devait arriver était arrivé ; M. Colombey sentit son courage faiblir. Que prouve en somme la
présence d'une canne dans un appartement ? Il y a de·
cannes si étourdies ? On en voit qui se perdent partout
Fallait-il pour un motif aussi futile renoncer à des rela·

tions qui l'égayaient et punir une innocente ? M. Colombey attendri retourna rue Chaptal et voulut entrer en pourparlers. Pulchérie tint bon. Sa cause était trop mauvaise d'ailleurs pour ne pas essayer d'en tirer parti. Elle avait, depuis six semaines, envie d'une parure que toutes ses économies ne pouvaient pas payer. Un mot le rappela à M. Colombey ; il soupira et acquitta les frais de la guerre.

Malheureusement, peu d'heures après la scène qui avait vu sa défaite, et l'esprit encore chiffonné par le souvenir de cette canne qui s'était égarée, on lui remit un mémoire assez considérable de la part du bijoutier de Léonie. M. Colombey pensa que c'était trop de bijoux en un seul jour. Il s'emporta et signifia tout net à sa femme qu'elle eût à solder ce mémoire avec la pension qu'il lui servait.

M. de Bréhal eut quelque peine à arracher l'aveu de ce refus à Léonie qui en ignorait le principal motif. Il parut indigné.

— Ah ! c'est odieux ! dit-il d'une voix émue... Mais il ne vous regarde donc jamais ! Il ne sait pas quel trésor, quel ange la Providence a fait entrer dans sa maison ?

— Oh ! un ange, pas tant que ça ! Un ange qui a des dettes, répondit Léonie en minaudant.

Une idée parut tout à coup s'emparer de M. de Bréhal.

— Suis-je véritablement votre ami et me donnez-vous tous les droits d'un ami ? dit-il d'une voix onctueuse.

— Sans doute, pourquoi?

M. de Bréhal s'agenouilla devant Léonie.

— Alors ne nous brouillons pas, et permettez-moi d'agir en ami.

M. de Bréhal glissa une main discrète vers le mémoire du bijoutier et le mit dans sa poche.

— On vous vole, reprit-il, j'en suis sûr... laissez-moi examiner ce vilain compte.

— Ah! Dieu! je n'ai pas dix méchantes bagatelles à peine neuves, et il y a là-dessus cinquante articles!

Le lendemain, le mémoire fut renvoyé tout acquitté à madame Colombey. Léonie se fâcha. M. de Bréhal tomba à ses pieds.

— Que m'avez-vous dit hier? s'écria-t-il tout tremblant, ne suis-je pas votre ami? n'ai-je pas le droit de vous éviter un ennui? Vos yeux s'irritent, vous me repoussez pour quelques chiffons de papier! me supposez-vous l'intention de vous en faire cadeau?... Ah! Léonie! ne me jugez pas si mal! vous me rendrez cela... mais plus tard, et vous serez tranquille, et un fournisseur n'aura pas l'indigne pouvoir de vous fatiguer...

Il parla longtemps sur ce ton; il plaisanta même; il se proposait d'être un créancier très-exigeant; si madame Colombey ne l'avait pas remboursé dans six mois, il ferait agir les huissiers.

Léonie sourit.

— Si c'est ainsi, je consens, dit-elle, mais à la condition expresse que vous me tourmenterez.

— N'ayez pas peur! vous irez en prison.

A quelques jours de là, Léonie présenta à M. de Bréhal une magnifique bourse de soie rouge.

— Je l'ai brodée moi-même, dit-elle, et vous n'y trouverez guère que le quart de ce que je vous dois ; mais
vous savez le proverbe : la plus belle fille du monde...
Donc, vous attendrez pour le reste.

— J'attendrai, répondit M. de Bréhal qui baisa la
main de Léonie.

Et mettant la bourse dans sa poche :

— A bon entendeur, salut ! murmura-t-il, mon siége
est fait !

Cependant la catastrophe qui avait jeté par terre la
maison de banque de la rue Taitbout était accomplie.
Le liquidateur judiciaire venait d'être nommé.

Dans cette chute qui fut pour quelques-uns un sujet
de récriminations et de reproches, et pour la plupart un
sujet de joie — quand une tête orgueilleuse tombe, quel
petit ne bat pas des mains ? — Jacques ne rencontra
que trois cœurs fidèles, que trois êtres dévoués, Marcelle, Clovis et Louis Ferrol.

M. le comte de Maurs était à part ; depuis bien longtemps il avait fait ses preuves.

On se souvient que le caissier de Jacques avait remis
à mademoiselle Ducoudray un titre de rentes de six
mille francs inscrits en son nom personnel. En présence
de la ruine qui frappait son protecteur, Marcelle ne
crut pas que l'honneur lui permettait de garder un témoignage si considérable de sa générosité. Elle fit donc
vendre en secret son titre de rentes et cacha dans sa

jupe le paquet de billets de banque qu'on lui remit en échange.

Le cœur léger, mais toute tremblante, elle se dirigea vers le cabinet de Jacques et en poussa la porte ; elle sentit tout à coup qu'elle devenait rouge comme si elle avait commis une faute. Ce fut sur la pointe du pied et en retenant son souffle qu'elle se glissa auprès de Jacques.

— Si vous m'aimiez bien, dit-elle, vous ne me gronderiez pas.

Sa main, collée contre la poche de sa robe, serrait un portefeuille dans lequel était enfermée la somme qui lui avait été envoyée.

— Eh ! tu as l'air toute troublée ! Que se passe-t-il ? dit Jacques.

— Promettez-moi d'abord de ne pas vous fâcher, reprit-elle.

— Bien ; et puis ?...

— D'accepter ce souvenir... Votre grand portefeuille ne valait plus rien, j'ai acheté celui-ci. Vos initiales sont gravées dessus, je l'ai choisi moi-même.

Marcelle balbutiait en parlant et ne s'entendait même pas.

Jacques voulut ouvrir le portefeuille. Elle pâlit et l'arrêta.

— Non, pas devant moi, reprit-elle.

Malgré sa défense, Jacques fit jouer le ressort et aperçut d'abord un bordereau de vente signé par un agent de change au nom de mademoiselle Ducoudray. Il comprit tout et ferma le portefeuille.

— Oh ! je vous en prie ! dit-elle toute tremblante.

Jacques se récria.

— Cet argent est à toi, garde-le, dit-il.

Marcelle s'assit sur un petit tabouret tout contre lui, les deux mains sur les genoux de Jacques.

— Vous souvient-il du jour où vous m'avez recueillie ? reprit-elle ; n'étais-je pas seule et sans ressource ? N'ai-je pas tout partagé, vos plaisirs, votre bonne fortune, vos prospérités de toutes sortes ? N'ai-je plus le droit d'être après ce que j'étais avant ? J'ai bien accepté sans rougir ce que vous m'avez donné, pourquoi ne voulez-vous pas accepter ce que je vous donne ?

Jacques était attendri.

— Écoute, lui dit-il en l'attirant sur ses genoux, je ne sais pas encore à quel parti je vais m'arrêter... Que deviendras-tu si je suis forcé de partir ?

Marcelle lui jeta les bras autour du cou et l'embrassa.

— Je ne suis pas bien gaie ici, reprit-elle ; mon cœur n'est pas content, vous le savez. Si vous partez, comme vous semblez en avoir la pensée, j'aurai une grâce à vous demander.

— Parle.

Marcelle approcha sa bouche de l'oreille de Jacques.

— Si vous quittez cette maison où que vous alliez, poursuivit-elle, permettez-moi de vous suivre.

— Ah ! chère petite, tu l'aimes donc encore ! demanda Jacques.

— C'est aujourd'hui comme hier... ce sera demain comme aujourd'hui.

— Et lui !

— Oh ! lui ! il m'aime tendrement aussi, mais ce n'est pas la même chose. Il n'est pas de ceux qui changent vite !... Que de fois ne m'a-t-il pas dit : « Je vous aime bien tendrement, Marcelle ! » Hélas ! jamais il ne m'a dit : « Je vous aime ! » Ces trois mots si courts, sans lesquels on ne peut vivre, il les fait suivre d'un quatrième qui en détruit tout le charme. Je sais bien qu'il souffre, ce cher Fernand, et qu'il n'est pas heureux, mais ce n'est pas à cause de moi... Il faut donc que je parte, si vous partez. Avec qui parlerais-je de lui, si vous n'étiez plus là ?

Marcelle essuyait ses yeux. Jacques l'embrassait.

— Que sont tous mes chagrins à côté de cette peine-là ! pensait-il.

— Ainsi, reprit-elle d'un son de voix caressant, vous garderez mon petit cadeau ?

Et sa petite main s'efforçait de pousser le portefeuille dans un des tiroirs du bureau.

— Ah ! tu es ma vraie fille, toi ! s'écria Jacques, et de toi j'accepte tout !

Après le départ de Marcelle, ce fut le tour de Clovis ; il apportait un sac tout plein de pièces blanches ; un bout de ficelle en fermait l'ouverture. Il y avait dedans une centaine d'écus en diverses monnaies.

— Je n'ai jamais été bien économe, dit-il en posant le sac sur la cheminée ; on a de la famille, quoiqu'on ne soit rien ; à présent voilà ce qui me reste. Ça vient de ce que monsieur me donnait en petites gratifica-

tions... Je mangeais mes gages... Ça vous aidera peut-
être... prenez toujours.

Jacques voulut s'en défendre ; la bonne figure de
Clovis se rembrunit.

— Est-ce qu'on n'a pas été camarades autrefois ? reprit-il ; ça sort de la maison, ça peut bien y rentrer.

— Mais toi, mon pauvre Clovis, que vas-tu faire?

— Pardine, je vais rester ici ; où diable monsieur
Bernard veut-il donc que j'aille !

— C'est juste... répondit Jacques qui sourit, et c'est
pourquoi, mon vieux, je prends ton sac.

— C'était écrit, murmura Clovis, oui, c'était écrit,
comme dit Confucius.

Il avait à peine fermé la porte qu'il la rouvrit.

— Si je rentre c'est pour dire à monsieur qui m'appelle vieux, reprit-il, que, sauf le respect que je dois à
monsieur, sa vieillesse est quasiment plus âgée que la
mienne... donc elles peuvent se tenir compagnie.

— Attrape ! ajouta-t-il tout bas en regagnant sa place
dans l'antichambre.

Quant à Louis Ferrol il abandonna la totalité des
appointements qu'on lui devait, et déclara formelle-
ment que jamais, en aucun cas, il ne se séparerait de
Jacques Bernard.

— J'ai contracté une dette, dit-il, il faut que je l'acquitte.

Jacques dormit profondément la nuit qui suivit sa
ruine. Il était comme un homme qui a fini une tâche
laborieuse et se repose.

Joséphine ne quittait plus sa chambre. Tant que la lutte avait duré, l'espoir l'avait soutenue. Elle pressait le notaire, lisait les actes de vente, débattait les prix, faisait argent de tout et montrait que sa vaillance d'autrefois n'était pas entièrement éteinte ; mais, quand la ruine fut consommée, elle tomba d'un seul coup. En vingt-quatre heures on put constater sur son visage des traces d'affaissement telles que trois mois de maladie n'en auraient pas laissé de plus considérables. La vieillesse l'avait touchée.

Une semaine après le jour où la suspension de payement avait été déclarée, Clovis, tout effaré, entra dans le cabinet de Jacques.

— Monsieur, dit-il, je n'en croirais pas mes yeux si je ne savais pas qu'ils ont tout leur bon sens ! Madame Bernard est là.

— Eh bien ?

— Monsieur ne m'a pas compris ! Il s'agit bien de madame Bernard, la femme de monsieur ! Est-ce que j'aurais cet air bête si ce n'était que ça ?... Je la vois tous les jours madame Bernard ! C'est de madame Bernard que je veux parler... Madame Antoine Bernard de Château-Thierry... la mère de monsieur !

Mais déjà son maître ne l'entendait plus ; il s'était jeté du côté de la porte, et sa mère le reçut dans ses bras. Gertrude marchait derrière madame Bernard.

L'excellente femme n'était ni troublée, ni agitée. Elle prit la tête de son fils entre ses mains et le regarda bien en face, attentivement, pendant une minute.

Heureuse de son examen, elle l'embrassa de nouveau.

— Allons, dit-elle, tout va bien, l'œil est bon, il n'a pas vieilli ; regarde, Gertrude.

— Oui, le petit n'est pas mal, répondit la servante, m'est avis seulement qu'il ne faut pas le laisser ici... Où est ta chambre? Il faut que j'aille faire les paquets.

Madame Bernard entraîna son fils dans l'embrasure d'une fenêtre ; Gertrude les suivit.

— J'ai une sacoche dans la malle que j'ai fait descendre chez ton portier... Est-il sûr, cet homme? reprit la mère.

Jacques fit un signe affirmatif.

— C'est qu'elle vaut son pesant d'or, cette malle, poursuivit madame Bernard ; il y a dedans des sacs de beaux écus et des rouleaux de bons louis... tout ce que j'ai économisé. Gertrude grattait sur tout... nous étions bien trop sûres que ça servirait un jour... Tu vas payer tous ces coquins qui t'ont volé... Le notaire de là-bas m'a dit que tu étais ruiné... que tu devais des millions... des bêtises, quoi!... Tu sais que je n'y ai jamais cru à ces millions... ça me faisait penser à ton pauvre père! En avait-il comme ça en imagination! Le notaire parti, j'ai dit à Gertrude de serrer nos sacs dans la grande malle de bois avec quelques hardes et des provisions. En un tour de main, ç'a été fini... et nous sommes arrivées... Je voulais d'abord qu'elle restât au pays pour garder la maison ; elle n'a pas entendu raison... Tu sais comme elle est têtue !

— On vous connaît, dit Gertrude ; vous aviez envie

d'être seule pour embrasser le petit tout à votre aise...
C'est de la gourmandise !

— A présent, il faut prendre ce dont tu as besoin...
et tout laisser là, ajouta madame Bernard. Ta femme,
entre nous, me paraît un peu mijaurée... Tu lui diras
que nous la gâterons bien... Notre ville n'est pas comme
Paris, c'est clair, mais on y vit tout de même. La maison est sur la côte, en bon air ; on a la rivière à cent
pas et la campagne tout auprès... On lui donnera la
plus belle chambre... Tu me diras ce qu'elle aime ; elle
sera chez nous comme dans du coton... Au bout de six
mois, bien dorlotée, bien câlinée, elle ne pensera plus à
son tapage !... Un peu plus, un peu moins de robes,
qu'est-ce que ça fait ? Quant à toi, mon enfant, j'ai ton
affaire... Le curé s'est mis en quatre pour te dénicher
une place... Dame ! je lui ai donné assez de fleurs pour
son autel et, de plus, deux beaux chandeliers dorés ; il
s'est si bien remué qu'il t'a trouvé une bonne place pas
trop fatigante... dix-huit cents francs par an et six
heures de travail seulement... C'est sûr comme si tu
avais ton argent dans la poche... Débrouille-toi bien
vite de ta maison de banque et pars avec nous... Allons-
nous être heureux, là-bas !

Jacques, ému jusqu'aux larmes, embrassa madame
Bernard sur les deux joues.

— Tenez, dit-il, il n'y a que vous qui ayez du courage.

— Du courage, moi ! reprit-elle... Quel courage y
a-t-il donc à faire notre bonheur ?... Viendras-tu bientôt ?

Jacques eut quelque peine à faire comprendre à sa mère qu'il lui faudrait un assez long temps, un mois peut-être pour liquider ses affaires. Madame Bernard devint triste.

— Mais puisque l'argent est dans la malle, prends et paye, dit-elle.

— Ce n'est point aussi facile que vous le pensez, dit Jacques en souriant.

Madame Bernard, effrayée, se pencha à l'oreille de Gertrude.

— Qui sait! murmura-t-elle, il doit peut-être cent mille francs!

A tout événement, on consulta Joséphine pour savoir si elle consentirait, l'hôtel de la rue Taitbout étant vendu, à partir pour Château-Thierry. On lui aurait proposé de se rendre à Tombouctou ou à l'île de Nouka-Hiva, qu'elle n'aurait pas témoigné plus de surprise. Un sentiment de consternation succéda bientôt à l'étonnement. Exil pour exil, que lui importait la distance!

— Comme il vous plaira, répondit-elle d'une voix morne.

La vieille mère de Jacques eut pour sa bru des attentions et des tendresses de nourrice pour son enfant. Joséphine ne sortait pas de son abattement. Quand les architectes visitaient l'immeuble pour quelque client, elle se réfugiait au fond d'un cabinet noir où elle pleurait à chaudes larmes.

— Ah! ce n'est pas M. Lombardel, mon père, qui m'aurait ruinée! disait-elle.

Le soir, sa voix devenait acerbe en parlant à Jacques.

— C'est tout de même singulier, disait madame Bernard ; c'est mon fils qui a tout le mal, et c'est sa femme qui se plaint !

Son effusion et sa gaieté ne pouvaient rien contre le chagrin qui rongeait Joséphine.

— C'est comme s'il avait perdu ses enfants ! reprenait la mère... Tant de larmes pour des écus, c'est offenser le bon Dieu !...

XI

LES AMOURS D'UN TIGRE

Cependant Auguste ne vivait plus depuis la fatale journée qui avait vu la ruine de sa maison. Sa pensée allait, indécise et désespérée, de l'écurie au champ de courses. Plus de paris et plus de chevaux, partant, plus de joie, plus d'émotions, plus de triomphes ! Il fallait vendre *Macadam*, et *Farewell*, et *Titus*, et *Fancy*, et *Railway*, et *Locomotive*, et *Cosmopolite*, et *Miss Kat*, et vingt autres ! Il fallait congédier les jockeys et dire adieu au club. On ne le verrait donc plus sur le gazon, cher à sa jeunesse ! Un père est bien coupable de ne pas sauver dans sa ruine de quoi maintenir l'écurie de son fils !

La pente de l'habitude ramena Auguste chez la Madone le lendemain du jour où la faillite avait été publiquement annoncée. Il connaissait le cœur de sa maî-

tresse, elle compatirait certainement à son malheur ; à
défaut d'autre sentiment, la reconnaissance lui en faisait un devoir.

Au premier coup de sonnette la porte du pavillon
s'ouvrit. Victoire semblait guetter l'arrivée d'Auguste
dans une pièce du rez-de-chaussée.

— Ah ! venez vite, madame vous attend ! s'écria-t-elle
en courant vers lui.

Auguste soupira ; l'empressement de cet accueil le
touchait.

— Ah ! tu me comprends, toi ! dit-il.

— Pauvre cher monsieur, répondit Victoire, qui déjà
montait l'escalier, c'est madame qui vous comprend !

Et, leste comme un oiseau, elle introduisit Auguste
auprès de sa maîtresse.

La Madone était à demi couchée sur un tapis, un jeu
de cartes à la main.

— Eh bien ! vous savez tout ! dit Auguste, qui se jeta
sur un fauteuil.

— A peu près, répondit la Madone, qui posa le neuf
de pique sur le roi de carreau.

— C'est un coup de foudre... Tout est perdu !

— Vraiment ! Tout ? Pauvre garçon !... Contez-moi
donc ça, vous m'intéressez beaucoup, je vous assure...

— Ah ! je savais bien que vous me comprendriez !

— Ce cher Auguste... comme il me connaît !... Nous
disons donc as de cœur, huit de trèfle et roi de pique.

Et avec une profonde gravité la Madone aligna ses
cartes, quatre par quatre, sur le tapis.

— Eh! ça ne va pas mal, dit-elle en examinant les combinaisons du jeu.

Puis se tournant vers Auguste qui l'observait :

— Ne faites pas attention, reprit-elle, c'est une petite réussite, la réussite du matin... Continuez... Je ne perds pas un mot de ce que vous me dites.

Auguste lui baisa la main.

— Vous êtes bonne, dit-il.

— Très-bonne... Commencez quand vous voudrez... dix de carreau et dame de cœur.

Auguste commença son lamentable récit. Son père avait commis faute sur faute, étourderie sur étourderie : c'était le plus imprudent des hommes!

— Je le crois bien! il vous a mis au monde! s'écria la Madone d'un air tranquille.

Et paisiblement, comme un sage qui s'égaye après avoir élaboré une maxime de philosophie :

— Roi de trèfle, sept et six de carreau, as et valet de pique, ajouta-t-elle.

— Toujours gaie! dit Auguste qui s'efforça de rire.

— Toujours.

Auguste reprit la parole et ne lui cacha pas qu'il était tombé dans un état presque complet de dénûment.

— Quoi! reprit la Madone, qui ramassait son jeu de cartes, vous n'avez pas mis à part une bagatelle, quelque chose comme cent mille francs de rentes?

— Hélas! non!

— Quelle négligence!

Elle battit les cartes et recommença le jeu.

— Tenez, dit-elle, il faut que je m'amuse à faire une réussite pour vous.., Je vous dois bien ça ! et puis, qui sait ? ça vous portera peut-être bonheur !

Auguste suivit la marche du jeu d'un air embarrassé. Il avait bien quelque envie de se poser en héros et de jouer le stoïcisme, mais la force d'âme lui manquait.

— Que vais-je faire à présent ? reprit-il après un instant de silence.

La Madone releva la tête, et balançant le valet de cœur entre le pouce et l'index :

— Vous m'avez assez donné de conseils pour que je vous en rende quelques-uns, répondit-elle. Donc, mon très-bon, n'hésitez pas... vendez tout, l'écurie et les bibelots. Vous avez une paire d'alezans brûlés qui m'ont toujours plu...

— J'aurais voulu vous les offrir.

— Ne vous gênez pas, offrez ; mais si vos moyens ne vous permettent pas ces magnificences, et je le devine à un air que je connais bien, ne pleurez pas, j'achèterai les deux alezans à la vente... au Tattersall. Quant aux bibelots, si vous en avez, faites annoncer dans les journaux que la vente aura lieu chez vous. Tous vos amis iront ; l'amitié, vous le savez, est toujours prête à profiter des bonnes occasions... Je ferai mon choix... Pulchérie m'aidera... Je veux consacrer à cette acquisition une somme égale à celle que je vous avais confiée, il y a un an, pour cette affaire que vous m'aviez conseillée et où j'ai tout perdu... vous vous la rappelez bien ?

Auguste commençait à sentir l'aiguillon.

— Je ne m'en souviens pas bien, dit-il en balbutiant.

— Oh ! ne cherchez pas !... vous vous embrouille-
riez... c'est un dédale... Avec vous j'ai toujours perdu...
Ça m'a fait croire que vous ne me donniez pas, mais
que vous me prêtiez vos bons avis... c'était même de
l'usure ! Mais vous le savez, les petits profits entretien-
nent l'amitié... Comptez sur la mienne... gratis.

— Cette fois l'aiguillon s'enfonçait. Auguste voulut
sourire et grimaça.

— Vous avez de l'esprit, dit-il.

— Quelquefois.... Quand je n'en ai pas, j'en emprunte.

Un coup de sonnette retentit.

— Madame, c'est monsieur ! dit la camériste en sou-
levant la portière.

— Quel monsieur ? demanda Auguste.

La Madone le regarda des pieds à la tête.

— Ruiné et indiscret !... ah ! mon ami ! dit-elle.

Auguste fit un mouvement comme un homme atteint
par un coup de fleuret.

— Mais je veux être bonne jusqu'au bout, reprit la
Madone, monsieur est le marquis de Montallais, un de
vos amis, je crois ?... Oh ! je ne déroge pas !... N'est-ce
pas vous qui me l'avez présenté ?

Elle se leva et s'approcha d'un miroir pour rajuster
ses bandeaux.

— Vous conduirez M. Auguste Bernard, reprit-elle en
s'adressant à Victoire, et le ferez descendre par le petit

escalier... En attendant, faites entrer le marquis dans le boudoir.

La soubrette congédiée, la Madone se tourna du côté d'Auguste.

— Il faut que je vous quitte, dit-elle, venez me voir quelquefois le matin. Quand je serai seule, vous resterez à déjeuner ; vous me raconterez vos affaires. Si je puis vous être utile pour une place, disposez de moi... A présent, adieu, et partez vite.

La Madone ouvrit un cabinet de toilette et lui fit signe d'entrer.

— Il y a une porte de sortie tout au bout, là dans cet angle. C'est sir William qui l'a fait faire ; au bout du couloir vous trouverez ma femme de chambre.

Auguste était atterré. On ne pouvait pas dire que le langage de la Madone lui déchirait le cœur ; mais il sentait quelque chose qui l'indignait et l'humiliait tout à la fois.

— Ah ! c'en est trop ! dit-il en saisissant son chapeau.

La Madone referma la porte du cabinet de toilette, et souriant :

— Comprendriez-vous, par hasard ? reprit-elle. J'avais un vieux compte à régler avec vous... je le paye. Vous plaît-il de calculer les agréments que m'a rapportés votre connaissance ? S'il ne vous en souvient pas, moi je me rappelle, et nous liquidons, pour parler comme à la Banque. Il y a des personnes qui se libèrent de leurs dettes par à-compte lentement payés... je m'acquitte, moi, d'un seul coup... Quant aux intérêts de ma petite vengeance, je vous les sers depuis long-temps... Sir William m'y a aidée... il est homme à vous expliquer comment. Maintenant, un dernier mot : ne comptez jamais sur la reconnaissance d'une femme, mais comptez toujours sur sa rancune, et ne vous met-tez pas à l'avenir dans la position de la mériter : elle paye triple.

La Madone salua Auguste, souleva la portière de sa chambre et disparut.

Auguste hésita une seconde, mais cette dernière se-cousse avait brisé le triste ressort de son âme ; il sou-pira, ouvrit la porte du cabinet de toilette et s'éloi-gna.

La Madone trouva le marquis de Montallais dans son boudoir. Elle avait la figure rayonnante.

— Eh ! quel air de jubilation ! dit le marquis.

— Ce n'est rien... une petite exécution faite en assez bons termes, répondit-elle.

En ce moment, elle regrettait de ne pas avoir sir William sous la main ; elle lui aurait raconté de quelle manière elle avait congédié le fils du millionnaire ; mais depuis trois ou quatre jours elle n'avait pas vu l'Anglais. Elle ne s'inquiétait pas de cette absence inu-sitée ; quelque chose lui disait qu'il reviendrait.

Sir William, en effet, se présenta, une heure ou deux après, au pavillon de la rue Pigalle.

— Eh ! dit la Madone, vous êtes rare comme le bon-heur !

— J'ai eu des affaires assez sottes, répondit sir William, elles sont réglées ou à peu près.

— Bon! dans ce cas chacun de nous a eu ses aventures... Auguste est à la porte.

— C'est pourquoi, sans doute, vous recevez M. le marquis de Montallais?

La Madone assura son regard.

— Le marquis? voilà huit jours que je ne l'ai vu! dit-elle.

— Je viens de rencontrer son coupé bleu qui descendait la rue Pigalle.

— Tout le monde a le droit d'avoir un coupé bleu; la nuance n'est pas proscrite, que je sache; quant à la rue Pigalle, aucun réglement ne défend d'y passer.

— J'étais là, quand le marquis est sorti de chez vous.

— Eh bien! c'est vrai, après? dit la Madone, avec cette brusquerie qui s'empare des personnes souvent qui sont lasses de mentir.

— Après? répondit sir William, je vais vous le dire.

La Madone le regarda. La physionomie de sir William était sombre et dure.

— Eh! pensa-t-elle, le temps est à l'orage.

Elle alluma une cigarette et s'étendit sur un canapé.

— L'heure de la comédie est passée, poursuivit sir William. Vous savez que je vous aime comme un insensé; c'est une fièvre que rien n'apaise. J'ai voulu l'éteindre, j'y renonce, je suis vaincu; mais, en cédant, je ne veux pas que vous soyez à un autre.

— Diable! fit la Madone.

— Sir William fronça le sourcil.

— Écoutez-moi bien, reprit-il. Pour vous, rien ne m'a coûté, rien ne me coûtera. J'arrive de Londres, où j'ai trouvé des ressources qui me permettront d'assurer votre existence partout avec ce luxe qui est l'essence même de votre vie. Voulez-vous me suivre? Mon existence est à vous... Parlez.

La Madone poussa en l'air deux ou trois flocons de fumée bleue qu'elle suivit du regard sans répondre.

— Ne jouez pas avec cet amour, reprit sir William.

— Je ne joue pas... je réfléchis, dit la Madone ; mes cartes ne se trompaient pas ce matin ; elles m'annonçaient une grande nouvelle.

Elle changea de position et alluma une seconde cigarette.

— Votre amour, votre existence, c'est bien quelque chose, reprit-elle, en pesant les mots, mais j'ai mes habitudes... vous savez, chacun a les siennes.

Sir William pâlit, et, avec une émotion qu'il ne chercha pas à dissimuler :

— Voici la première fois de ma vie où j'ai parlé sincèrement et du fond du cœur, dit-il ; vous savez si je vous aime, ayez donc pitié de moi et mesurez bien mes paroles : je serai tout à vous, soyez toute à moi.

— Toute? c'est beaucoup.

La Madone poussait en l'air des bouffées de vapeurs qui s'en allaient en spirales et qu'elle suivait des yeux. il y avait dans son attitude plus d'ironie encore et de nonchalance que dans son accent.

Sir William se leva, prit un guéridon sur lequel il y avait des plumes, de l'encre et du papier, l'approcha de la Madone et s'assit auprès d'elle. Jamais la Madone ne l'avait vu si calme et si pâle. Quelque chose d'extraordinaire se passait en lui.

— Vous voulez écrire? dit-elle un peu émue.

— Non, tout cela est pour vous.

Il trempa une plume dans l'encre et la présenta à la Madone.

— Vous allez écrire à M. le marquis de Montallais, reprit-il, qu'il ait à ne jamais se présenter chez vous ; vous lui signifierez ce congé en termes nets ; la chose faite, vous me donnerez la lettre et je l'enverrai.

— Ah! et si je m'y refuse?

Sir William tira de sa poche deux petits pistolets et en fit jouer les ressorts.

— Si vous hésitez, ajouta-t-il, je vous casse la tête avec un de ces joujoux, et me fais sauter la cervelle après, avec l'autre!

— Ah ! vous plaisantez? s'écria la Madone.

— Regardez-moi.

L'expression de ce visage plus blanc qu'un linceul épouvanta la Madone. Elle voulut se lever; sir William la saisit par le bras et la rejeta sur le canapé.

— Je ne tiens à rien, continua l'Anglais; donc choisissez. Sans vous, que m'importe de vivre, mais si vous n'êtes pas à moi, vous ne serez à personne.

La Madone sentit tout son sang se figer dans ses veines.

— Mais c'est un cauchemar! dit-elle.

— Vous allez voir.

Sir William lui montra du doigt la pendule.

— Vous avez trois minutes, reprit-il; quand l'aiguille marquera l'heure, au premier coup du timbre, priez Dieu, vous serez morte !

La Madone fit un bond, l'Anglais la prit par les épaules avec une violence extrême; ses doigts, pareils à des tenailles, entrèrent dans les chairs, et toute meurtrie, elle retomba près de lui.

Il arma un des pistolets.

— Voyez, dit-il, il n'y a plus qu'une minute.

La Madone sauta sur la plume ; ses dents claquaient.

— Dictez, j'écris, murmura-t-elle.

Sir William dicta la lettre qui devait être envoyée au marquis de Montallais, la plume de la Madone volait sur le papier.

— Voyez, je signe, reprit-elle quand elle eut fini.

— Pensez-y bien, ajouta sir William qui plia la lettre dans son enveloppe, si vous en écriviez une seconde, vous ne m'échapperiez pas; je ferai demain ce que je ne fais pas aujourd'hui.

— Oh! ne craignez rien... je suis à vous, s'écria la Madone.

Elle se pencha sur la main de sir William et la baisa avec une tendresse humble et passionnée.

Sir William l'entoura de ses bras.

— Ah! tu m'aimes ! dit-il.

Cette fois la Madone avait trouvé son maître. Ce que

n'avaient pu faire la séduction, la jeunesse, l'esprit, tous
les efforts, toutes les prières, une heure de violence
venait de l'obtenir. L'étincelle avait jailli de cet amas
de cendres dont son cœur était composé ; ces meurtris-
sures qu'elle sentait sur son épaule endolorie lui étaient
chères. Il l'aimait celui-là qui, pour qu'elle fût tout
entière à lui, oubliait qu'il était un homme du monde et
la traitait avec la brutalité d'un charretier battant sa
compagne ! Elle aussi sentait enfin cette soif de
l'amour dont elle avait été rassasiée avant de l'avoir
goûté.

Quand elle fut seule, la Madone ouvrit la porte de sa
chambre, et, appelant sa camériste, pleine du besoin de
confesser sa défaite :

— Il a failli me tuer !... il m'a brisée !... je l'aime !
s'écria-t-elle.

C'était le cri de la bête fauve domptée par le belluaire,
de la tigresse vaincue par le tigre.

Cependant, sir William, qui n'avait pas vu sa mère
depuis la rencontre de Jacques et d'Hortense, trouva
chez lui des lettres qui l'appelaient coup sur coup à
Neuilly. Il s'y rendit sur-le-champ. Hortense l'attendait
au fond d'une pièce éclairée par une faible lampe.
Quelques jours l'avaient effroyablement changée ; ses
paupières étaient rouges, un cercle brun entourait ses
yeux fatigués de pleurer. Sir William courut vers elle
pour l'embrasser. Elle l'arrêta d'un geste.

— Vous souvient-il d'un jour où je vous ai parlé d'un
homme qui m'avait réduite à la misère et à l'abandon ?

lui dit-elle ; vous souvient-il du serment que je vous ai fait prêter d'être, partout et toujours, son ennemi le plus incapable et l'ennemi des siens?

— Comment aurais-je pu l'oublier? Vous m'avez nommé Jacques Bernard, et bien des fois mes lèvres ont effleuré cette cicatrice que vous portez là sur le front. J'ai tenu mon serment ; je me suis attaché au fils de cet homme, je l'ai circonvenu, et il m'a aidé dans cette œuvre de destruction pour laquelle je n'ai reculé devant rien. J'ai réussi au gré de mon envie. Jacques Bernard est ruiné. J'aurais pu le frapper dans sa vie, frapper son fils, vous ne l'avez pas voulu : je l'ai frappé dans sa fortune. Fiez-vous à moi, il n'a plus rien.

— Je le sais ; vous avez accompli cruellement, jusqu'au bout, cette œuvre terrible que je vous ai fait voir comme le but de votre vie et que je maudis à présent !

— Vous?

— Et ne voyez-vous donc pas que je pleure ! s'écria Hortense qui se tordait les mains.

— Mais qu'est-ce donc? dit sir William.

— Ah ! j'ai à vous demander pardon d'avoir allumé dans votre sang une fièvre qui l'a dévoré ; d'avoir, pour un but exécrable, pétri votre cœur dans la rancune et réveillé mille passions mauvaises qui devaient me servir dans ma haine, hélas ! et qui vous ont perdu, après avoir perdu Jacques !

En parlant ainsi, Hortense s'était agenouillée aux pieds de sir William.

— Ma mère, que faites-vous? s'écria-t-il.

— Elle céda à la main de son fils, qui s'efforçait de la relever, mais lentement ; puis debout et le front haut :

— Ne vous hâtez pas trop de me pardonner, reprit-elle, car, à mon tour, j'ai à vous demander compte d'un nom qui n'était pas le vôtre, vous le savez, et qui vous avait été confié. Dites, qu'en avez-vous fait?

— Que voulez-vous dire? répondit sir William d'une voix troublée.

— Vous m'avez bien compris! J'ai vu Jacques Bernard, il m'a tout appris, et si, tout à l'heure, un homme passait par cette porte et vous disait : Au nom de la loi, je vous arrête, qu'auriez-vous à répondre?

Sir William frissonna, et, malgré son audace, regarda du côté de la porte que le doigt de sa mère lui indiquait. Déjà il avait fait un pas en arrière.

— Regardez donc votre visage dans cette glace!... poursuivit Hortense en la poussant de la main... Vous voyez bien qu'il m'a tout dit !

Sir William baissa la tête sans répondre.

Hortense le couvrait de ses yeux.

— Et je doutais encore! s'écria-t-elle. Mais quelle chose a donc pu vous pousser jusque-là?... parlez!

— Et vous le demandez! Est-ce qu'au fond d'une existence perdue, il n'y a pas toujours un homme, quand c'est une femme qui tombe, une femme, quand c'est un homme? Et ne sommes-nous pas toujours, les uns en face des autres, comme des bêtes fauves toujours prêtes à se dévorer? Celle que j'ai rencontrée

14

s'appelle la Madone... vous savez ce qu'elle a fait de moi !

Alors, d'une voix nerveuse, saccadée, haletante, sir William raconta à sa mère toute cette histoire dans laquelle il s'était engagé en riant et fier du triomphe, et de laquelle il sortait tout en lambeaux. Pour conquérir et garder la Madone, pour assouvir ce désordre et satisfaire cet insatiable besoin de luxe, il avait tout donné, et quand il n'avait plus rien eu, il avait tout pris. Lui-même était tombé dans le gouffre. La confession fut longue et terrible. Sir William mettait son âme à nu.

— Je l'aime, et je n'ignore rien de ce qu'elle a fait !... Pour entraîner Auguste et le perdre, je l'ai même conseillée... Je l'aime et je la méprise !... Je l'aime, et il y a des heures où je la hais !... C'est une créature qui a marché dans toutes les pourritures de la vie... A quelle infamie n'a-t-elle pas goûté ! Quel limon infect ne l'a pas souillée !... Aucune illusion n'est dans mon cœur, et, sachant ce qu'elle est, ce qu'elle vaut, je l'aime !... Mon audace a rencontré son cynisme ; dans cette lutte horrible, j'ai été vaincu, et je l'adore... Il n'y a que la mort qui puisse me guérir !...

Hortense leva les mains au ciel dans le paroxysme de l'égarement.

— Dieu juste ! s'écria-t-elle ; flétrie par le père, et déshonorée par le fils... c'est trop !

Son secret venait de lui échapper, sir William lui saisit le bras.

— Jacques Bernard, mon père? dit-il.

— Eh bien! oui. Comprends-tu, maintenant?

— Ah! je suis maudit! s'écria sir William.

Quelques heures après cette conversation, sir William se présentait devant Jacques. Ce n'était plus l'homme superbe qu'on avait vu; toute confiance et toute témérité avaient disparu. Son visage portait la marque d'un bouleversement intérieur. M. de Maurs, qui était avec Jacques, en fut frappé.

Sir William s'approcha lentement de Jacques Bernard; il tremblait en marchant.

— Je viens de restituer à la caisse de votre maison une somme considérable dont j'étais votre débiteur, dit-il; je n'en ai gardé que ce qui m'est absolument nécessaire pour un voyage que je vais entreprendre prochainement.

— Si vous croyez me devoir quelque chose, je n'ai rien à dire, répondit Jacques; nous en parlerons à votre retour.

— Je ne reviendrai pas.

— C'est donc un adieu? reprit Jacques ému.

— Oui, répondit sir William, et plût à Dieu que je fusse parti plus tôt!

Jacques et sir William se regardaient; une émotion qu'ils ne songeaient pas à combattre les gagnait tous deux; M. de Maurs n'avait pas remué; ils l'oubliaient l'un et l'autre.

Sir William fit un pas.

— Si vous me pardonnez, reprit-il, daignerez-vous, monsieur, me tendre la main?

Jacques ouvrait les bras; M. de Maurs lui toucha légèrement l'épaule du bout du doigt.

— Voici ma main, je vous pardonne, dit Jacques en soupirant.

Sir William porta la main de Jacques à ses lèvres, l'y garda quelques instants, puis, faisant un effort, se dirigea vers la porte et se précipita dehors sans retourner la tête.

Jacques se couvrit le visage de ses mains; des larmes gonflaient ses paupières.

— Ah! dit-il à M. de Maurs, pourquoi ne m'as-tu pas permis de l'embrasser!

En quittant l'hôtel de Jacques, sir William se rendit chez la Madone. Pour la première fois de sa vie, elle attendait quelqu'un avec impatience, avec trouble, avec délices. Elle écoutait, elle était émue, elle respirait à peine, elle était heureuse; elle avait jeté sur ses épaules un fichu de dentelle pour qu'il pût voir les empreintes bleues laissées par ses doigts; c'était un signe auquel il reconnaîtrait qu'elle était son esclave.

— Ah! que tu tardais à venir! dit-elle en le voyant; et elle lui sauta au cou.

Sir William frissonna de la tête aux pieds, et sans lui rendre son baiser, il la porta sur un fauteuil.

— Mon Dieu! qu'y a-t-il? s'écria la Madone.

— Je pars, répondit William.

— Tu pars! et moi?

Le cœur de William sauta dans sa poitrine.

— Ah! reprit-il, oubliez ce que je vous ai dit, oubliez tout, je dois partir!

— Dites-moi donc que vous ne m'aimez plus, à présent que je vous aime! s'écria la Madone.

Elle l'entoura de ses bras.

— Pourquoi m'as-tu jetée à tes pieds, si tu voulais m'abandonner? continua-t-elle.

Cette violence, cet élan, cet accent passionné qu'il ne connaissait pas à la Madone et qui étonnaient la Madone elle-même, troublaient sir William. Son cœur battait à l'étouffer, le souffle brûlant de la courtisane passait sur son visage et portait la fièvre au plus profond de ses entrailles; un instant il faillit être vaincu, mais se dégageant de l'étreinte à laquelle il allait céder :

— Vous avez donc pris au sérieux cette comédie? dit-il.

Un éclair fauve brilla dans les yeux de la Madone; ses bras dénoués tombèrent le long de son corps.

— Ah! une comédie! répéta-t-elle d'une voix sèche.

Le coup avait porté. Sir William fit un effort; il avait la gorge serrée.

— Eh! ma chère! je vous croyais moins jeune! reprit-il, une petite scène de mélodrame, si vieille qu'on ne sait plus qui l'a inventée, deux petits pistolets bons à faire peur aux moineaux, quelques phrases empruntées à un auteur sifflé, et vous voilà désarçonnée?... Diable! vous avez l'âme prompte à la défaite!... C'est plus d'ingénuité qu'il n'en faut rue Pigalle!

14.

Les lèvres de la Madone étaient devenues blanches ;
elle enveloppa sir William d'un regard félin.

— On se corrigera, dit-elle.

Sir William tira de sa poche la lettre que la Madone
avait écrite la veille, sous sa dictée, à M. le marquis de
Montallais. Il la secoua d'un air impertinent du bout des
doigts, et souriant :

— Tenez, reprit-il, voici le petit billet impoli que
vous avez eu l'adorable naïveté de me confier ; je vous
le rends... s'il le recevait, ce pauvre marquis serait
capable d'en mourir.

La Madone prit le billet et le déchira en quatre morceaux.

— Merci, répondit-elle, j'en écrirai un autre. Le marquis ne mourra pas, au contraire !

Un nuage passa devant les yeux de sir William. Dans
sa pâleur mortelle et les narines gonflées par la colère
et l'humiliation, la Madone lui semblait plus belle qu'il
ne l'avait jamais vue. Si elle l'avait regardé, peut-être
serait-il tombé à ses pieds : mais, le sourcil froncé, les
lèvres frémissantes, elle attachait ses yeux pleins d'un
feu sombre sur le tapis. Le désespoir, la haine, l'amour,
l'orgueil se disputaient son cœur.

Sir William prit son chapeau qu'il avait laissé sur un
meuble et alluma un cigare.

— Adieu, dit-il.

La Madone se leva et lui tendit une main froide.

— Vous savez que vous ne repasserez plus cette porte,
répondit-elle.

— Je l'espère.

Sir William lança ce mot comme un duelliste le dernier coup qui doit mettre fin au combat ; s'inclinant alors
sur la main de la Madone, il la baisa et disparut.

— Et cependant ses lèvres m'ont brûlée ! murmura la
Madone, qui resta seule.

— Ah ! je me ferai tuer ! s'écria sir William quand la
porte du pavillon de la rue Pigalle retomba derrière
lui.

Quelques heures après, sir William prenait congé de
sa mère, et partait pour l'Algérie, où son intention était
de s'engager dans un régiment de chasseurs. Hortense,
qui le savait, ne s'y opposa pas.

— Ne pleurons pas, dit-il en l'embrassant ; j'ai tout
mon passé à faire oublier... Vous me pardonnerez si je
réussis.

XII

LES ADIEUX

Grâce à la somme qu'il avait reçue au moment où il s'y attendait le moins, Jacques Bernard venait d'obtenir un concordat. La liquidation de sa maison se poursuivait activement. On pouvait prévoir déjà le moment où elle serait terminée. Jamais Jacques, même à l'époque de sa plus grande prospérité, n'avait montré plus de de tranquillité.

Un matin, M. de Maurs l'entraîna dans une de ces promenades dont ils avaient contracté l'habitude. Ils se dirigèrent vers les bois de Chaville.

— Ce n'est pas une raison de s'ennuyer parce que tu es ruiné, dit Pierre gaiement.

— C'est au contraire, le moment de m'amuser, répondit Jacques sur le même ton.

Comme autrefois, au temps de leurs premières confi-

dences, ils s'assirent devant la table d'une petite au-
berge. Quelques œufs, une modeste gibelotte et une
bouteille de vin blanc composaient leur frugal repas.
C'étaient ceux que Jacques aimait le plus ; il est vrai
qu'il n'en prenait pas souvent de pareils.

— Ça, reprit M. de Maurs qui avait poussé la débauche
jusqu'à demander une tasse de café, j'imagine que,
toute affaire terminée, tu vas mettre la spéculation au
croc ?

— Moi? s'écria Jacques.

— Oui, toi.

— Jamais !

— Comment ! tu prétends continuer ?

— Sans repos ni trève ! Désarmer sur une bataille
perdue, mais tu n'y penses pas ! Crois-tu donc que si
Charles le Téméraire n'avait pas été tué, il aurait abdi-
qué? Je comprends Scylla et Charles-Quint. Ils étaient
victorieux !... Mais vaincu, renoncer à tirer l'épée !...
Allons donc !

— Tu parles comme un héros, mais cela me parait le
langage d'un fou, repartit Pierre.

— Eh bien! j'abandonnerai le style épique et, en
simple prose, je te dirai que l'existence que tu me pro-
poses, je n'ai pas d'abord les moyens de l'accepter...
Oublies-tu que je n'ai plus rien ! Un millionnaire qui ne
s'est pas réservé un million, c'est peut-être sot, mais
j'ai eu la fatuité de cette sottise.

— A ton tour, oublies-tu que nous avons, chez le père
Fortin, partagé les friandises des récréations, et que

nous pouvons encore partager le pain quotidien d'une
vieille amitié?

Jacques serra la main de Pierre.

— Merci, dit-il, c'est impossible... Si j'acceptais une
offre dont je sens tout le prix, j'aurais la fatuité de la
reconnaissance comme j'ai eu celle de la probité... la
reconnaissance, à présent que je ne suis plus banquier,
n'est pas ce qui me gêne. Mais comment se peut-il, après
les aveux que je t'ai faits, que tu n'aies pas compris que
le repos serait pour moi le pire des supplices; que rien
ne peut éteindre ce besoin de travail, de spéculation, si
tu veux, qui me dévore? S'il m'était permis de risquer
une antithèse dans une matière si vraie, j'ajouterais que
je ne sais rien qui puisse me fatiguer, si ce n'est le *far
niente*, et que pour moi, vivre de mes rentes, ce serait
mourir.

M. de Maurs battit la retraite sur la nappe du bout
des doigts.

— Tu es incurable, dit-il.

— Oui, incurable. Jamais je ne me suis senti le cœur
si léger et si allègre que depuis que je n'ai rien. C'est
le contentement du navigateur qui met à la voile et va
explorer de nouveaux horizons, après avoir secoué la
poussière de ses pieds sur les rivages qu'il a découverts.
C'est l'effort, c'est la fièvre, c'est l'inconnu, c'est le
hasard. L'édifice est écroulé; tant mieux! il s'agit de
reconstruire; mon premier soin sera d'en rassembler les
matériaux. J'y trouverai l'occupation... ce premier des
biens! Toi, tu aimes la science, les arts, la lecture,

êveries. Tu as mille ressources intérieures qui te suffisent... Tu admires une statue, un tableau, un paysage ; tu fais tes délices d'un livre, la musique te transporte... moi, je n'entends rien à toutes ces choses-là. Les chefs-d'œuvre de l'esprit humain me laissent froid. Devant la plus magnifique toile, à l'Opéra, aux Italiens, quand retentissent les inspirations des maîtres, la main sur un livre dont l'éloquence émeut les générations, je pense à des combinaisons financières et j'entortille des guirlandes de chiffres.

— Pauvre déshérité ! Être si pauvre quand on est si riche ! murmura Pierre.

— Puisque le chiffre a tout envahi... il faut que je retourne au chiffre comme le bœuf à l'abreuvoir auquel il a coutume de se désaltérer... c'est mon châtiment si tu veux, mais c'est ma vie et mon salut !

— Je n'insiste pas, reprit M. de Maurs ; va donc à la chasse aux millions, puisqu'il le faut !

— Il le faut, tu l'as dit. Sais-tu rien de plus ridicule qu'un millionnaire sans le sou ? Penses-y, et tu me comprendras. On ne peut chercher l'excuse de certaines situations que dans la durée. Si l'on tombe après avoir ébloui toute une ville, la foule des petits vous écrase et vous rend en dédains et en mépris ce qu'elle vous a donné en platitude et en servilité. Ceci est un autre côté de la question auquel tu n'as pas pris garde. Un pauvre qui pioche la terre pour gagner un maigre salaire est un manœuvre ; on n'a rien à dire : il fait honnêtement un métier honnête. Un millionnaire qui travaille pour

manger, et rien que pour manger, est un imbécile. Ce
n'est pas qu'il ait besoin, comme le vulgaire se l'imagine, de laitances de carpes et d'ortolans servis dans de
la vaisselle d'or ; mais, à côté des œufs durs et du
hareng auxquels son avarice le condamne souvent, il
faut qu'on sache que le million, c'est-à-dire le Roi, est
debout. A cette condition, on lui pardonne : on foule
aux pieds ceux qui trébuchent, on se prosterne devant
ceux qui se relèvent.

— Relève-toi, je ne m'y oppose plus ; mais à présent,
as-tu pensé aux voies et moyens, comme dit le chance-
lier de l'échiquier en présentant le budget à la Chambre
des communes ?

— Certainement ; mais ce n'est pas à Paris que j'éta-
blirai ma base d'opérations. Il y a en Amérique, à New-
York, une des capitales de l'argent, et pas une des moins
considérables, un certain homme qui, un jour, m'a dit,
avec un accent particulier et en me donnant une poignée
de main qui m'a broyé les os, que si jamais le terrain
manquait sous mes pieds, en France, je n'avais qu'à
partir pour les États-Unis et qu'il mettrait à ma disposition autant de capitaux que je le voudrais. Il paraît
que certaines théories dont j'émettais la proposition
devant lui en matière de finances, l'ont frappé dans le
temps de mes grandeurs et lui ont donné de mon génie
une opinion toute particulière. Donc je partirai pour
New-York.

— Ah ! tu crois au banquier américain, toi, un
homme nourri dans le suc et la moëlle des affaires? Si

tu t'occupais de poésie, je pourrais te citer à ce sujet un vers fameux :

Pour un homme d'esprit, vraiment vous m'étonnez!

— Eh! mon vieux Pierre, du temps qu'on jouait à la loterie, le quine sortait quelquefois! Et puis je n'arriverai pas chez mon Yankee les mains tout à fait nettes...

— Ah!

— Oh! non!... on n'est plus assez novice pour faire de ces expériences! Je veux bien, comme ce navigateur dont je te parlais tout à l'heure, descendre sur une plage inconnue, avec l'espoir d'y découvrir mille production succulentes, mais je débarquerai avec des provisions.

— Ça, ne m'avais-tu pas dit que tu n'avais plus rien, absolument rien?

— Sans doute, mais ne t'ai-je pas, toi? et c'est assez.

— Voici la meilleure parole que tu aies dite depuis une heure.

— Comme à l'époque lointaine où tu me vis entrer chez toi et t'emprunter cent francs, somme énorme, pour mener à bonne fin une spéculation en perdreaux, dans peu de jours tu me verras paraître à Auteuil, mais cette fois il s'agira de cent cinquante mille francs à peu près.

— Tu fais bien de me prévenir; je vais battre le rappel de mes petits capitaux... On n'a pas toujours cent cinquante mille francs de monnaie dans sa poche.

— Oh! tu as le temps, une semaine ou un mois.
Maintenant ne te berce d'aucune illusion. Il se peut
faire que tu attendes pendant des mois et des années le
remboursement de ce prêt, il peut se faire encore que
tu n'en revoies jamais un centime.

— Tu as donc aussi la fatuité de la franchise?

— Je les ai toutes... Tu sais, quand on emprunte!

— Bon! te voilà en route pour New-York, que fais-tu
là-bas?

— Qui sait!... Un chemin de fer... une banque... un
canal... une entreprise par actions pour la conquête de
Cuba... la traite des nègres... des plantations de cannes
à sucre... le défrichement d'une forêt vierge... le commerce des fourrures... l'exploitation des placers... une
société en commandite pour l'émancipation des
esclaves... Je tâterai le terrain... Peut-être bâtirai-je une
ville!

— Quinze jours après cette conversation, tout était
prêt pour le départ de Jacques. Pierre venait de lui
remettre les fonds qu'il avait demandés. Les malles
de Louis Ferrel étaient fermées; Marcelle préparait les
siennes. Cette persistance qu'elle mettait à vouloir le
suivre dans son émigration touchait et affligeait Jacques
tout à la fois. Il ne savait comment faire pour s'y oppo-
ser, et il redoutait pour elle les hasards et la solitude
d'une vie qui allait s'écouler au milieu d'êtres inconnus.
L'heure des adieux allait pourtant sonner.

Jacques, fort perplexe, fit auprès de sa chère filleule

une démarche dernière. Il insista avec une force nouvelle sur les fatigues et les périls même de cette entreprise incertaine. Que deviendrait-elle si la fortune ne lui
était pas favorable? Quelles seraient ses craintes per-
sonnelles si la mort le surprenait dans un pays lointain,
où Marcelle resterait sans protecteurs, sans amis?

Malgré la promesse qu'il avait faite, il prononça une
fois encore le nom de M. Guillardin.

Marcelle sentit comme une secousse dans sa poitrine,
et relevant le front :

— Croyez-vous qu'il me soit bien difficile de gagner
un morceau de pain en Amérique? dit-elle ; fût-il amer
et trempé de larmes, il me semblera doux si mes lèvres
ne sont pas obligées de prononcer un nom qui n'est pas
dans mon cœur!

Jacques fut vaincu.

— J'ai fait mon devoir, dit-il, que la Providence fasse
le sien !

Un matin, Fernand cherchait dans l'hôtel de la rue
Taitbout, mis en vente, quelques objets auxquels Joséphine Lombardel tenait beaucoup, et que Jacques avait
prié M. de Maurs de sauver du naufrage, afin de les
remettre à sa femme après son départ. Un sentiment
d'inquiétude et de regret agitait Fernand; il s'était
habitué à voir Marcelle, à lui parler, à l'écouter. Cette
raison tendre, cette parole onctueuse et chaude, ce
dévouement délicat et silencieux dont tous ceux qui
entouraient la jeune fille éprouvaient les effets, le pénétrait doucement, comme une eau nourricière pénètre le

gazon. Fernand ne pouvait s'empêcher de frissonner à la pensée qu'il ne la verrait plus. Quelle autre la remplacerait jamais, et près de qui trouverait-il cette grâce complaisante, cette intelligence active et charmante que le cœur inspire et qu'on regrette aussitôt qu'on les a perdues?

La présence des lieux où il l'avait vu si souvent augmentait cette disposition. Malgré lui, Fernand se complaisait à poursuivre ses recherches. Par quelle influence fatale, inexplicable, avait-il été contraint de donner son cœur à une femme dont tous les sentiments le révoltaient, de le fermer à celle vers laquelle l'appelait la meilleure partie de lui-même? Il ne pensait plus à l'objet de sa visite et la prolongeait encore, lorsqu'il se souvint à propos qu'il avait besoin d'un renseignement que Marcelle seule pouvait lui donner. Il monta chez elle précipitamment; la porte de sa chambre était ouverte; après un moment d'hésitation il entra. La chambre était vide. Sur la table où étaient les menus objets à l'usage de Marcelle, un buvard, une corbeille à ouvrage, des plumes, des crayons, des écheveaux de soie, du papier, il aperçut sur un petit chevalet, un portrait à la mine de plomb, large à peine comme la main. Il crut se reconnaître et l'examina de plus près. Il ne s'était pas trompé; ce portrait était le sien. Jamais il n'avait posé; Marcelle l'avait crayonné de mémoire. Tout auprès se trouvait un écrin de velours dans lequel le dessin devait être renfermé.

Fernand regarda, tout ému, l'image posée sur le petit

chevalet. Un coffret ouvert sur la table contenait ce que Marcelle avait de plus précieux. Parmi ses modestes bijoux de jeune fille, se trouvait un paquet de lettres entouré d'un fil de soie. Fernand crut reconnaître son écriture ; il souleva le paquet ; toutes les lettres qu'il avait écrites à Marcelle étaient là, bien serrées. Elle les emportait aussi. Une place était auprès, dans le coffret, pour l'écrin de velours. Fernand, quoique seul, sentait que le cœur lui battait. Un parfum d'amour et de chasteté s'exhalait de cette chambre où le hasard l'avait conduit. Il oublia Léonie et sortit bouleversé.

A quelques pas de la porte, il rencontra Jacques et lui demanda où était Marcelle.

— Dans le jardin, répondit Jacques.

Le banquier allait passer ; mais l'altération des traits de son jeune ami, l'accent particulier de sa voix l'avaient frappé. Une idée s'empara de lui ; il s'arrêta.

— Auriez-vous à lui parler, par hasard ? dit-il.

— Non... je la cherchais cependant... Son nom est venu sur mes lèvres en vous voyant... On pense à elle malgré soi...

— Eh bien ! reprit Jacques d'une voix lente et en appuyant sur chaque mot, vous arrivez à propos... j'avais besoin d'un auxiliaire... vous serez le mien.

Il passa son bras sous celui de Fernand.

— Vous êtes l'ami de Marcelle, n'est-ce pas ? dit-il au jeune homme.

— Sans doute.

— Vous n'ignorez pas qu'elle veut me suivre. Cepen-

dant je voudrais qu'elle épousât mon ancien commis,
M. Guillardin, qui l'aime... Elle aura un mari, des
enfants, le repos... A défaut de bonheur, c'est quelque
chose... Vous seul pouvez la décider, décidez-la.

Cette idée que Marcelle appartiendrait à un autre, au
moment où il pensait à elle, produisit sur l'esprit de
Fernand cette impression de froid qu'on ressent en
passant d'un jardin plein de lumière dans l'ombre d'un
caveau.

— Allez vite, poursuivit Jacques tranquillement, il n'y
a pas une minute à perdre... Vous savez que je pars
bientôt.

Fernand descendit rapidement le perron de l'hôtel, et
découvrit Marcelle devant une corbeille de fleurs. Il la
rejoignit au plus vite.

— Madame Bernard avait des bouquets autrefois
dans sa chambre, dit Marcelle ; j'essaie de lui en composer un.

Fernand marcha à son côté ; Marcelle avait la tête
nue ; la pensée qu'elle procurerait un instant de plaisir
à une pauvre créature que l'adversité trouvait sans
force, égayait la physionomie de l'aimable fille.

— Il est si triste de n'être rien pour personne! reprit-
elle.

— Voilà une crainte que vous ne pourrez jamais
avoir, répondit Fernand ; ici, tout le monde vous
aime.

— Oh! moi je ne me plains pas.

— Est-ce donc pour cela que vous partez?

Marcelle ne répondit pas; ses mains tremblaient en coupant la tige des fleurs.

— Ce départ est-il irrévocable? poursuivit Fernand.

— Oui, repartit Marcelle... je n'ai plus rien à faire ici.

— Ne vous souvient-il pas de ce que je vous ai dit à propos de la petite maison d'Auteuil? Vous n'y trouverez que des cœurs amis.

Un grand trouble s'empara de Marcelle.

— Non, non! c'est impossible, dit-elle d'une voix étouffée.

— Alors, si cet asile vous déplaît, n'êtes-vous pas maîtresse d'en choisir un autre? Un homme vous aime, il a demandé votre main.

— Qui vous l'a dit? s'écria Marcelle en rougissant.

— M. Jacques Bernard lui-même. Il regrette de vous voir partir; un mariage avec M. Guillardin lui paraît une chose plus raisonnable... Il m'a chargé de vous en parler.

— Et c'est vous qui!... ah! vous êtes cruel!

Marcelle se tut; ses yeux brillèrent tout à coup comme si des larmes étaient prêtes à s'en échapper. Elle cueillit des brins d'herbe et les noua autour de son bouquet.

— M. Jacques Bernard sait bien que je ne veux pas me marier, reprit-elle, je le lui ai déjà dit; s'il le faut, je le lui répéterai.

Fernand l'attira doucement vers ce petit banc où une première fois il avait parlé à Léonie.

— Cependant, continua-t-il, si quelqu'un qui a pu lentement pénétrer dans votre cœur et deviner quels trésors de tendresse il recèle, qui, un temps, malade, fiévreux, ébloui, égaré, vous doit ses heures les meilleures et les plus douces ; si quelqu'un qui, chaque jour, a senti plus de bonheur à vivre près de vous, à savourer le charme de votre voix, le pur rayon de vos yeux, la bonté persuasive de vos paroles, vous demandait de rester près de lui, que répondriez-vous ? Si, fasciné d'abord et pris de vertige, il avait patiemment fouillé au plus profond de son être, pour savoir s'il ne restait aucun vestige d'un passé qu'il repousse, aucune trace d'une image qu'il répudie, afin d'être sûr de lui comme il est sûr de vous ; si, bien maître de sa pensée, libre, délivré, heureux, il vous disait : « Marcelle, je vous aime ! » Que feriez-vous, Marcelle ?

Marcelle, toute frissonnante, écoutait Fernand ; ses deux mains emprisonnées palpitaient entre les siennes. Elle était sans voix, sans haleine. Ses yeux baignés de pleurs ne voyaient plus confusément qu'un visage ému, passionné qui se penchait vers elle, et dont les regards lui disaient en un langage de feu : « Ce que tu entends, c'est vrai : je t'aime et n'aime que toi ! »

Fernand se mit à ses genoux, et sans quitter ses mains :

— Marcelle, reprit-il, voulez-vous être ma femme ?

La tête de Marcelle tomba sur son épaule.

— Ma vie est à vous, dit elle.

Elle ferma les yeux, et leurs lèvres se rencontrèrent.

— Ah ! que Dieu te bénisse, toi par qui j'aime encore, toi par qui j'aimerai toujours ! s'écria Fernand.

Il eût été bien difficile de savoir lequel fut le plus heureux, en apprenant cette nouvelle, de Jacques ou de M. de Maurs. L'un embrassa Marcelle en l'appelant sa fille ; l'autre embrassa Fernand.

— Enfin ! s'écria Jacques, le bonheur est donc par hasard intelligent !... Il a touché de sa baguette une femme qui le mérite !

Puis, d'un air narquois, il ajouta :

— J'y ai bien un peu aidé... Le cœur de Fernand oscillait ; il fallait une secousse pour le faire tomber du côté où il penchait ; je l'ai donnée.

— Et toute ma vie se passera à vous en remercier ! s'écria Fernand.

Cependant le jour du départ de Jacques pour l'Amérique était fixé. Il ne restait plus à décider que le choix de la retraite où Joséphine Lombardel se retirerait. Léonie lui avait offert un appartement dans son hôtel. La mère hésitait à l'accepter.

Elle se décida cependant à rendre visite à sa fille pour prendre les dispositions indispensables. Une femme de chambre la reçut et courut prévenir madame Colombey. Un moment après, cette fille reparut.

— Madame est en affaires et prie madame d'attendre, dit sèchement la femme de chambre.

Léonie déjeunait avec M. de Bréhal. Le rouge monta au visage de Joséphine. Elle buvait les premières gouttes du calice.

15.

Bientôt après, madame Jacques Bernard entendit la voix de sa fille qui parlait dans la pièce voisine.

— Je ne serai pas longtemps, disait-elle, la calèche est attelée ; dans une heure vous me trouverez au Bois.

Elle entra ; Joséphine lui fit part du motif de sa visite.

— C'est fort simple, répondit Léonie ; il y a, au second étage de l'hôtel, une pièce vide qui ne sert à rien... je voulais en faire une lingerie, j'y renonce en votre faveur... Vous y ferez porter les meubles qui sont à votre usage et vous vous y établirez... Nous ne dînerons pas toujours ensemble... M. Colombey a des amis qui ont l'habitude de notre intimité... une étrangère les mettrait mal à leur aise... Quant au déjeuner, on vous fera servir en particulier... Le matin, je suis fort occupée... Vous serez libre, le soir, de rentrer chez vous... je vais beaucoup dans le monde ou au théâtre... A votre âge, cette agitation vous fatiguerait... et puis mes connaissances ne sont pas les vôtres... Vous recevrez vos vieilles amies dans votre chambre... S'il vous plaît même de leur offrir une tasse de thé, vous préviendrez le maître d'hôtel... Adieu... je vous laisse... ma toilette n'est pas terminée, et j'ai un rendez-vous auquel je ne veux pas manquer.

Léonie s'éloigna ; Joséphine retourna chez elle le cœur gros. Elle comprenait enfin ce que Jacques savait depuis longtemps, qu'elle n'avait pas de fille ; elle comprenait aussi que ce pouvait être quelquefois une cause de chagrin ; seulement, il était un peu tard pour s'en apercevoir. Cependant, il fallait prendre un parti. L'idée de suivre son mari n'était pas venu à Joséphine.

Madame Jacques Bernard pouvait au besoin louer une maison de campagne et s'y établir; mais la solitude l'effrayait. La maison de Château-Thierry lui semblait un tombeau. Comment vivre hors de Paris?

Marcelle devina ce qui se passait en elle.

— Me permettez-vous d'agir à ma fantaisie? dit-elle à Fernand.

— Ah! Dieu! n'êtes-vous pas, ne serez-vous pas toujours la maîtresse de ma vie? n'avez-vous pas l'inspiration du bien?

Alors, et avec une délicatesse qui prenait sa source dans son cœur, Marcelle demanda à Joséphine de passer une saison à Auteuil.

— Ce ne sera pas la magnificence que vous trouveriez chez M. Colombey, dit-elle, mais vous m'apprendrez à tenir une maison. Le service que vous me rendrez ne vous enchaînera pas, d'ailleurs... Au premier ennui, vous serez toujours libre de rentrer dans l'hôtel de la rue Blanche.

— Ah! tu me sauves! s'écria Joséphine.

Et elle embrassa Marcelle avec une effusion qu'elle n'avait jamais eue.

— Pauvre femme! murmura Fernand, les bienfaits de sa fille lui font peur!

Rien ne s'opposait plus au départ de Jacques. Il avait arrêté sa cabine sur un paquebot en partance au Havre. Madame Colombey fut informée du jour où le chef

de la famille quitterait Paris. On la vit arriver en calèche. Elle offrit à son père, et de la part de son mari,
des lettres de recommandation. Quant à Léonie, elle ne
pouvait pas le suivre jusqu'au Havre et le voir s'embar-
quer, comme elle en avait eu d'abord le projet. M. de
Bréhal lui avait envoyé des lettres d'invitation pour le
bal du ministre des affaires étrangères. Les intérêts de
M. Colombey exigeaient qu'elle s'y présentât.

— Adieu, et bon voyage, mon père ; je ne reviendrai
pas, dit-elle en finissant ; ces séparations sont trop
cruelles pour ma sensibilité ; j'ai les nerfs tout ébran-
lés.

Elle abrégea les derniers moments, se sauva, et bientôt après sa voiture roulait dans la direction des
Champs-Élysées.

Auguste parut après sa sœur. On lui voyait cet air
maussade qu'il ne quittait plus depuis que son père, en
déposant son bilan, avait négligé de lui constituer
d'honnêtes petites rentes qui lui eussent permis de faire
figure dans le monde. Il le boudait consciencieusement.
Auguste regrettait d'ailleurs de ne pas pouvoir conduire son père un bout de chemin : ses nombreuses
occupations l'en empêchaient.

— Bonne chance ! dit-il ; vous m'avez fait bien du
tort, mais je ne vous en veux pas.

Il l'embrassa et partit un cigare à la bouche.

— Si on lui cassait les reins, ferait-on mal ? disait
M. de Maurs.

Pierre, Marcelle et Fernand accompagnèrent Jacques

au Havre. La route se fit silencieusement. Tous quatre
montèrent sur le bateau qui chauffait et restèrent avec
le fugitif jusqu'à un mille du port. Là Jacques embrassa
ses derniers amis. Il était le plus ferme entre tous. Et
comme ils lui disaient adieu :

— Non pas adieu, mais au revoir ! s'écria-t-il ; je ne
suis pas de ceux qui sombrent... Demandez à Clovis !

— Non, monsieur, c'est écrit, comme dit Platon, répliqua le bon Clovis mélancoliquement assis sur un sac
de nuit.

Au moment où la chaloupe montée par M. de Maurs,
Marcelle et Fernand s'éloignait, ballotée par les lames,
un canot, qu'on avait vu quitter le port en même temps
que le bateau à vapeur, abordait le navire qui avait mis
en panne, et une femme s'élançait sur l'échelle. Jacques
venait de reconnaître Hortense.

Il courut au-devant d'elle.

— Quoi ! vous ! s'écria-t-il avec un sentiment de joie
profonde.

— J'ai voulu être la dernière à vous serrer la main,
dit-elle, la dernière à vous embrasser... Cette pensée
que je vous ai fait tant de mal m'obsède... Ne gardez-
vous là rien contre moi ?

— Rien, répondit Jacques.

Il prit le bras d'Hortense et ils firent ensemble un
tour sur le pont.

— Nos minutes sont comptées, reprit Hortense ; un
jour, il y a bien des années de cela, vous m'avez donné
une bague...

— Je la connais... je l'ai revue une fois... elle était
au doigt d'une femme qui n'est plus.

— La voilà... M. de Maurs me l'a renvoyée dernière-
ment dans une lettre. Reprenez-la. Ce sera entre nous
le signe visible que vous me pardonnez, le signe de la
bonne alliance.

Jacques prit la bague et la passa silencieusement à
son doigt. En une minute, et comme dans un miroir
magique, il revit l'appartement de la rue Laval, l'humble chambre et le lit modeste qui si longtemps l'avait
abrité, et dans lesquels son cœur avait battu. Que diffé-
rente eût été sa vie, si alors il eût cédé à la voix de la
jeunesse !

« C'était écrit ! » murmura une voix à son oreille.

Jacques tressaillit. C'était Clovis qui s'était endormi,
et dont la bouche répétait encore son dicton favori.
Cette voix qui répondait à sa pensée tira Jacques de sa
rêverie.

« Oui, c'était écrit ! » répéta-t-il en soupirant.

Jacques comprit, à certains mouvements, que le capitaine allait donner ordre d'appareiller. Le pilote
n'était plus à bord. Il saisit la main d'Hortense.

— Vous écrirez à sir William, dit-il ; dites-lui que je
lui pardonne, dites-lui que je l'aime.

L'heure de la séparation était venue. Hortense descendit dans le canot qui suivait le navire à la remorque,
et bientôt après elle s'éloigna, bercée par le long sil-
lage que traçait le bateau dans sa fuite. Jacques, ap-
puyé sur le bastingage, la salua de la main ; les côtes

de la France s'effacèrent à l'horizon, derrière un voile de brume ; un point noir, suspendu à la surface de l'eau, lui indiquait la place où était Hortense, puis tout disparut, et la mer immense l'entoura.

Un instant la poitrine de Jacques se gonfla et le flot de la tristesse l'envahit ; mais il releva le front comme un lutteur :

— Haut le cœur à présent, dit-il, la bataille de la vie recommence !

·   ·   ·   ·   ·   ·   ·   ·   ·   ·   ·   ·   ·   ·   ·   ·   ·   ·

XIII

LES DEUX COUSINES

Un temps s'est passé ; tandis que Jacques Bernard va tenter en Amérique ce suprême voyage des Argonautes, poursuivant la toison d'or, peut-être conviendrait-il de retourner à Paris et de jeter un coup d'œil sur la situation que les événements ont faite aux personnes qui lui tiennent le plus près par les liens du sang. On verra quelle résistance elles ont opposée aux coups du sort et quelle route elles ont suivie.

Entrons dans le chalet d'Auteuil. La saison froide a ramené les hôtes accoutumés de cette retraite aimable. Fernand et Marcelle viennent de passer un an dans la terre achetée par M. le comte de Maurs, dans le Maine. Ils ont goûté dans sa plénitude et son abondance, cette vie simple, active et saine que donne la campagne. Un jeune enfant égaye la famille. Ses premiers pas s'es-

sayent sur un tapis. Il chancelle, il trébuche ; sa mère
accourt, il sourit. Fernand est dans son cabinet : les fenêtres s'ouvrent sur le jardin où chante le rouge-gorge :
c'est là qu'autrefois Alice travaillait. Le portrait de sa
mère est devant lui. Tout la rappelle dans ce lieu imprégné de son souvenir. C'est elle qui a mélangé les
fleurs et les fruits de cette tapisserie ; c'est elle encore
qui a peint ces aquarelles suspendues au mur dans des
cadres de bois sculpté. Les tons bruns d'un mobilier de
chêne se marient aux reflets mats d'une tenture de velours vert ; quelques objets d'art se voient sur des con-
soles ; une grande bibliothèque occupe tout un côté de
ce cabinet ; en face est la cheminée ornée de grands
vases du Japon qui encadrent une magnifique pendule
servant de piédestal à une terre cuite signée d'un nom
illustre. La table devant laquelle Fernand est assis est
chargée de volumes et de papiers. Il écrit. Le jour est
clair et limpide. Une protection invisible maintient le
silence autour de cet asile du travail. Dans cette campagne, qu'il vient à peine de quitter, on aime Fernand ;
à Paris, on l'estime. Il est dévoué tout entier à cette revue que son père a fondée. Il la dirige ; elle est devenue
un des recueils d'art et de science les plus remarqués.
Son esprit trouve sa récompense même dans ce travail
qui le fait participer au mouvement général des idées et
aux découvertes de l'intelligence.

Dans une pièce voisine se tient Marcelle. Sa beauté a
pris un nouveau caractère ; elle a ce quelque chose que
donne le dernier coup de pinceau du maître à la toile

qu'il a le plus caressée ; elle plaît, elle attache, elle est
tout intérieure ; c'est le reflet d'une âme heureuse sur
des traits charmants. Marcelle a son enfant, c'est-à-dire
tout un monde devant elle. Ses yeux ne le quittent pas,
elle le voit même sans le regarder, et la tête penchée
sur une broderie ou les mains sur les touches d'un
piano. La musique ne la distrait pas de cette douce surveillance qu'elle ne partage avec personne ; au travers
des mélodies qui s'échappent en ondes sonores de ses
doigts, elle entend le frais gazouillement de ce petit
être qui trotte lentement le long des fauteuils, et s'arrête parfois, étonné du chemin qu'il a parcouru.

Cette tendresse profonde, ardente, exclusive, que
Marcelle a vouée à Fernand aussitôt qu'elle l'a connu,
ne s'est pas attiédie ; elle est telle après deux ans qu'aux
premiers jours de leur union ; Fernand la partage. Il
devinait ce que Marcelle valait ; il le sait à présent. Il
s'étonne d'avoir tardé si longtemps à le comprendre.
On sent, dans son attitude auprès d'elle, le désir de racheter la maladresse qu'il a eue de ne pas conquérir le
bonheur plus tôt.

La matinée appartient au travail ; elle est prompte à
s'écouler ; le soir appartient aux amis et aux relations
du monde. Les œuvres nouvelles que le succès consa-
cre, on les connaît ; les bons livres ont leur place marquée dans la bibliothèque ; souvent M. de Maurs en fait
des lectures à haute voix. Assez de personnes connaissent le chemin du chalet d'Auteuil pour qu'on ne perde
jamais rien du charme de la solitude. C'est une solitude

animée, une solitude où toutes les choses que l'esprit
désire et cultive ont leur écho. La satiété ne peut jamais s'y faire sentir.

M. de Maurs vit entre son fils et sa fille. Son petit-fils
lui fait faire des folies.

Une ombre cependant existe à ce tableau.

Aux heures des repas, quelquefois, mais à intervalles
inégaux, une femme apparaît dans la salle à manger.
Elle est grande, sèche, maigre ; ses yeux brillent d'un
éclat vitreux ; le rayon de l'intelligence y chancelle.
Personne ne reconnaîtrait Joséphine Lombardel, la
emme de Jacques Bernard. Elle a vieilli de quinze années ; ses cheveux ont blanchi ; ses mains longues et
décharnées tremblent continuellement. Elle s'avance
d'un pas lent, égal, silencieux. Marcelle lui offre le
bras ; elle s'assied, regarde autour d'elle, salue de la
tête et pose ses mains sur la table. C'est à peine si elle
mange. Quand l'enfant tourne la tête, elle le contemple
un instant, sourit et soupire presque aussitôt.

— Moi aussi, j'ai eu Auguste ! dit-elle.

Quelquefois elle fait deux ou trois tours d'allée de ce
même pas monotone. Marcelle l'accompagne et lui
parle ; Joséphine l'écoute, répond par monosyllabes,
baisse les yeux et se tait. Son esprit est dans le passé.
Quand elle se sent lasse, elle remonte dans sa chambre,
remercie Marcelle qui la soutient, l'embrasse sur le
front et se laisse tomber dans un fauteuil. Les mains
croisées sur les genoux, elle reste immobile jusqu'au
soir. L'ombre vient et rien ne la distrait de son attitude.

Il lui arrive, à de longs intervalles, et quand elle cède aux prières de Marcelle, de faire une promenade en voiture aux environs d'Auteuil ou même à Paris. La vue des Champs-Élysées et des boulevards semble la réveiller par éclairs. Le tourbillon des chevaux, le bruit, la foule, font monter un peu de sang à ses joues ; elle serre sans parler la main de Marcelle ; un soupir gonfle sa poitrine.

— Te le rappelles-tu ? dit-elle ; j'allais à Longchamps ; chaque année je renouvelais mes équipages... j'avais une livrée bleu et or... Personne n'allait plus vite que moi. Tu ne voulais jamais m'accompagner.

Marcelle ne veut pas se souvenir qu'on ne lui offrait jamais de sortir.

— Attendez encore quelques mois, répond-elle, ce beau temps reviendra ; M. Jacques Bernard est en Amérique... Qui sait !... c'est l'homme des miracles, de lui on peut tout espérer.

Joséphine hoche la tête ; elle ne parle plus et regarde les magasins devant lesquels passe la multitude ; elle est retombée dans son indifférence, mais jamais elle n'a voulu rentrer dans la rue Taitbout.

Un jour le cocher y poussait la calèche. Joséphine reconnut la maison qui fait l'angle du boulevard, elle se leva toute droite, et, saisissant le cocher par le pan de sa longue redingote :

— Non ! non ! pas là ! s'écria-t-elle, c'est la rue de l'hôtel !

Ce fut comme un flot de lave sortant tout enflammé d'un amas de cendres et de scories.

Joséphine a suivi Marcelle et Fernand à la campagne.
Elle a été dans le Maine telle qu'on l'a vue à Auteuil,
morne et silencieusement désespérée. Elle semble ne
rien désirer. On lui proposerait de s'enfermer toute
l'année dans un cercle de forêts infranchissables qu'elle
ne tenterait rien pour échapper à son sort. Le coup qui
l'a frappée ne l'a pas abattue, il l'a brisée. Son corps
est en dissolution, son âme s'éteint. La seule personne
dont la présence paraît lui faire du bien, qu'elle ac-
cueille, qu'elle retient, c'est Marcelle.

Quand elle est restée quelques heures sans la voir,
Joséphine est inquiète ; elle la cherche, elle la demande ;
il se passe en elle quelque chose qui rappelle ce vague
et touchant effroi dont les enfants sont saisis quand ils
ne voient plus leur nourrice. Marcelle a pour sa tante
des soins dont la tendresse et la continuité feraient
honneur à la meilleure des filles. Elle paye à la femme
la dette de reconnaissance qu'elle a contractée envers
le mari. Des sentiments confus s'agitent dans le cœur
de Joséphine.

Un jour, à la campagne, elle attira Marcelle sur sa
poitrine, et, collant sa bouche contre l'oreille de sa
nièce :

— Me pardonnes-tu ? dit-elle.

Les larmes vinrent aux yeux de Marcelle.

— Moi ! répondit-elle, je vous aime !

Joséphine se mit à pleurer. Ses lèvres, en remuant,
prononcèrent le nom de Léonie. Quel abîme entre les
deux cousines !

La vicomtesse de Maurs a prévenu, dès son retour, madame Colombey de l'état pénible de sa mère. Léonie s'est fait attendre huit jours. Elle a rejeté ce retard sur les devoirs du monde ; son temps ne lui appartient plus. Quand elle s'est montrée dans la chambre de madame Bernard. Joséphine a été prise d'un tremblement nerveux. Elle s'est levée et l'a regardée avec une sorte d'effroi, en se pressant contre Marcelle dont elle avait saisi la main. La visite n'a pas été longue.

— Ce spectacle me fait du mal, a dit Léonie, je suis trop sensible, j'ai les nerfs trop délicats pour en supporter la triste vue.

Elle a drapé son grand cachemire autour de ses épaules, a tourné la tête à demi pour se voir dans une glace, et a pris congé de Marcelle.

— Adieu, mignonne, a-t-elle repris en choisissant sa pose dans sa calèche, je suis tout ébranlée ; ne m'attendez pas de quelques jours.

Joséphine était collée contre les vitres, regardant la voiture de sa fille, épiant son départ. Quand elle l'eut perdue de vue derrière un nuage de poussière, elle descendit l'escalier d'un pas nerveux et s'approchant de Marcelle :

— Reviendra-t-elle ? est-elle venue pour m'enlever ? dit-elle.

La vicomtesse de Maurs l'a comprise.

— Rassurez-vous, répondit-elle, nous ne nous quitterons jamais !

Cependant Léonie reparut un jour dans le chalet

d'Auteuil. C'était après une saison de fêtes qui expirait au milieu de tous les les bruits du monde. Le printemps commençait ; les arbres du bois de Boulogne se paraient de cette nuance d'un vert tendre qui n'est pas encore le feuillage, mais qui l'annonce. La journée était chaude. Léonie arriva en voiture découverte dans tout le séduisant éclat d'une toilette nouvelle. Elle avait cette animation que donne la jeune saison, mêlée à cette fatigue dont les traits des Parisiennes portent l'empreinte après une longue suite de plaisirs. Elle trouva Marcelle seule dans le jardin ; elle dessinait ; son fils jouait autour d'elle.

Léonie se coucha dans un fauteuil de jonc, une ombrelle fermée à la main ; son pied, étroitement chaussé d'un petit soulier à talon, battait le sable. Elle tourna la tête de côté et d'autre nonchalamment.

— Je n'entends personne, dit-elle enfin, es-tu seule au logis ?

— Non pas seule ; ce petit homme me tient compagnie, répondit Marcelle, qui du doigt montrait son fils qui se roulait dans l'herbe.

— Oh ! lui, ce n'est rien ! répliqua madame Colombey.

Marcelle regarda le petit garçon d'un air qui donnait un vif démenti aux paroles de sa cousine. Elle fit un signe de la main, l'enfant se jeta entre ses genoux, et l'embrassa à plusieurs reprises.

— Je te souhaite quelque chose qui ressemble à ce rien-là, dit-elle.

Madame Colombey haussa les épaules, et d'une main distraite :

— Ton mari n'est pas là ? reprit-elle.

— Non, il passe la journée à Paris.

— Et tu ne t'ennuies pas dans ce désert? La vue de ces arbres ne te donne pas des crispations de nerfs ? Des marronniers et puis des acacias ; des acacias et puis des marronniers ! et toujours ainsi... des feuilles partout ! C'est gentil, le vert, mais il ne faut pas en abuser. Si j'étais condamnée à Auteuil à perpétuité, comme toi, on me trouverait moisie, au bout d'un mois, dans mon salon, ou gelée au pied d'un arbre.

Marcelle sourit.

— Toi, c'est possible, mais moi, j'ai l'impertinence de me porter bien partout.

— Ah! oui, j'oubliais que tu passes la moitié de l'année dans un pays perdu, au fond des bois, parmi les sauvages, dans le Maine, je crois.

— L'endroit s'appelle les Herbiers : on n'y a pas encore découvert d'anthropophages.

— Et que fais-tu là ?

Marcelle raconta à Léonie quelles occupations remplissaient leur vie, à elle et à Fernand. Le domaine était vaste ; les premiers propriétaires l'avaient mal entretenu ; il fallait donner aux voisins l'exemple d'une bonne culture ; le pays n'était pas riche, s'il était pittoresque ; on trouvait beaucoup de bien à faire.

A ce dernier mot, madame Colombey l'arrêta.

— Ah! je sais! dit-elle ; quelqu'un m'a déjà initiée

aux mystères de ce programme, dont la première édition a été publiée à mon profit... Ne vas pas plus loin.

Marcelle comprit l'allusion, mais regardant Léonie, tranquille, sans embarras :

— Je ne le connais, moi, poursuivit-elle, que par l'exécution ; mais il est tel que jamais je ne voudrais y rien changer.

Léonie égratigna le sable fin de l'allée du bout de son ombrelle.

— Que le ciel me préserve d'un pareil bonheur ? reprit-elle d'un accent dédaigneux.... ma vie ne ressemble guère à la tienne. Je suis allée hier chez madame de Vipart ; il y avait un monde fou, le plus beau monde de Paris. On a dansé jusqu'à trois heures, la fête s'est terminée par un souper après lequel on a improvisé un cotillon. Quand je suis rentrée, j'ai pu voir une armée de balayeuses épousselant le boulevard ; c'était fort laid mais fort drôle. Comprends-tu ? il y a des gens, des philanthropes, je crois, qui prétendent que ce sont des femmes ! qui est-ce qui ne manie pas le paradoxe à présent !... J'avais à ce bal une simple robe de point d'Angleterre. Le dépit a fait monter le rouge au visage de madame Sébastien Brunel, que tu as vue autrefois chez mon père.... Elle a été laide à faire peur tout le soir..., Et toi, qu'as-tu fait hier ?

— Deux personnes étaient avec nous ; un colonel anglais, que mon père a connu à Calcutta et qui a fait la campagne des Indes nous a tenus éveillés jusqu'à minuit par les récits du siége de Lucknow, auquel il a pris part.

16

— Tu t'intéresses à ces choses-là, toi ! Deux soirées pareilles, et je deviendrais semblable à la Belle au bois dormant. Demain, je vais à l'ambassade d'Autriche.... Je ne serai pas couchée avant le jour. Ce soir, je me repose ; les Italiens seulement, et une sauterie, en petit comité, chez la baronne d'Espieu; qui nous fera les honneurs d'une serre nouvelle. Et toi, te plaît-il que je te présente chez la baronne d'Espieu ?

— Merci, nous allons à l'Opéra-Comique. Un ami de Fernand y fait ses débuts dans la carrière musicale ; un acte seulement, mais voilà un an qu'il y travaille. Ce pauvre garçon en a la fièvre.

— Oh ! un artiste ! c'est son état. La fin de ma semaine est un peu chargée par exemple..., huit bals, deux concerts et une pique-nique aux Frères-Provençaux, en quatre jours. Je passe mon temps chez les couturières. Tu comprends, quand on ne met jamais une toilette plus de deux fois, c'est une affaire de s'habiller. Ah ! j'oubliais !... Dimanche je quêterai à Saint-Louis d'Antin. La dernière fois que j'ai figuré dans cette cérémonie, j'ai eu vingt-cinq louis de plus que la marquise d'Auvremont. Nous ne nous saluons plus. A quoi passeras-tu ton temps dimanche ?

— Mon père attend quelques personnes.... les rédacteurs de sa revue ; on causera et on prendra le thé.

— Bonté du ciel ! quelle espèce de gens vois-tu donc ? Des musiciens, des gens de lettres, des voyageurs ! On ne fait pas un salon avec ce monde-là !

— Mon ambition ne va pas si haut ; il me suffit d'y trouver des amis.

— Ah ! si tu crois à ces bêtises ?... Je donnerais tous mes amis pour un cachemire. Un châle ! on sait à quoi cela sert !

Marcelle hésita ; puis avec un sourire :

— Je ne te savais pas si brouillée avec les amis, et je pensais bonnement que tu en avais au moins un, M. de Bréhal, dit-elle.

— Oh ! lui ; c'est différent ! répondit madame Colombey qui rougit un peu ; il n'est pas d'homme qui sache, comme lui, organiser une partie de plaisir. Je veux finir la saison par un bal travesti ; M. de Bréhal arrange tout. J'aurai une galerie toute neuve dont il a fait faire les dessins. Les murs seront tapissés de camellias ; il y aura un bassin et des jets d'eau, et, dans le jardin de l'hôtel, abrité par une tente, cinquante tables de cinq à six couverts chacune. Mon costume arrive d'Ispahan ; il sera brodé de perles fines ; plus de perles que de soie ; colliers de perles, bracelets de perles, chapelets de perles, des perles depuis la tête jusqu'aux babouches.

— Voilà des magnificences qui semblent renouvelées du temps de Dinarzade ! quel budget as-tu donc ?

— Je ne sais pas. Est-ce que tu comptes, toi ?

— Il le faut bien.

— Ah ! Dieu ! et tu ne péris pas d'ennui ?

— Regarde-moi.

En ce moment, l'enfant de Marcelle, fatigué par ses jeux, s'efforçait de grimper sur les genoux de sa mère.

Marcelle l'y aida doucement, il s'étendit, balbutia, ferma les yeux, les rouvrit, laissa tomber ses paupières et s'endormit. Marcelle l'enveloppait de ses bras.

— Penses-tu que cela ne vaille pas un costume d'Ispahan ? reprit-elle.

Léonie devint sérieuse. Quelque chose d'amer et de douloureux parut sur son visage ; enfin, et comme si la force de la vérité l'emportait : .

— Ah ! s'écria-t-elle, je crois que tu as pris le bon chemin... va, je ne suis pas heureuse.

Marcelle, remuée par ce cri, saisit la main de sa cousine :

— Ne peux-tu pas changer ? dit-elle ; cette route où je marche tu peux la suivre.

— C'est impossible... mon mari s'appelle M. Colombey !... va, ce mot dit tout !

Elle se releva. L'expression d'une tristesse navrante passa sur son front ; mais, rajustant les plis de sa robe flottante, et avec un air de hauteur et de froide résolution :

— Adieu ! dit-elle... il n'est plus temps de regarder en arrière... J'ai choisi !

XIV

MESSIEURS LES GENTILSHOMMES

Après le départ de son père, Auguste était resté quelque temps oisif, perdant ses heures à battre le boulevard. Ses amis des beaux jours lui prodiguaient des compliments de condoléance ; on lui offrait des cigares, et chacun l'assurait qu'avec les superbes relations qu'il avait, il ne manquerait pas de trouver une position digne de son intelligence et de son habitude des affaires.

La position ne venait pas. Cependant Auguste vivait toujours sans rien faire.

En homme expert, il avait prudemment, et sans en rien dire à personne, serré quelques billets de mille francs dans un tiroir dont seul il avait la clef. La somme était même assez ronde et provenait de certaines opérations dont il s'était bien gardé de parler. Quelques meubles, sauvés du naufrage et qui garnissaient son appartement

16.

particulier de la rue Taitbout, lui permirent de s'installer dans un entresol de la rue de la Pépinière avec tous les dehors d'un homme du monde qui a un pied-à-terre coquet à Paris. Il déjeunait d'un petit pain et d'une tasse de chocolat, et dînait en cachette dans un modeste restaurant. Quelle que fût l'exiguïté de ses dépenses Auguste comprenait pourtant qu'il fallait ajouter à son capital les ressources de quelque revenu, s'il ne voulait pas le voir disparaître, comme tombent une à une les feuilles d'un arbre secoué par les vents d'hiver.

Un matin, un hasard calculé le fit rencontrer, au café Tortoni, M. Sébastien Brunel, qui croquait à la hâte une aile de perdreau entre deux courses. L'agent de change serra vivement les deux mains d'Auguste et le pria de partager son menu.

— Tout n'est qu'heur et malheur dans la vie ! dit-il en vidant un verre plein d'un excellent vin de Bordeaux. Quand j'ai fait la connaissance de Jacques Bernard votre père, je n'étais guère plus riche que lui... Voyez à présent. Bah ! je n'en suis pas plus fier ! Ce que je suis, vous pourrez l'être.

M. Sébastien Brunel avait le déjeuner tendre. Il trouva de bon goût de jouer au bienfaiteur avec le fils d'un d'un ancien millionnaire ; la pensée qu'Auguste n'avait pas besoin de son secours venait en aide à ce beau mouvement.

— Ça, lui dit-il tout à coup, un homme qui a mis en circulation les chemins de fer napolitains ne peut pas rester éternellement oisif... Vous plaît-il de travailler avec moi? Utilisez les connaissances que vous avez dans la banque... Vous m'apporterez des affaires, et la remise que je vous ferai vous aidera à attendre un sourire de la fortune.

Auguste eut le bon esprit de ne pas accepter du premier coup.

— Je verrai, dit-il en remplissant son verre.

— J'en étais sûr, il a des ressources ! pensa M. Sébastien Brunel. Allons, ce n'est pas un sot !

Et il insista.

— Je réfléchirai, répliqua Auguste ; soyez ici demain à pareille heure ; je vous rendrai une tranche de pâté pour votre perdreau, et vous aurez ma réponse.

Le malheur avait eu cela de bon qu'il avait enseigné au fils de Jacques l'art de dépenser un louis à propos. Cette invitation, qui n'était pas, on le sait, dans ses habitudes, confirma M. Sébastien Brunel dans la conviction que l'aimable jeune homme avait quelques capitaux enfouis dans un portefeuille secret, et la considération naissante qu'il éprouvait pour Auguste en fut augmentée. Dès lors il le traita en apprenti millionnaire.

Le lendemain, Auguste accepta les propositions de l'agent de change. On le vit dès lors, un carnet à la main, sous les colonnades de la Bourse.

Mais, si le matin Auguste courait la ville en coupé de louage, récoltant les ordres de vente et d'achat, après en avoir si longtemps donné, le soir, on le voyait à l'orchestre de l'Opéra, où il avait conservé une stalle à l'année. C'était par ce petit coin qu'il se rattachait à la vie élégante, à ce que les Anglais appellent *high life*. Ce n'était pas l'amour du chant ou de la musique qui l'enchaînait trois fois par semaine dans sa stalle ; Auguste y trouvait ce bonheur précieux d'entendre parler de courses et de paris, et de se mêler encore par la pensée aux choses qu'il avait le plus aimées. Comme autrefois ces citoyens de l'antique Rome, jetés par les proscriptions sur des plages barbares, pouvaient dire aux peuples étonnés : « Et moi aussi je suis Romain ! » Auguste, au moment des solennelles discussions, pouvait s'écrier dans un groupe de novices : « Et moi aussi, j'ai fait courir ! »

Cependant, en cherchant bien, peut-être aurait-on découvert une autre cause à la présence assidue d'Auguste à l'orchestre de l'Opéra.

Quelque temps avant l'éclat qui amena sa rupture avec la Madone, le fils de Jacques avait remarqué une danseuse du nom de Clélie. Qu'avait-elle de plus ou de moins que ses camarades qui méritât l'attention d'un homme à qui les galanteries n'étaient pas difficiles, il serait impossible de l'expliquer. Clélie plaisait à Auguste parce qu'elle lui plaisait. Toutes les philosophies du monde ne trouveront jamais une meilleure définition.

Grande, maigre, brune, avec des yeux noirs pareils à des charbons, simple dans sa mise, gaie naturellement, mais d'une gaieté qui laissait place au calcul, amusante à table, médiocre mais hardie sur la scène, acerbe quelquefois comme un coin vert, revêche en diable quand on lui tenait tête, mademoiselle Clélie avait quelque temps vécu avec un riche manufacturier qui ne l'avait pas oubliée à l'heure de sa mort ; maîtresse de rentes qu'elle se gardait bien d'entamer, la danseuse occupait à l'Opéra une place à part. C'était, au milieu de ce nid de cigales, une fourmi que la bise ne pouvait jamais prendre au dépourvu.

Clélie avait eu des bontés pour Auguste. La pensée de supplanter la Madone l'avait peut-être poussée à oublier de se montrer cruelle ; elle fut entraînée à continuer, par cette conviction que le fils d'un homme tel que Jacques Bernard ne pouvait pas être radicalement ruiné. Combien n'avait-elle pas vu, dans les coulisses de son royaume, de financiers renversés par la fortune étonner ses amies par leurs prodigalités ? Elle mit donc un certain entêtement dans sa bonté.

Dès lors on put voir Auguste marchant trois fois par semaine, vers minuit, dans ce couloir sombre qui s'allonge comme un trait d'union entre la rue Drouot et les galeries illuminées du passage de l'Opéra. Il fumait en attendant Clélie qui se déshabillait dans sa loge. Les machinistes et les habilleuses le saluaient.

Les débuts d'Auguste, sous le drapeau de M. Sébastien Brunel, avaient donné de son savoir-faire à mademoiselle Clélie une opinion qui engagea la danseuse à l'avouer ; malheureusement, l'habileté d'Auguste devait être au bout de l'an ce qu'elle avait été le premier jour ; c'était une habileté de surface. Il saluait bien, courbait l'échine à propos, remplissait un ordre lestement, et c'était tout. L'intelligence des grandes affaires ne lui était pas venue. Il ne savait même pas tirer parti de son nom. Ce qu'il avait gagné en trois mois, il pouvait le gagner toujours, mais il ne devait jamais aller au-delà. C'était la vie assurée, la vie aisée même, et rien de plus.

Vers cette époque, et lorsque Clélie commençait à se douter de la vérité, un caprice de l'édilité parisienne venait de condamner à la démolition l'hôtel dans lequel Auguste s'était retiré. Pris à l'improviste, il parla de louer une chambre dans une maison garnie, en attendant de trouver un appartement à sa convenance.

— Es-tu bête! lui dit Clélie, viens chez moi : il y aura place pour toi et pour tes meubles... tu chercheras à ton aise.

Auguste accepta. Nous avons dit que Clélie lui plaisait. En outre, Auguste connaissait le notaire chargé de servir à la danseuse les termes de la rente dont un testament avait constitué le capital à son profit; Elle n'avait donc pas besoin de lui, et c'était bien quelque chose.

Quand les mêmes rideaux abritent deux êtres, il est bien difficile que le plus habile des deux ne pénètre pas l'autre tout entier. Clélie vit au fond d'Auguste. Il n'avait qu'une adresse courte, une adresse sans haleine en quelque sorte. Ce qu'il avait dérobé à la catastrophe paternelle n'en faisait pas un millionnaire. La danseuse comprit quelle s'était trompée.

Elle pensa d'abord à l'expulser comme un locataire qui ne remplit pas les conditions d'un bail. Puis se ravisant.

— Non pas, se dit-elle ; s'il ne peut pas me donner la fortune, au moins j'aurai son nom. Madame Auguste Bernard, c'est quelque chose... je serai la belle-sœur de madame Colombey.

Et en vue d'un mariage vers lequel se tournèrent toutes ses visées, l'hospitalité continua d'être offerte à Auguste dans l'appartement de la danseuse.

M. Colombey et Pulchérie invitaient quelquefois Auguste et Clélie à souper.

Quittons maintenant Paris et passons en Afrique.

Un régiment de chasseurs est en garnison à Constantine. Un jeune homme arrivant de Paris y est entré tout nouvellement ; il a été inscrit sous le nom de Guillaume Frimond. Le visage de sir William a la rigidité et la blancheur du marbre. Jamais soldat n'a fait son service avec plus d'exactitude. On dirait que depuis l'enfance il a été plié à toutes les rigueurs de la loi militaire. On ne le voit jamais à la cantine. Un de ses camarades de chambrée l'a raillé sur sa sobriété.

— Si jamais il touche la manche de ma veste, a dit le soldat, j'enverrai dans un marais ce monsieur qui a des mains de demoiselle et l'estomac d'une grenouille !

La chambrée a beaucoup ri de la plaisanterie ; mais elle a tombé dans les oreilles d'un homme qui n'a jamais rien enduré.

Le jour même, sir William a coudoyé le railleur assez rudement.

— Qu'est-ce ? dit le chasseur.

— Rien ; je veux savoir seulement s'il y au bout de cette manche une main qui sait tenir un sabre.

Une heure après, sir William coupait la joue du chasseur et vidait sa bourse entre les mains des témoins pour que la compagnie bût à la santé du blessé.

— Bien ! a dit le vaincu, le bras est solide et le cœur est bon. C'est dommage que notre camarade ne boive que de l'eau.

On adore sir William dans l'escadron ; il ne partage jamais les plaisirs des soldats, mais, en revanche, il monte la garde ou il remplit volontiers la corvée d'un chasseur. Il est silencieux comme un Arabe.

Un matin, une femme a paru dans Constantine et s'e . ' logée dans une petite maison voisine de la caserne. Sir William, à cheval, passait sous ses fenêtres : il a levé les yeux. Il est devenu tout blanc. La Madone était devant lui. Au déchirement de son cœur, sir William a compris que l'absence et l'éloignement ne l'avaient pas guéri.

Une heure aprè, la Madone l'attendait à la porte de la caserne.

— Écoutez, lui a-t-elle dit, vous m'avez trompée, vous m'aimez, je le sais, je le sens... Il y a dans cette résolution que vous avez prise de me fuir, un mystère que j'ignore... mais, par pitié, laissez-moi vivre près de vous... c'était pour moi l'enfer à Paris.

Le visage de la Madone était baigné de larmes. Le cœur de sir William battait à l'étouffer. La Madone lui tend ses deux mains.

— Que voulez-vous que je fasse ?.... parlez.... ordon-
nez ! reprend-elle ; loin de vous je suis comme une
morte !

Sir William fait un pas, un feu intérieur le dévore,
mais le maîtrisant par un effort désespéré :

— Si vous êtes comme une morte, je suis comme un
cadavre... Adieu, dit-il.

La Madone est rentrée dans sa maison. Bientôt le
bruit de sa merveilleuse beauté se répand dans la
ville.

Quelques officiers qui ont traversé Paris la reconnais-
sent ; plusieurs s'acharnent à frapper à sa porte ; ils
n'épargnent rien pour lui faire oublier ce romanesque
amour qui l'amène à Constantine.

Quelques-uns y trouvent une distraction ; pour l'un
d'eux, cette fantaisie devient une passion.

Un soir, après une longue promenade à cheval, et
tandis que le régiment des chasseurs rentrait de l'exer-
cice, musique en tête, la Madone trouve une lettre sur
sa table.

« J'ai trente ans et trente mille livres de rente ; Je
mets tout à vos pieds.

« GASTON DE MONT-SERVAN. »

La Madone tortille quelque temps cette lettre entre
ses doigts, puis la jette sur un meuble.

— Ah ? murmura-t-elle, autrefois je n'en aurais fait
qu'une bouchée !

Le lendemain, en jouant, elle pose la lettre ouverte sur les genoux d'un officier.

— Connaissez-vous le jeune fou qui a signé ces deux lignes ? dit-elle.

— Le capitaine de Mont-Servan ! Certes, oui, répond l'officier ; dévorez-le tout vivant, et il vous remerciera. Gaston n'a jamais menti.

La Madone reprend la lettre et la jette en morceaux dans le jardin.

Chaque jour elle voit sir William, chaque jour il évite de lui parler. Un matin, le bruit court au quartier de cavalerie qu'un escadron va être expédié aux frontières du désert pour châtier une tribu insoumise. Sir William se présente chez le colonel du régiment, et lui demande comme faveur spéciale d'être attaché à l'escadron qui doit partir.

— Je suis brigadier, dit-il, je sais que je suis proposé pour les galons de maréchal-des-logis ; depuis que je suis dans les chasseurs, jamais aucune punition ne m'a frappé ; permettez-moi d'aller au feu.

L'escadron part et sir William porte le fanion du commandant. Les coups de fusil accueillent les soldats qui chargent l'ennemi. Sir William se bat en homme qui cherche la mort. Son sabre est rouge de sang. Ni le fer ni le plomb n'effleure son habit. L'escadron et les fantassins qui l'accompagnent s'ouvrent un passage terrible au milieu des populations révoltées. Le clairon sonne enfin la retraite. Beaucoup de chasseurs manquent dans les rangs. On retourne à Constantine. Le

visage pâle de sir William s'obscurcit. Cependant la fu-
sillade recommence à l'arrière-garde. L'escadron part
au galop ; il déblaye le terrain et chasse un nuage d'A-
rabes. Un officier tombe ; sa monture, atteinte d'un coup
de feu, ne peut se relever ; sir William s'en aperçoit.
court seul en avant, s'empare du blessé et le jette sur
le garot de son cheval, qu'il presse de l'éperon ; quelques
balles arrivent encore et sifflent autour de lui. Un tressaillement passe sur son visage tout à coup ; puis l'in-
flexible soldat, le sabre au poing, debout sur sa selle,
poursuit son chemin. Le soir, on arrive au campement.
Sir William remet l'officier au chirurgien.

— Il est sauvé, dit-il, maintenant je puis tomber.

Et il roule de son cheval à terre. Une balle lui est
entrée en plein corps. Deux jours après, il était à l'hô-
pital de Constantine, couché sur un lit maculé de sang,
La Madone veillait à son chevet, silencieuse, attentive,
dévouée. Sir William la regardait et ne parlait pas ; cependant le mal empirait.

A la fin du quatrième jour, le soldat fait appeler le
chirurgien.

— Vous avez affaire à un homme, dit-il, ainsi parlez
sans crainte, j'ai besoin de savoir la vérité ; comment
pensez-vous que je puisse sortir d'ici ?

— Mort, répond résolument le chirurgien.

— Bien ; et quand croyez-vous que viendra la dernière heure?

— Cette nuit peut-être, demain au plus tard.

— Merci.

La figure de sir William s'éclaire d'une expression de joie indicible.

— Enfin ! s'écrie-t-il, je puis donc l'embrasser !

La Madone s'approche, effrayée de la conférence qu'il vient d'avoir avec le terrible chirurgien. Sir William lui tend les bras ; elle s'y précipite, il la serre sur son cœur et l'embrasse sur le front.

— Sauvé ! tu es sauvé ! dit-elle.

— Adieu ! répond le soldat, à présent je puis te dire que je t'aime.

Une pâleur de cadavre se répand sur son visage ; il ferme les yeux à demi ; la Madone se jette à genoux.

Le lendemain, une femme pleurait accroupie sur un coin de terre fraîchement remuée. La pluie tombait à flots ; elle ne la sentait pas. Les sanglots déchiraient sa poitrine ; ses mains crispées pressaient le sol.

— Ah ! dit elle d'une voix suffoquée, où est le temps où je m'ennuyais !

Elle veut enfin se lever ; le frisson fait claquer ses dents ; ses jambes fléchissent, et elle tombe anéantie sur la fosse.

— Dieu bon ! à toi et pour toujours ! murmure-t-elle.

Cependant deux chasseurs traversent le cimetière ; avant de s'éloigner, il veulent dire un dernier adieu au camarade qu'ils ont perdu. Ils s'approchent et voient une femme étendue par terre ; ses vêtements tout trempés d'eau sont collés contre ses membres glacés. Ils la

secouent et cherchent à la ranimer ; l'un des deux ouvre
son bidon d'eau-de-vie et en introduit le bout entre les
lèvres blanches de la Madone, l'autre essuie son front
tout ruisselant et frotte vigoureusement ses mains. Un
peu de chaleur revient à la peau ; elle entr'ouvre les
yeux, regarde autour d'elle, et pousse un cri.

— Dieu ne veut donc pas que je meure ? dit-elle.

Les deux chasseurs la soulèvent, elle fait quelques
pas en chancelant.

— Où voulez-vous que nous vous conduisions, madame ? dit l'un d'eux.

La Madone passe la main sur son front ; un sourire
effrayant soulève les coins de sa bouche.

— Eh bien ! dit-elle, conduisez-moi chez le capitaine
de Mont-Servan !

Et tout bas, le sourcil froncé, l'éclair dans les yeux,
et d'une voix nerveuse :

— Pauvre garçon ! murmure-t-elle.

A quelques mois de là, M. le marquis de Montallais
rencontra M. de Bréhal au foyer de l'Opéra. M. de
Bréhal était à cette époque un des hommes dont on
s'occupait le plus à Paris. Il tenait un rang considérable
dans la finance ; aucune grande affaire ne se créait sans
son concours ; il était mêlé à la politique, et on lui
savait une influence réelle dont il usait avec habileté
dans les occasions décisives. Il avait le train de maison d'un pair d'Angleterre. Ses relations avec madame Colombey n'étaient plus un secret pour le
monde.

Le marquis et M. de Bréhal échangèrent une poignée de main.

— N'est-ce pas une personne que vous avez protégée autrefois, qu'on voit là-bas dans cette loge du rez-de-chaussée, près de l'orchestre, à gauche? dit M. de Bréhal.

— La Madone? c'est elle, en effet... je viens de lui serrer la main.

— L'Algérie ne l'a pas enlaidie : sa beauté a pris même un caractère sauvage qui la rend moins pure, mais plus originale.... avec qui est-elle dans sa loge?

— Avec un ex-capitaine de chasseurs d'Afrique, le comte de Mont-Servan. Elle est en train de le dévorer : il ne lui reste plus qu'une jambe et un bras, m'a-t-elle dit tout à l'heure.

— *Amen !* répondit M. de Bréhal.

— Madame Colombey est aussi dans sa loge, reprit M. de Montallais. Eh ! vous avez tenu à faire de votre prophétie une vérité : le Philémon d'autrefois est devenu Jupiter !

M. de Bréhal sourit.

— Un gentilhomme n'a que sa parole, dit-il.

— Mais j'imagine, pour suivre la métaphore, ajouta le marquis, que Baucis ne s'appelle plus Léda ; elle a dû prendre le nom de Danaé.

Cette fois, M. de Bréhal ne répond pas.

Une heure après, on apprend que M. Colombey est mis à la tête d'une compagnie dont les statuts viennent d'être approuvés par le conseil d'État. L'autorisation de la *Compagnie parisienne* sera demain au *Moniteur*.

On l'entoure au foyer et on le félicite. M. de Bréhal passe. M. Colombey court à lui.

— Merci, dit-il en lui serrant la main.

. . . .

XV

OMÉGA

Cependant trois ou quatre années se sont écoulées. On a eu quelquefois, à de rares intervalles, des nouvelles de Jacques Bernard, mais jamais il ne s'est expliqué sur le résultat de son audacieuse entreprise. On sait seulement que le banquier de New-York, chose étrange, l'a reconnu, et que, chose plus étrange encore, il lui a ouvert un crédit. Clovis et Louis Ferrol sont toujours auprès de Jacques.

Un jour enfin un large pli arrive à la maison d'Auteuil, à l'adresse de M. de Maurs ; la suscription était de la main de l'émigré, comme on appelait Jacques, et renfermait des traites pour une somme de cent cinquante mille francs.

— Eh ! eh ! la fortune est revenue ! s'écrie Pierre.

Il appelle Marcelle et Fernand, et leur lit à haute voix la lettre que lui écrivait son vieil ami.

« Enfin j'ai réussi, et comme autrefois cet Archimède, dont le père Fortin nous racontait l'histoire, moi aussi, je pourrais crier *eureka!* mais j'oublie que je ne sais pas le grec.

» En français, *eureka* veut dire : j'ai fait fortune ; oui, le monument est reconstruit, l'Amérique m'a rendu ce que l'Europe m'avait enlevé, c'est pourquoi je ne tarderai pas à retourner à Paris. Tu me connais trop pour penser que je veuille me reposer... je continuerai donc, et tel tu m'as vu rue Taitbout, tel tu me reverras. Je veux mourir la main sur un portefeuille.

» Je ne te ferai pas la longue histoire de mes conquêtes métalliques. Il y a eu maintes escarmouches avant la bataille décisive. Comme un général d'armée envoie des reconnaissances dans un pays où il porte la guerre, ainsi ai-je tâtonné un temps et pris langue au milieu d'un peuple pour qui la spéculation est l'unique fonds de la vie. Ici, on te l'a dit peut-être, l'industrie est une danse macabre ; une limite étroite sépare l'extrême opulence de l'extrême dénûment... entre la misère et le million il n'y a que l'épaisseur d'un fil. J'ai passé la frontière, mais dans le bon sens.

» Un matin, j'ai eu une idée. Est-ce le hasard, est-ce une inspiration de mon génie? Je laisse à ta vieille amitié le soin de répondre. Toujours est-il que je lançai en avant tous mes capitaux actifs et passifs, ceux que j'avais et ceux que je n'avais pas, comme autrefois Napoléon son armée, la garde et la réserve. Mon Américain, l'Américain de mes illusions, me vint en aide.

17.

Cet homme croit en moi. Tant de conviction chez un banquier, est-ce assez bizarre ? Il se trouva que mon idée avait raison. J'avais mis le pied sur un terrain vague, au confluent de deux rivières, un de ces coins rêvés par l'industrie et le commerce ; je dirigeai de ce côté-là les rails d'un chemin de fer, et une ville a poussé tout d'un coup sur mon désert. Tu as déjà compris que le désert m'appartenait. Figure-toi une rue de Rivoli passant au travers des Landes. Voilà mon idée.

» Ici, les villes s'élèvent comme la marée ; je n'ai plus eu d'autre peine que celle de vendre un ou deux arrondissements. Mon Américain, le banquier de New-York, se frottait les mains. Il a pris goût à l'aventure, et m'engage vivement à fonder une capitale. Je lui réponds gravement que j'y songerai.

» Quand ce fleuve de dollars eut franchi ma porte, j'avisai Clovis, qui, selon sa coutume, était garçon de recette, après avoir été expéditionnaire.

» Eh bien ! lui dis-je, me revoilà millionnaire !

» — C'était écrit, comme dit Machiavel, me répondit flegmatiquement ce philosophe en jaquette.

» Peut-être a-t-il raison ; je commence à croire que je suis condamné aux millions à perpétuité.

» Je te renvoie cette bagatelle que tu m'as prêtée, — et sur cette bagatelle j'ai bâti mon édifice, — pour que tu ne penses pas avoir affaire à un maniaque dont l'esprit est dérangé par le changement d'air. Cent cinquante mille francs de bon argent, cela peut passer

pour une démonstration concluante en tout pays; mais
ce n'est qu'une restitution ; nous compterons plus tard.
Si, par hasard, l'hôtel que j'ai habité, pendant un certain nombre d'années, rue Taitbout, était à vendre,
rends-moi le service de me l'acheter. Tu recevras les
fonds par le retour du courrier. Ne regarde pas au prix.
C'est une fantaisie. Je te prie en même temps, ou, pour
mieux dire, je prie ma chère Marcelle de choisir chez un
joaillier les parures qui lui rappelleront le mieux celles
dont madame Bernard s'est dépouillée au moment de la
crise qui m'a fait chavirer. C'est une petite surprise que
je lui ménage, et je crois bien que c'est la plus agréable
de toutes celles que je puis lui offrir. Je n'envoie rien à
ma mère; j'irai la voir et l'embrasser. Pauvre chère
femme, sa fortune c'est moi. Peut-être, hélas! attend-
elle mon retour pour s'éteindre !

» Prépare-toi à me rencontrer au premier jour chez
toi. Je ne t'écrirai plus. Je vais presser la liquidation de
certaines affaires qui me retiennent encore ici, mais
comme en Amérique tout marche à la vapeur, elles
seront promptement terminées. Immédiatement après
je partirai, et un matin je tomberai à Auteuil comme une
bombe, une bombe en or.

» Je te demanderai à déjeuner. Surtout pas de
truffes !

» Et maintenant je t'embrasse, toi et les tiens...
A propos ! ne dis rien de tout cela à Auguste et à madame Colombey ; ils m'aimeraient trop s'ils me savaient
riche. »

Marcelle mit un châle précipitamment et sauta en voiture.

— Vite chez le joaillier, dit-elle ; ma pauvre madame Bernard rira peut-être.

Depuis que Jacques était parti, on sait que Joséphine demeurait à Auteuil, dans la maison de M. de Maurs. On sait aussi que rien ne pouvait surmonter l'incommensurable tristesse qui la dévorait. Elle avait la nostalgie du luxe. Elle ne sortait guère d'une grande pièce où elle avait réuni les objets sauvés du désastre de son mari et qui lui rappelaient les beaux jours de la rue Taitbout. On remarquait en elle des signes d'affaiblissement qui semblaient indiquer une décomposition générale. Il y avait des symptômes de paralysie, un certain embarras de la langue. Un ramollissement du cerveau était à craindre.

Le spectacle de cette décadence était navrant. La raison vacillait. Renfermée dans sa chambre et assise sur un grand fauteuil, près de la fenêtre, plus pâle qu'un spectre, décharnée, silencieuse, immobile, Joséphine passait de longues heures à suivre d'un regard atone les calèches qui fuyaient derrière les arbres. Sa pensée creusait un puits sans relâche.

Le lendemain du jour où M. de Maurs avait reçu la lettre de Jacques, Marcelle entra le soir chez Joséphine ; elle était suivie d'un domestique qui portait une corbeille.

— Bonne nouvelle ! s'écria-t-elle. Que diriez-vous, ma chère madame Bernard, si mon ami, mon protecteur, Jacques Bernard, votre mari, revenait à Paris ?

— Jacques ici ? répondit Joséphine en levant les yeux.

Elle regarda ... tivement Marcelle ; une teinte rouge s'étendit su... ... ues. Elle remua les lèvres avec effort :

— Il a donc fait fortune ? reprit-elle.

— Oui, madame, en voici les preuves qu'il vous envoie.

Marcelle ouvrit la corbeille et en tira plusieurs écrins qu'elle étala sur les genoux de madame Bernard. A la vue des pierreries qui scintillaient, le visage de Joséphine devint pourpre.

— A moi tous ces diamants ? dit-elle.

— A vous, bien à vous, repartit Marcelle.

Joséphine s'en saisit ; d'une main tremblante, elle chercha à s'en parer. Un mouvement nerveux l'agitait tout entière.

— Ah ! je ne peux pas ! continua-t-elle avec l'expression de l'anxiété et du désespoir.

Marcelle prit les joyaux et en couvrit madame Bernard. Le contact de ces pierres étincelantes semblait rendre la vie à ce corps jauni ; les diamants brillaient aux poignets, au cou, au corsage, aux oreilles, sur le front ridé de la malade.

— Donne-moi un miroir, je veux les voir, poursuivit madame Bernard.

Le miroir se trouva trop petit à son gré. Elle se leva et fit en trébuchant cinq ou six pas dans la chambre, devant la cheminée. Marcelle, qui la suivait des yeux, fut épouvantée du délabrement de ce pauvre corps rongé par de longs et inutiles regrets.

— Ne vous fatiguez pas, dit-elle en voyant que pour se soutenir madame Bernard appuyait ses mains, çà et là, sur les meubles.

Joséphine s'assit ou, pour être plus vrai, s'affaissa dans son fauteuil.

— Écoute, reprit-elle, fais-moi un plaisir... Je suis sûre que M. de Maurs ne t'en voudra pas.

Madame Bernard cherchait les mains de Marcelle en parlant. Elle articulait chaque son avec peine.

— Parlez, lui dit Marcelle, émue de cet accent plaintif.

— Allume toutes les lampes, toutes les bougies, il me semblera que je suis au bal... Oh! j'en donnerai encore !... je vais être riche... je le suis déjà...

Marcelle, sans répondre, obéit à la prière de madame Bernard. Bientôt l'illumination fut complète. Des flots de lumière inondaient la chambre. Joséphine promenait partout ses regards vitreux.

— Ah! dit-elle tout à coup, j'ai comme un éblouissement, je n'y vois plus.

Elle ferma les yeux et rejeta sa tête en arrière. Marcelle se suspendit à une sonnette. On accourut et on porta madame Bernard sur son lit. Elle ne remuait pas. Quelques contractions nerveuses de la face indiquaient seules qu'elle vivait encore. Un médecin qu'on manda à la hâte déclara qu'elle était en péril de mort.

Il était à redouter que la paralysie n'atteignît le cerveau.

Vers le milieu de la nuit, madame Bernard soupira et remua faiblement les lèvres. Marcelle approcha son oreille de cette bouche crispée par l'agonie. Un son vague lui fit comprendre que Joséphine demandait ses parures. Marcelle s'aperçut seulement alors que la moribonde les avait encore à son cou, à ses bras, sur son front. Elle l'en dépouilla et les posa sur la courte-pointe. Un sourire détendit les traits de madame Bernard ; ses doigts amaigris cherchèrent les joyaux. Elle les atteignit du bout des doigts, fit un effort désespéré pour se relever et rendit l'âme, les deux mains crispées autour des perles et des diamants.

Jacques arriva deux mois après cette catastrophe. M. de Maurs, qui avait acheté l'hôtel de la rue Taitbout, le vit entrer un matin, sans qu'un billet l'eût averti de sa prochaine visite. Il lui sauta au cou.

— Mon déjeuner t'attend, lui dit Pierre ; rassure-toi ; il te rappellera celui que nous avons fait, un dimanche, chez un garde de la forêt, à Saint-Germain.

Le vêtement que portait Jacques fit comprendre à M. de Maurs que la nouvelle de la mort de sa femme lui était parvenue à New-York. Pierre en cacha les détails à l'émigré, qui le questionna sur Fernand et Marcelle.

Pierre ouvrit une porte voisine qui communiquait avec la chambre que si longtemps Alice avait habitée.

— Je l'ai donnée à mes enfants, dit M. de Maurs, qui appela Marcelle et Fernand.

Entouré par eux, Jacques avait les yeux humides.

— Je n'ai pas besoin de vous demander si le bonheur habite avec vous, dit-il. Je vous vois, cela suffit.

Marcelle et Fernand échangèrent un regard plein d'une tendresse que le temps avait mûrie.

Un petit garçon vint trébucher entre les jambes de Jacques.

— Ah ! un petit inconnu ! s'écria Jacques, qui souleva l'enfant.

— Oh ! ce n'est pas tout !... dit M. de Maurs.

Marcelle rougit.

— Celui-ci s'appelle Jacques, dit-elle ; vous avez été son parrain sans le savoir... Pierrette dort.

— Allons, dit Jacques, j'adopte le garçon, et je serai l'oncle d'Amérique de la petite fille.

Quand il se retrouva seul avec M. de Maurs, il amena la conversation sur Auguste et Léonie.

— La mère s'en est allée, que sont devenus les enfants ? dit Jacques.

C'était la question que M. de Maurs redoutait. Il regarda par la fenêtre les arbres du jardin.

— Madame Colombey et son frère, dis-tu ? ils se portent bien... Voilà quelque temps que je ne les ai vus..... Nous vivons si retirés, Fernand, Marcelle et moi.

— Bien, reprit Jacques, j'irai chez eux.

Et il n'osa pas pousser l'entretien plus avant.

Jacques dîna à Auteuil.

Quand on fut au dessert, il tira de sa poche son carnet et y choisit une feuille de papier.

— Voici, dit-il en l'étalant aux yeux de Pierre, le bilan exact de ma fortune. Elle est assez rondelette, comme tu vois.

— Rondelette ! s'écria M. de Maurs, c'est une boule, une mappemonde, un globe !

— Eh bien la moitié de ce globe appartient à Fernand... Tu as mis les capitaux, j'ai mis l'industrie, partageons.

— Veux-tu bien te taire, abominable tentateur ! répondit M. de Maurs... Si nous nous laissions séduire, que deviendrions-nous, bon Dieu !... On prend goût aux millions quand on y a mordu, dit-on... et alors, bonsoir, il n'y a plus rien... ni repos, ni plaisir, ni distraction. *Vade retro !*

— Est-ce bien vrai ? dit Jacques.

M. de Maurs devint sérieux.

— Très-vrai !... Tu m'offres la fièvre... je la refuse.

— Tu as peut-être raison, répondit Jacques en remettant le portefeuille dans sa poche ; si plus tard tu te ravises, je serai là !

Dès le lendemain Jacques voulut se rendre compte de la position que ses enfants occupaient dans la grande ville. Ce ne fut pas sans un certain battement de cœur qu'il entreprit ce dernier voyage. Quelles surprises ne lui ménageaient pas les luttes de sa vie ! Son absence avait été longue, et les hasards vont vite à Paris.

La fortune n'avait pas eu pour M. Colombey les mêmes sourires que pour Jacques Bernard. La guerre d'Italie

l'avait surpris dans d'immenses opérations à la hausse ;
le spéculateur partageait cette opinion des gens à courte
vue que la civilisation est une égide contre les catastro-
phes. Il s'était entêté, doublant toujours, et la troisième
liquidation l'avait ruiné de fond en comble. Il avait dû
donner sa démission de directeur de la *Compagnie parisienne*. Il ne paraissait pas cependant qu'il eût rien
changé à son train de maison. Léonie n'avait pas un cachemire de moins. On remarquait seulement que son
mari n'allait plus si souvent rue Chaptal.

Lorsque Jacques se présenta chez madame Colombey, elle était en peignoir du matin dans sa chambre ;
un fournisseur, debout devant elle, lui présentait un
mémoire.

— C'est bien... laissez là ce petit compte ; je l'exami-
nerai, dit-elle.

— C'est qu'il s'agit de sept mille francs, répondit
le fournisseur, tandis que Léonie s'avançait vers son
père.

— Je sais !... Demain on passera chez vous.

Elle congédia le marchand du geste et jeta le papier
sur une table.

— Il sera là en nombreuse compagnie, reprit-elle en
riant.

— Toujours des mémoires ! dit Jacques.

— Il ne faut jamais perdre les bonnes habitudes,
répondit madame Colombey avec une audace de parti
pris.

Quatre ans avaient passé sur la beauté de Léonie

sans l'atteindre ; c'était le même éclat des yeux, la même blancheur mate du teint ; seulement on remarquait en elle quelque chose de plus hardi, qui frappa Jacques désagréablement.

— Me trouvez-vous changée? reprit-elle après qu'il l'eut embrassée.

Une femme de chambre entra sur ces entrefaites.

— Le carrossier de madame est là, dit cette fille ; il assure que c'est aujourd'hui le 30.

— L'almanach aussi le prétend... Est-ce tout? répliqua madame Colombey.

La cameriste s'approcha de sa maîtresse et murmura un mot à son oreille.

— Ah! fit-elle.

Elle laissa tomber un regard furtif sur son père.

— Si je te dérange, parle, dit Jacques.

— Vous ne me dérangez pas ; mais si vous voulez passer dans mon boudoir, bientôt je serai tout à vous... je n'ai qu'un mot à dire à la personne qui est là et qui attend.

Jacques suivit la cameriste, qui l'introduisit dans une pièce sombre ; il y posa le pied et souleva la portière à demi.

Un moment après, M. de Bréhal passa devant Jacques sans le voir ; il avait le chapeau sur la tête et un cigare à la bouche.

Jacques Bernard sentit son cœur se tordre ; il saisit son chapeau et sortit de la maison.

— Ah! dit-il, je n'y rentrerai plus!

Il savait maintenant ce que sa fille était devenue... Devait-il espérer mieux de son fils?

A cette époque, Auguste, comme on sait, travaillait chez M. Sébastien Brunel et y gagnait quelque argent. Il demeurait rue Bleue. Jacques s'y rendit; il était alors dix heures du matin. Le concierge l'arrêta.

— M. Auguste Bernard n'est pas chez lui, dit cet homme, mais si monsieur veut monter mademoiselle Clélie lui répondra.

— Mademoiselle Clélie? répéta Jacques.

— Eh! oui, mademoiselle Clélie, c'est-à-dire madame Auguste Bernard, répondit le concierge.

Jacques prit un louis dans sa poche et le glissa dans la main de son interlocuteur.

— A présent, expliquez-vous, reprit-il.

— Monsieur, ce n'est pas une indiscrétion ; tout le monde racontera à monsieur ce que monsieur désire savoir.

Cinq minutes après, Jacques apprenait que son fils vivait avec une coryphée de l'Opéra, qui l'avait rendu père d'une fille ; que mademoiselle Clélie menait la maison et tenait les cordons de la bourse, et qu'elle ne manquait pas de se faire appeler partout madame Auguste Bernard.

— Ce n'est pas pour en dire du mal, poursuivit le concierge, mais il serait impossible de rencontrer, du faubourg Montmartre au faubourg du Temple, une créature plus aigre et plus acariâtre. Elle cherche noise aux gens avant d'avoir les yeux ouverts ; monsieur est

comme un petit garçon auprès d'elle. Quand elle crie,
il ne souffle mot, et ça lui arrive régulièrement quatre
fois par jour. On dit qu'elle n'est pas toujours aussi
méchante. Il vient ici, de midi à trois heures, presque
chaque jour et au moment où M. Auguste est à la
Bourse, un grand jeune homme blond qui a des moustaches en croc. Je n'ai jamais pu m'habituer à son nom.
C'est comme un tas de cailloux qu'on frotterait contre
une scie. Il paraît que c'est un prince russe. Mademoiselle Clélie sort aussi quelquefois en catimini avec un
voile sur le nez. Et ça prend des airs quand ça passe
devant notre loge, et ça ne mettrait pas une pauvre
pièce de cent sous dans la main d'un honnête homme
qui s'éreinte à tirer le cordon! Bien sûr que M. Auguste
finira par épouser sa danseuse. Le père pourra se van-
ter d'avoir là une bru bien aimable! On raconte que ce
brave homme est à l'étranger; il a été, dit-on, très-
riche, très-cossu, un millionnaire enfin! Drôle de famille
qu'on lui présentera quand il reviendra!... Si monsieur
veut monter pour voir?

— Non, c'est inutile, répondit Jacques écrasé.

— Monsieur ne laisse pas une carte?

Jacques secoua la tête et s'éloigna le cœur serré.

De toutes les personnes qui lui tenaient par les liens
du sang, sa mère exceptée, ou qu'il avait aimées, il ne
lui restait plus à voir qu'Hortense Frimond.

Jacques se fit conduire à Neuilly, Hortense habitait
toujours la petite maison isolée, près de la rivière, au
fond du jardin noir. La femme qui la servait conduisit

Jacques dans cette pièce du rez-de-chaussée ou déjà il avait été reçu. Hortense s'y trouvait. Elle leva la tête languissamment et lui tendit la main sans témoigner aucune surprise. Ce n'était plus que l'ombre d'elle-même. Jacques ne la reconnut qu'au son de la voix. Il n'osait pas l'interroger ; mais, tirant de sa poche une lettre coupée aux plis, elle la lui présenta tout ouverte.

Cette lettre portait le timbre de Constantine ; sir William l'avait signée.

Un frisson parcourut les veines de Jacques ; sa main tomba sur ses genoux.

Une longue lettre écrite par l'officier que sir William avait sauvé enveloppait les quelques mots que le soldat expirant avait adressés à sa mère, et racontait comment il était mort.

— J'ai demandé la tunique trouée de mon pauvre enfant et sa chemise pleine de sang, dit Hortense, après que Jacques eut achevé cette lecture... les voilà.

Elle ouvrit une armoire et lui fit voir ces reliques de la mort.

Jacques tomba auprès d'Hortense ; les larmes jaillirent de ses yeux.

— Ah ! pourquoi suis-je revenu ! murmura-t-il.

— Si vous me voyez si tranquille, c'est que je n'irai pas loin, dit Hortense.

Quand il se retira, Hortense l'accompagna jusqu'à la porte du jardin.

— Je ne sors jamais de ce tombeau, dit-elle ; je mourrai auprès de ce qui me reste de lui.

La nuit était profonde ; elle regarda le ciel noir.

— Ah ! que c'est long la vie ! reprit-elle.

Au moment de se séparer de Jacques, qui étouffait, Hortense lui prit les deux mains ensemble, et de cette voix qu'elle avait jadis :

— Au moins, vous, êtes-vous heureux ? dit-elle.

— Moi ? je suis seul ! répondit Jacques.

Un mois après, et comme si elle avait voulu embrasser son fils une dernière fois avant d'expirer, madame Antoine Bernard rendait son âme à Dieu. Gertrude l'accompagna dans la tombe. Jacques veilla toute une nuit auprès des deux saintes femmes. La richesse seule lui restait.

A quelque temps de là, un soir, après ces longues heures de travail et d'élucubrations remplies par le mouvement orageux des affaires, Jacques éprouva un sentiment profond de lassitude. Il lui semblait, pour la première fois de sa vie, qu'il manquait d'air. Les murs de son hôtel l'écrasaient. Rien, pas un bruit, pas un son, pas un rire sous les hauts plafonds. Partout des dorures et personne dans les appartements.

Il prit le chemin d'Auteuil et poussa la porte du jardin, derrière lequel on voyait le chalet de M. de Maurs. Le jardinier, qui connaissait Jacques, le salua d'un air jovial.

— Monsieur vient bien tard, dit-il.

Jacques fit encore quelques pas ; le chalet paraissait tout illuminé ; les fenêtres du rez-de chaussée étaient ouvertes. A travers le feuillage des lilas et des chèvrefeuilles, il aperçut plusieurs personnes assises autour de la table, dans la salle à manger ; une grande clarté en sortait.

M. de Maurs, pris à l'improviste, fêtait le retour d'un voyageur avec lequel il s'était rencontré pendant près de quinze mois dans les solitudes de l'Orégon, et qu'un ami commun lui avait amené. L'essaim des souvenirs s'était joyeusement abattu parmi les convives. Fernand était auprès de Marcelle, dont le sourire intelligent et le regard bon semblaient éclairer la chambre. Son premier-né, barbouillé de confitures, allait et venait autour de la table, présentant à tout le monde son joli visage rose ; un autre enfant au maillot, tout rond, agitait ses petites mains et faisait entendre ce doux gazouillement qui dit tant de choses au cœur des mères ; Marcelle le couvait des yeux. M. de Maurs tenait un verre à la main. Fernand remplissait gaiement ceux de leurs hôtes ; la joie la plus aimable petillait avec le vin de Champagne dans ce petit cercle d'amis.

Jacques entra, et, prenant un verre, l'éleva au-dessus de la table :

— Messieurs, dit-il, pour un pauvre millionnaire, s'il vous plaît !

FIN

TABLE

Imprimerie DESTENAY, à Saint-Amand.

F

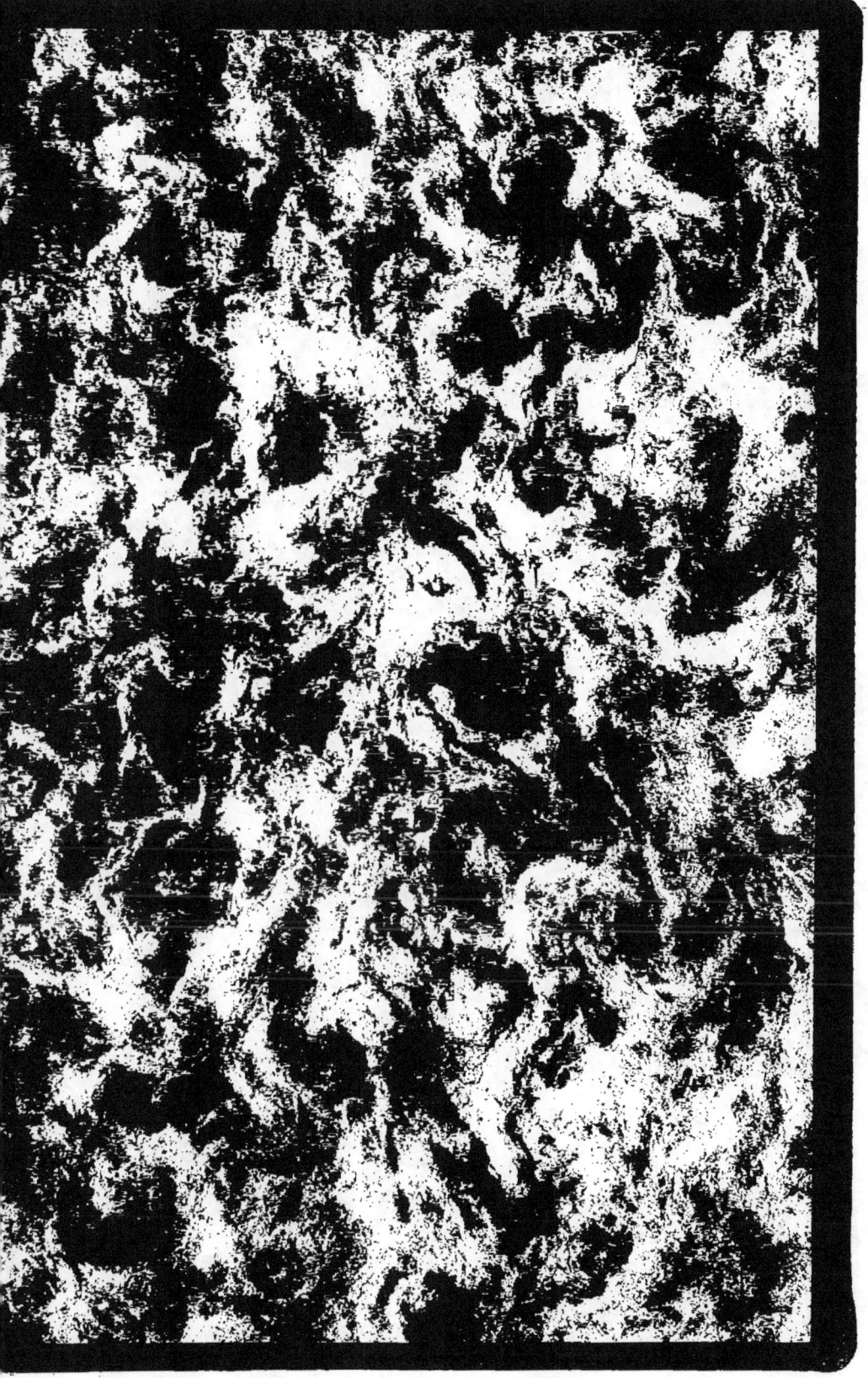

www.ingramcontent.com/pod-product-compliance
Lightning Source LLC
Chambersburg PA
CBHW050149030726
47505CB00005B/1294